梅娘文集

1979-2013

【散文卷】卷二

1991 年摄于梅娘住所外的北京中关村南大街

1979 年 8 月
摄于内蒙锡盟镶白旗,
与牧女们在一起

1980 年
摄于云南石林

1984 年
摄于北京西城区街边

1987 年 9 月
工作留踪，摄于广州电视塔上

1986 年夏
与出席《长夜萤火》出版活动的东北沦陷区女作家合影
左起 朱媞、田琳、梅娘、蓝苓、辽宁人民出版社编辑部文

1991 年
梅娘与朱媞（张杏娟）去探望吉林女中时期的老师孙晓野

孙晓野送梅娘的自刻印章
边款：
梅娘存 辛未初篆 时年八十三岁

2000 年夏
摄于加拿大温哥华哥伦比亚大学（UBC）校园内
左一为历史系研究生诺尔曼·司密斯（Norman Smith），左三为女儿柳青

2000 年秋
在哥伦比亚大学校内与历史系教授史凯蒂合影

2002 年
与音乐家、作家刘索拉相聚在北京农影小区家中

2004 年
与诗人成幼殊（中）、
翻译家杨苡在农影家中
聚会

2011 年
梅娘来到长春市东北师
范大学祭奠孙晓野先生。
巨石上篆刻着孙先生为
师大写的校训：勤奋创
新 为人师表

2005 年 8 月
《梅娘近作与书简》
侯健飞编
北京同心出版社出版

2014 年 4 月
《梅娘怀人与纪事》
张泉选编
中央广播电视大学出版社
出版

2013 年 4 月 28 日

梅娘在寓所接待来访的诺尔曼·史密斯教授。此为梅娘生前的最后一次照相。

主编例言

《梅娘文集》第 5 卷

梅娘（1916-2013），原名孙嘉瑞。吉林长春人。从 1936 年 5 月 20 日在长春发表散文《花弄影》，到 2013 年的随笔《企盼、渴望》在北京面世，她执笔为文近 80 载，是中国现代文学史上屈指可数的"长时段作家"。

梅娘的创作生涯大体上分为隔断清晰的五个时段。

第一个时段，1936 年至 1945 年，20 至 29 岁，大约十年。曾短期在长春、北京的报社、杂志任职，基本上专职写作，以小说家名世。出版有新文学作品集四种，还有大量的儿童读物单行本。署名玲玲、孙敏子、敏子、芳子、莲江（存疑）、梅娘等。与内地（山海关以南）相比，新文学在东北的发生滞后。1936 年梅娘在长春益智书店出版的《小姐集》，很可能是苦寒北地的第一部个人的新文学作品集，标志着五四开启的现代女性新文学写作，在正处于水深火热之中的东北落地、开花。

第二个时段，1950 年至 1957 年 8 月，34 至 41 岁，八年。先后入职北京的中学、农业部农业电影社。使用梅琳、孙翔、高翎、刘遐、瑞芝、柳霞儿、云凤、落霞、王崑、白芷等笔名，在上海、香港发表了数量可观的作品。为北京、上海、辽宁等地的美术出版社编写了大量中外文学名著连环画的文字脚本。出版有通俗故事单行本。

第三个时段，1958 年秋至 1960 年冬，42 至 45 岁，接近三年。在北京北苑农场期间，被选入由劳改人员组成的翻译小组，承担日文翻译，也参与其他语种译文的文字润色工作。匿名。

第四个时段，1979 年 6 月至 1986 年，63 至 70 岁，大约八年。恢复公职后，在香港以及上海、北京等地发表随笔和译文，出版有译著。署用柳青娘以及本名。

第五个时段，1987 年至 2013 年，71 至 96 岁，大约二十七年。开始启用笔名梅娘。以散文写作和翻译为主。出书十五种。

其中，第一、第二和第五这三个时段最为重要，也均与张爱玲有着不解之缘。

在第一个时段，梅娘以其丰厚的创作实绩，成为北方沦陷区代表女作家，当年新文学圈内曾有"北张南梅"（欧阳文彬语）之说。[①]诗人、杂文家邵燕祥 (1933-2020) 回忆他在北京沦陷期

---

① 欧阳文彬：《孙嘉瑞的现实材料（1955 年 9 月 5 日）》。

阅读《夜合花开》的感受时说，"我从而知道有一种花朝开夜合，夜合花开，寓意是天亮了。她的小说好读的，不难读。说是'南张北梅'，南张（爱玲）我当时没读过，但是梅娘我从小就知道。"① 而上海沦陷区作家徐淀（1916-2006）在1950年代初的表述是："在敌伪时期北京有个叫梅娘的女作家，同上海的张爱玲齐称"。② 1945年5月30日，有一则《文化消息》披露，南北正在竞相盗版对方的畅销书："南方女作家张爱玲的《流言》、苏青的《涛》，均在京翻印中。同时华中亦去人翻北方女作家梅娘之《蟹》。此可谓之南北文化'交''流'"。③ 这或可充作沦陷期的一个间接证据。还有另一个。南京在一个月前出版了《战时文学选集》，收小说十篇，作者除王予（徐淀）和北京的曹原影响略小外，均是南北文坛的一时之选。女性仅两篇：张爱玲的《倾城之恋》，梅娘，《侏儒》。④

在第二个时段，即共和国建政初期，梅娘在上海、香港发

---

① 邵燕祥：《一万句顶一句：邵燕祥序跋集》，北京十月文艺出版社，2016。第316-317页。

② 见《抄于新民报·唐云旌交代的社会关系（1956年1月7日）》。

③ 引文中的"华中"，即今华东。"去人"，疑"有人"之笔误。

④ 《战时文学选集》，中央电讯社编印，1945年4月。该书收入了张爱铃、张金寿、爵青、梅娘、萧艾、曹原、王予、袁犀、山丁、毕基初十位作家的作品。书前有穆穆（穆中南）的《记在前面》。

表了一大批小说、散文。这些作品长期以来鲜为人知，而时任上海新民报社负责人的欧阳文彬，见证了梅娘与张爱玲在"亦报场域"同台为文。前者发文超过 430 次，后者 400 次。两人旗鼓相当。

在第五个时段，梅娘怀人纪事文的数量颇为可观。对于沦陷期是否有过"南玲北梅"说的问题，有文章加以探讨或质疑，[①]最后争论溢出了通常意义上的史实考证，返回到我们应当如何评价沦陷区文学的原点。同时，也引出如何解读作家自述作品的接受美学问题。[②]对于梅娘重新发表旧作时所做的修改，有的研究做了认真的实证分析，也有的"上纲上线"一笔了之。[③]所有这些讨论或商榷，均有助于梅娘乃至沦陷区文学研究的深化。

梅娘在以上各个阶段都笔耕不辍，然而由于各种各样的原因，有相当数量的作品从未结集出版。有鉴于此，编纂梅娘的

---

① 最早质疑"南玲北梅"说的，可能是我的《华北沦陷区文学研究中的史实辩证问题》（《中国现代文学研究丛刊》1998 年 1 期）。

② 参见张泉：《关于"自述"以及自述的阅读》，《芳草地》2013 年 1 期。

③ 参见张泉：《构建沦陷区文学记忆的方法——以女作家梅娘的当代境遇为中心》，《山东社会科学》2013 年 10 期。

全集，便提上了议程。①

这版《梅娘文集》分为9卷。第1、2、3卷为小说卷，书名分别为《梅娘文集·第1卷/小说卷·卷一（1936-1942）》《梅娘文集·第2卷/小说卷·卷二（1942-1945）》《梅娘文集·第3卷/小说卷·卷三（1952-1954）》。第4、5卷，散文卷，书名，《梅娘文集·第4卷/散文卷·卷一（1936-1957）》《梅娘文集·第5卷/散文卷·卷二（1978-2013）》。第6、7卷，译文卷，书名，《梅娘文集·第6卷/译文卷·卷一（1942；2000）》《梅娘文集·第7卷/译文卷·卷二（1936-2005）》。第8卷，书名，《梅娘文集·第8卷/诗歌·剧本·儿童文学·连环画及未刊稿卷（1936-2000）》。第9卷，书名《梅娘文集·第9卷/书信卷（1942-2012）》。另有附录卷，书名为《梅娘的生平与创作——年表·叙论·资料》。

本卷为9卷本《梅娘文集》的第5卷《散文卷·卷二》。

1957年秋季，梅娘因言获罪，未能躲过随后的"反右"运动。到1958年2月，又被追戴了一顶"现行反革命分子"帽子，送

---

① 详情见张泉：《东北首部个人新文学作品集〈小姐集〉的发现——从寻访梅娘佚文的通信看文化场人情世态》，《燕山论丛2022》，燕山大学出版社，2022。以及《梅娘文集》附录卷《梅娘的生平与创作——年表·叙论·资料》中的梅娘叙论《二十世纪"长时段作家"梅娘及其全集的编纂》。

北苑农场劳动教养。1979 年 1 月 22 日，中共北京农业电影制片厂委员会公开发布《关于改正孙嘉瑞同志被划右派分子和撤销反革命分子的复查结论》。此时，梅娘已与文学隔绝 20 多年。她重新拿起笔，开始使用笔名向海外投稿。当新时期的试笔之作《新美人计》在香港《大公报》（1979 年 6 月 10 日）上面世的时候，她难掩激动，即兴写下了新生后回归文坛的宣言《为什么写散文》。平反八年后，到 1987 年，发表战后首次触及沦陷期文学的《写在〈鱼〉原版重印之时》，恢复使用遮蔽了 42 年的梅娘。散文创作进入一个新的高产期。2013 年的《企盼、渴望》，是她在世期间发表的最后一篇文章，带着未竟的企盼、渴望，完成了 96 年的漫长人生旅行。

张 泉
于京东北平里
2022 年 9 月 25 日
2023 年 4 月 11 日改定

目录 Contents

新美人计

署名：柳青娘

初刊香港《大公报》
1979 年 6 月 10 日

　　孩提时代，每逢到故乡去，在暮春的晚上，从微微开启的窗户的隙缝里，一只又一只奶白色的、银灰色的，间或是褐色的蛾子艰难地挤进来，一直扑向跳动着的油灯的光焰。灯焰灼烤着它，对我们来说灯焰炙手的热力微不足道，而对它来说却是致命的热气流。它飞拢来，就被热气流冲开去。它急速地振动着好看的披着茸毛的双翅，更其勇猛地冲过来，因而被灼烤、被燃烧，以致因急骤的死亡而葬身在灯盏里。看到这情景，我总是怀着极其惋惜的心情，渴望弄清楚它为什么要这样自戕？！

　　到我长大以后，人们告诉我古代哲人传下来的警告："飞蛾扑火，自焚其身。"这只不过是就这个奇怪的自然现象，告诫人们不要干飞蛾投火的那种傻事，并没有为我揭开蛾子为什么要那样激情地甘心献身火海的奥秘。

　　这次到上海近郊的人民公社采访，同行的科学工作者，小心翼翼地把一个显然是涂过什么液体的纸卷放在一个土台上，然后罩上一个密眼的铁丝网，就拉我到田埂上去，观看一幕农作物的敌人——飞蛾为什么自杀的奥秘。

先是一只银色的小蛾子扑过来了，飞得很快，看得出它是在全速飞行。在金黄的落日变为黯青的暮霭中，它的灵敏的小触角伸张开来，因为快乐而颤抖。只一瞬间，它就像飞弩一样地贴到铁丝网上去了。

第二只飞蛾接踵而来，又是第三只、第四只……最后是成群地飞奔而来，多得已经无法计数了。一片银白色的飞翔物体从四面八方扑向铁丝网。密密匝匝地贴伏在铁丝网上，并且相继地竭尽全力为纸卷献身。我们粗略地统计了一下：这支飞蛾"远征军"竟达到了千只以上，全部落网，伏在纸卷上而死亡。

七十年代我们新兴的生物化学，揭示了飞蛾投火的奥秘。原来跳动的灯焰里，散发出一种极其酷似雌蛾的性分泌物的信息素，那些傻气的雄蛾勇士，是到灯光焰中去寻找"美人"的，无怪乎它要冲上去，不惜以身殉情了。

八百年后的蘑菇新一代

署名：柳青娘

初刊香港《大公报》
1979 年 6 月 13 日

　　上海的餐厅，用香菇莴苣这样色彩鲜明、滋味隽永的好菜招徕顾客。在黑黄相间的鳝丝，酱红的鸡骨酱，黑褐的海参等众多佳肴之中，香菇莴苣——淡黄加碧青，颜色之幽雅，看上去非常悦目；脆而腴，吃起来又真个赏心爽口。

　　你或者要慨叹造物者的奇妙了吧！而这奇妙的造物者恰是我们时代的园艺师和工人。他们为我们培育了香菇，从自然生长的环境移植到温室里来，结束了香菇八百年野生野长的历史。很可能，我们的祖先是在某次雨后，偶尔发现了菌生在朽木周围的这种小植物，因为饥饿或者只因为它长得喜人而拿过来品尝，结果证明它不但无毒，而又具有它特有的香味以后，就列在我们的食谱中流传下来。多艺的烹调大师更进一步发挥了它的特点，使它成为我们中国的名菜之一。

　　这个小小的植物，有很高的灵敏度。原生木没有它需要的腐殖质不萌生，湿度大了它会害烂病，而温度低了它又不肯形成子实体——就是那个圆圆的香菇头。即便是一应条件具备，它也只是懒洋洋地成长着；从萌生到子实体成熟，需要占用整整一年的时间。在温差多变的自然环境里，有的刚刚吐露菌丝就被低温窒息，用薄薄的小伞一样的躯体承受过重的霜雪而夭折。我们的新人挖掘出来它生命的核，用简单的小线条列出了它的生物化学方程式，于是锯木屑代替了原生木——这就大大地降低了成本。用七十年代的尖端仪器控制温湿度，用塑料薄膜建造菇宫。香菇满意地安下家来，仅仅四个月就成了质地细致的子实体。而我们的蔬菜园艺师又大发诗兴，为应季节而上市的温室香菇冠以季节的名称：叫它们春菇和它的妹妹冬菇，或者你愿意倒转来称呼它们也行，那就是冬菇和它的妹妹春菇。

无论春菇和冬菇，或者冬菇和春菇，都充溢着七十年代现代化的气息，当它们被制成罐头远渡重洋，作为新中国的使者去叩友谊之门的时候，肯定的，无论是我们还是我们这一代的园艺工人们，都会带上会心的微笑。

宫廷贡品走向平民

署名：柳青娘

初刊香港《大公报》

1979 年 6 月 18 日

北京的老人，特别是那些曾经以皇族自炫过的旗家老太太们，一说起碧粳米，就把嘴唇咂得啧啧响，说那米怎样晶莹，那样润而不黏。特别是配上那雨过天晴的青瓷碗，好看得叫你几乎连碗都吞下去。而结尾又必然加上一句："那是贡给老佛爷（指慈禧太后）吃的，现在见不到了。"

确实，京郊出过这种碧粳米，也确实是供奉所谓"大内"（即宫廷）的珍品。底下的一句，老太太说错了，现在也仍然见得到，农业科学工作者已经在两年前推广碧粳米的品种，使它走向平民化，供应市场的越来越多。

我们从北京到上海郊区公社去采访，就是要看看七十年代的科学工作者，怎样使用植物激素来控制、从而改变水稻的习性，为我们培育出超过"碧粳米"的新稻谷来。这是四个现代化的一个小小的组成内容，是我们古老农业的更新的一个侧影，是我们跻入世界农业科学之林的幼树。

试验田里有一组秧苗，它们用深绿而略带光泽的颜色显示了自己的苗壮。它们矮矮地，墩墩实实地排列在那里，同旁边一般的秧苗比起来，真是完全两样。一般的秧苗，又细又高，就像大力士哂笑瘦高个子一样，它们显得虎虎有生气，好像大气里都响彻着它们生长的声音。

这是用植物激素控制了它们的生长，要它们把根扎下去，既延长了秧苗的生长期，也避开了低温形成的烂秧病，而这种病一直是困扰我们祖先的严重秧期病害之一。这样，大田一旦腾出，耕好耙平，就把它们移栽过去，它们长长的根系就会攫到一切养分，使自己分蘖、扬花、结实。而培育植物的常识告诉我们：生长期长，有了更多的雨露阳光，子实就会更加饱满缜密，更加油润，具有"碧粳"稻的一切优点。

我们对吃饭这个延续生命的必要手段早已习以为常了。特别是我们这些都市人，只知道买米吃米，从来不屑于想及水稻是怎样栽培的。当你听到农业科学家要把水稻引进一个新时代时，你也会展颜一笑吧！

爱情的千古见证——蓝色的血液

署名：柳青娘

初刊香港《大公报》

1979 年 7 月 11 日、12 日

　　人们对于双栖的生物是很熟悉的，这早就成为文学中兴比真挚爱情的形象。碧水中浮游的鸳鸯，蓝天下翱翔的鸿雁，大地上并生的连理；那美丽的毛色，那轻捷的姿态，那绿得青森森的枝叶，在在都诱起悦人的遐想，使生活平添了隽永，留给人们欣赏、赞叹、咀嚼的余地。但是，有一种起源最早，伉俪紧紧胶着的鲎——一种深海的奇鱼，不仅没被爱用兴比的诗人谱进诗篇，连它那怪头怪脑的学名鲎，也很少有人能准确地读出，更说不上了解它们两性之间的爱恋情况了。

　　那么，就让我们先从鲎的外形说起吧。它头胸相连，状如马蹄。深海的渔夫曾把这个偶然猎得的奇鱼叫做马蹄蟹。但是它有蟹没有的进行呼吸的鳃叶。头胸和腹部分成两节，在生物学分类上，应该隶属于节肢动物。头的正中是嘴，嘴的周围有六对长爪，行动宛如蜘蛛，曾有人称它为鲎蛛。它全身披着硬甲，更有一条长满了针刺的硬长尾巴。铠甲和尾枪，自然是为了防身。最奇特的是：它除了头部两侧各有一只复眼以外，在头部正中，还有一对单眼。既然称之为单眼，为什么还要冠以"对"呢？这是因为，它的这对眼睛，两只完全连在一起，只在正中以一条细细的黑线相隔。这双合二而一的眼睛是鲎的行动指

针，是近代仿生学者极于模拟的目的物。它像一具最灵敏的电磁波接收器一样，能接收深海中最最微弱的光线，鲎就靠着它，生活在深邃的海底，行动自如，从不迷失方向。

母鲎前面的四只爪子，是四把大钳。沙蚕呀、海杂鱼、海蛔子等等小东西，休想逃脱它的追捕。而公鲎前面的四只爪子却是四把钩子，专门用来钩着母鲎，而母鲎也在相应的部位留有余地，准备公鲎搭钩子。这一对夫妻，从来都是双宿双游。母鲎背负着它的恋人，而公鲎也就心安理得，高踞母鲎之背，逍遥自得，睥睨万物。

盛夏之夜，月明风静，母鲎借助潮水之力，悄悄爬上沙滩，用硬甲刺开沙滩产卵，公鲎就耐心地随在母鲎后面，把精液排在卵上，就这样来完成传宗接代的任务。之后，公鲎仍然爬上母鲎之背，双双回归大海。

这个早在宇宙还用地质年代论数的泥盘纪就已生成了的奇鱼，从时间来说，已经经历了四亿个春秋。从生物进化的进程来说，却停滞在泥盘纪，成为泥盘纪生物的活标本。当幼鲎由于阳光照射、温沙孵育而挣脱卵壳问世时，完全跟岸边冲积而至的三叶虫化石一模一样，这就再清楚也不过地说明了它是古三叶虫的嫡系子孙。

从环境来说，早在古生代的寒武纪，我国南方形成了地质学上称之为华夏大陆的大陆，形成了厦门、宁波、湛江等深海水域。这里温暖平静，最要紧的是没有致命的细菌。从生物发展的角度来说，环境安适，就无需乎战斗；脱离了战斗，生命也就中止了从低级到高级，由简单到复杂的进程。我们的鲎，就这样告别了同期的生物，硕果仅存下来，成为当今世界上仅有的五种活化石之一。

鲨的血液中，只有一种多功能的变形细胞，能够输送氧气维持生命。在运动中经常改变形状，尽管有时方，有时圆，又有时多角，但却完全是一种低级的原始细胞，它还没有进化到形成高级生物血液中的血球，特别是缺少作为生命卫士的白血球，因此一旦细菌侵入，它就只有待毙之一途。血液因为迅速的死亡而凝固。正是因为鲨血的这个特点，鲨才跃上了人类的舞台，承担了最机敏的侦病卫士。

凡是跟疾病打过交道的人，都有过煎心的体验。常常是这样，你的亲人或好友，为弄不清病因、无从对症下药而焦灼。医学科学工作者曾借助家兔的反应来侦查菌情，利用细菌培养来窥测病情，但这需要时间、需要等待。而在有些刻不容缓的病症中，等待就意味着向死亡递投降书。七十年代的医生，在攻击侦查病情的战斗中，联想到不具有白血球的鲨血，从鲨血中提取蛋白质做成试剂，用在诊断上，检查病人的血、尿、痰和胸腹水，反应迅速而灵敏。什么脑膜炎、胸膜炎，这试剂打下去，半小时便见分晓，为保卫生命赢得了时间。

医学科学领域要求更多的鲨试剂。国外的先进技术甚至扩大到用鲨试剂来检查食用水的无菌程度。可见这个古生物已经和人类结下了不解之缘。

如此，鲨的保护和人工培育也就顺理成章地提上了人类的议事日程。这个深海的古生物，这个爱情专一的原始奇鱼，它非同寻常的血液已经开始为灵长类的人们造福了。而这个非同寻常的血液是蓝色的。你不要惊奇，确确实实是蓝色的。这个涌流着的蓝幽幽的血液，是因为血液中含的是铜元素。而高级生物的血液含的是铁元素。铁遇氧变红；铜遇氧呈蓝；这在化学反应中是常识的常识，在血液中却因少见而多怪，而认为神奇。而七十年代的尖端科学却用这蓝色的血液为遇难的红色血液来开浚渠道，七十年代的诗人也将为蓝色血液的涌流者鲎，为它们双息双游的真挚爱情而谱写一曲时代的情歌吧！

玫瑰的启示

署名：柳青娘

初刊于香港《大公报》

1979 年 8 月 4 日

凌晨，在上海有名的南京路上，从一个显然是来自农村的大姐手里，买了一束蓓蕾的玫瑰。大姐把那红黄两色的玫瑰，用一根马兰草，生怕它们逃跑似的死死捆起。以致玫瑰茎上的芒刺突破了马兰草的捆缚，你一拿，它就扎你的手。

我小心翼翼地解开玫瑰的绑索，又是怕扎手，又是心痛玫瑰受创。然后把折枝剪了个大斜面，泡在瓶子里走开了。

傍晚，拖着倦怠的腿走回驻地时，一心企望享受玫瑰的馨香。我以为我已经把春天锁在房间里了。再没料到，我的玫瑰因为水分供给得过分而迅速开放、迅速散落。留给我的仅是残朵和一桌子花瓣。只有那小芒仍在刺人。

这个启示多么鲜明，正如生活中许许多多事与愿违的事情一样：不按客观规律办事，必然招致失败。过多的给予，不是促其繁茂，而是加速衰亡。

佛像画册与松本妈妈

——喜读《戴草笠的地藏菩萨》

署名：柳青娘

初刊香港《大公报》
1979 年 8 月 6 日

我读到了一本非常优美的画册，是日本画家清水耕藏作画、鹤见正夫配文的民间故事画集——《戴草笠的地藏菩萨》。这本通篇以飞雪作基调的画册，诱起我很多绮丽的遐想，引我回到了曾在日本就读的岁月。当我还是一个姑娘的时候，有机会到日本北部的雪国去，在那里结识了一个和我同样大小的女孩，她叫松本芳子。很遗憾，我们刚刚相识她就病了。有一天，我踏着铺满了积雪的半山路去看她，是她妈妈引我去的。

雪飞着，一团团，一团团。我的草笠和松本妈妈特意为我披好的蓑衣上，一层又一层的飞雪铺上来。松本妈妈一只手拉着我，一只手不停地为我拍落飞积上来的雪花。松本妈妈的脸冻得绯红，草笠下的那双眼睛，交替地变换着欣慰、焦灼、感谢的神色。我还不会说很多的日本话，但我完全理解松本妈妈的琤琤细语，她在抚爱、安慰并鼓励着我，像对她亲爱的小女儿一样。

突然，她站着了，站在路旁的石刻地藏菩萨像前。像替我一样细心地为地藏菩萨拍落了头上的积雪，然后双手合十，告诉我，她是在为芳子祈福。

清水耕藏也画了相似的场景。卖草笠的阿公替地藏菩萨拍落了头上的积雪，把没有卖掉的草笠一一给路旁的菩萨戴上。画家用惊人的笔触描绘了菩萨的表情：他们头上顶着积雪时：双眉深锁，眼睑下垂，一副不胜严寒的神色；到草笠戴上去，双眉舒展，眼含笑意，一副暖融融的姿态。这两幅不同的脸相，形象地表达了沁人心脾的关切。

画家笔下的下一场景，是阿公两手空空地回到家里，为没有卖掉草笠换回年糕而向阿婆道歉。迎到门口的阿婆，却只怕寒风冷雪打痛了没戴草笠的阿公的头，用她的宽袖子频频地为阿公揩拭。

阿婆的脸，带着日本女性传统的温存，雪花落在她雪白的头发上。画家的巧手用了两种稍稍相异的白色区分了白发和雪花，使你感觉到雪花似乎在回映着空间的光泽。而阿婆的脸，那一张交替变换着责备、担心又欣慰的脸，多么酷似我的松本妈妈，我仿佛又听见了那种琴弦轻拨时的琮琮细语。

日本雪国的风俗，把石刻的地藏菩萨像竖在路旁，随着地方的相异而竖立的像数不等。三尊五尊，甚至有多到十二尊的。在我国，地藏王菩萨高大的金身塑像，都供奉在雄伟的寺庙宝殿里；但在日本，正像土地神在我们祖国一样，是和老百姓休戚与共的神灵。人们把美好的希望寄托在他们身上，并伴着许许多多动人的故事出现。人们相信，只要老百姓有难，他们就来搭救。我的松本妈妈在大雪中为罹病的女儿祈福，正是这种善良愿望的寄托。

画册的特定时间是除夕。最有光彩的画幅是戴了草笠的地藏菩萨为阿公阿婆送来了装饰元旦的彩纸，象征幸福的红橘，和阿公特意到镇上去卖草笠准备换回来的年糕。画家只画了地藏菩萨送礼之后远去的背影，而把戴着阿公自己的草笠的那位菩萨排列在最后。草笠，从商品角度来说，那只是几个小钱的货色。在雪团飞舞的严寒之中，把自己头上遮雪挡风的草笠戴在对方头上，那才是真正千金难易的温煦。这就质朴地提示了穷苦的阿公所给予的同情是多么深厚。

配文在这里起了画龙点睛的作用，只用了一句话就概括了一切。台词是阿公的旁白："我再冷，还有个家哪！"

画册的最后一幅，是阿公和阿婆因为听见有人踏雪远去而奔到门外来查看究竟的情景。这一对老夫妻，站在瑞雪盖顶的小茅屋前，小屋衬以玫瑰色的天体，示意元旦即将在雪霁的凌晨中降临。两个人一齐凝望着远去的菩萨的背影。画家没有用平常的欣喜的微笑来装饰他们的脸，而是把那种泛着光彩的向往写在他俩的眼角眉梢，而阿公又带着他的浑厚，阿婆带着她的温存。这就充分体现了人们共同的意愿——对美好生活的追求和执着。

翻看着画册，我简直不愿释手。松本妈妈在雪中冻得绯红的脸，总是叠印在画册中阿婆的脸上。尽管我记忆中的松本妈妈还是黛眉云鬓，但是时间会加给她皱褶与华发，她也完全会像画册中的阿婆一样，脸上身上都刻下了岁月的磨损。

至于祈福，像地藏菩萨在除夕之夜给无力购买年糕的阿公送来年糕一样，完全不意味着迷信，而是意味着善与美。我敢断定，今日可能仍然健在的我的松本妈妈，当然不会愚昧到相信当方土地能够医病。在她双手合十的前胸里，跳动着的是作为母亲的炽热的心，只是千百年的习惯动作而已，正像这优美的画幅牵动了我这个平凡的女人一样。我怀念我的异国母亲和朋友，我也愿意像我的松本妈妈一样，双手合十，为她，为她的芳子，为所有的善良的人们祈福。

为什么写散文

收入《梅娘小说散文集》第 513 页
1979 年

一脉心声，构不成故事，也不想构成故事，就这样开始写散文；这是凝聚着渴望的载体——渴望坦诚的心灵、渴望向善的物事、渴望深邃的爱情，等等等等。

几十年跌宕在七灾八难的壑谷之间，这缠绻着身心的渴望却从未须臾离去。遗憾的是笔欠缺功力，总是逊色于那闪光的渴望、逊色于那热切渴望下的执著追求……

如今，双鬓霜染，时不我待，我却又增加了新的渴望，渴望笔能生辉，为复兴的多彩的祖国抒写沧桑。为此，我在磨砺，幸福又痛苦地磨砺着。

1979 年蒙难结业

草原记行

署名：柳青娘

初刊香港《大公报》

1979 年 10 月 4 日、5 日、6 日、8 日、10 日

一 草原的花朵
——草原记行之一

八月，草原最温顺的季节，我到草原作客去了。用温顺来形容草原，当然并不合适，从我的自我感觉来讲却是贴切的，我怎么也找不出再切合此时此地的定语来了。

汽车从古边陲要塞张家口北行之后，被詹天佑博士征服过的青龙山就远远地抛在后面了。几乎是单一的、稍稍有些起伏的绿野舒展开来，一直接往天际。草原安闲地偃卧着，小风在吹，偶尔卷进车窗的沙尘，也是无声息地洒落下来。牛群缓慢地俯首摄食；羊群一团团、一团团地分散在公路两旁；因为辽阔，并听不见它们互相呼唤的咩咩声。除了我们的汽车马达，听不见任何音响。但这完全不同于沉寂，草曳花摇，大地生机一派，只是没有用音响来表示它们的盎然生意而已。

停车休息的时候，投身到绿野的怀抱里，淡淡的草香温顺地送进鼻管。花朵轻拂着脚踝，比妈妈爱抚的手还要温柔。针状叶、羽状叶、

锯齿形的扁长状叶，在微风中弯着腰，怯生生、绿盈盈，完全是盛装少女的娴雅风姿。

而这又是多么美丽的花朵。紫菀几乎俯拾皆是。淡紫的细长的小花瓣十二个、十六个分生在黄褐色的花心周围，纤细的小柱头顶着褐色的花蕊。它只是大草原上最普通的野花，而大地母亲却把它打扮得如此令人喜爱。白色的唐松花，真的酷似菊花中的阳春白雪。阳春白雪以难得的娇态被供奉在殿堂之上，而草原上的唐松，其娇娜和精致绝对超越阳春白雪之上。几十个细花瓣有垂有卷，簇拥在鹅黄的花心周围。花瓣之玲珑，宛如巧手用白丝绒剪成；而直径只有一公分，相当于阳春白雪的十分之一，使你不能不叹为观止。偶然碰上一两株百里香，不仅红色的花冠在绿草丛中迥异于一般，而且那又是一种什么样的香气呢——微甜，但极其隽永。驰名世界的巴黎姬仙蒂婀香水，一准是模拟百里香监制的。

紫色的益母稍高一些，一个又一个的环形花冠，等距离地缀生在一根花茎上。每个花冠都有十二个复瓣，瓣分三层，一层又一层的紫色都披有稍淡的茸毛，画出略深的紫线，通体溶溶，深浅有致，分不出变化的痕迹，却完全是由深到浅。你再也想不到一种紫色竟有几十个子辈。无怪乎四十年代日本有一首流行歌曲，把爱情比喻为紫色。原来紫色有这样繁复的形象，如此予人以美的享受。

而益母又是女人的珍品。药店里用粗糙的玻璃瓶装着的黑色浸膏，原来是用这样美丽的花朵制成。你不能不感激大地母亲的眷顾是如此周到，既使你悦目，又使你益身。

汽车鸣起喇叭，声浪回响在无边的天际。我是多么迷恋我温顺的草原。尽管我已经被人警告过，说是草原的风暴会突然降临，我却完全不想相信。我脚下的被唤作黄铃的小黄花，开出的花瓣婀娜多姿。有着彩球一样花冠的羊齿葱，被告诫为有毒的飞燕草，还有作为中药之一的车前子，张着蓝紫花序的龙胆，我多么渴望一一去亲近她们，观察她们，和她们一起享受这温顺的夏之绿野。但我必须回到汽车里去，因为旅程在等待着我。

二　草原的天和草
——草原记行之二

在我刚刚能够复述一些多音节的语句的时候，妈妈便教我背诵了《敕勒歌》这首古诗。很可能，妈妈只是为了排遣作为弃妇的寂寞，也可能因为这首诗音节铿锵，容易上口。妈妈当时的处境和妈妈的社会经历，不可能理解和欣赏这首诗所表述的意境，我当然也不完全懂。只是贪恋妈妈温暖的依偎，作为睡前的催眠之曲，喃喃学语而已。

青年时重读这首诗，诗所传达的粗犷和辽阔，和我当时脑子里装的西方武打电影纠葛在一起，构成了草原上传奇式的空想画卷，总是幻想飞马在草原中驰骋。

这次真的航行在无边际的绿野之中了。我早已抛弃了当一个女侠的志愿，从幼小就镌刻在记忆中的这首古诗，引起的只是对祖国的珍爱，我渴望眼前再现敕勒川所描绘的意境。

首先令我惊异的是那和绿壤接连的天体，这是在其他地方罕见的天光，湛蓝湛蓝，蓝得明净之极，连一细条的白云彩丝都没有，透亮得像蓝琉璃一样。《敕勒歌》说天似穹庐，确确实实像一顶蓝莹莹的帐幕罩将下来，一直罩到绿草之上。这湛蓝的天光包容着你，使你感到温暖和安谧，因为它蓝得太明净了，望着它，仿佛连思想都随之净化了一样。

风吹草低见牛羊的景象却迟迟不见。先我还安慰着自己，因为我们还没有到达诗中所说的阴山。但慢慢就失望起来了，牛羊是有的，草却高不盈尺。这样的高度，不要说牛，就连羊也遮掩不住，更谈不上风吹了。

其实，早在驰越草原之前，我已经知道了草原的退化，并且知道草原的退化远不只是我们一个国家的现实，但我却毫无道理地盼望着风吹丰草。看起来，作为记者，我是不及格的，因为我还没有扬弃我升华了的空想。

飞机的马达声粉碎了我的悬念。我们停下车，去迎接那从天而降的信使。飞机是为草原播种来的，要播几十万亩的草籽来协助草原更新。因为自然的丰草已经被牛羊在嫩芽时期吃掉，没有草籽留存下来，以待来年的春风。自然的更替已经无力负担比《敕勒歌》时代多亿万头的牲畜。草原一片又一片的只剩下劣等饲料，绿野已经无力医治自己的瘠瘦了。

现在好了，这从天而降的信使将使草原恢复青春。我们年轻一代在记忆、背诵《敕勒歌》这首古诗之后，我们的人工植草，一定会出示风吹草低见牛羊的富庶景象吧！

三 风力机和太阳能
——草原记行之三

我们被引去看牧业大队的人工草场，原来草场就在公路的左侧。昨天在来路上，我已经注意到了这片齐刷刷的绿城。我这个草原盲，把它误认为是塞外盛产的莜麦田。当时心里还在暗喜，认为庄稼已经战胜了天时、地候，在草原腹地生长了起来。我还想当然地认为，这是一个标志，标志我们的牧民即将结束远古以来的游牧生活，跨进一个新的历史阶段。

其实这是真真正正的草。在都市人看来，草只是大自然的一种装饰，不具有任何经济价值。这里的草却有着完全不同的意义。它丰美了草原，使更多的牲畜获得高营养的饲料，从而提供更多的奶和肉——不仅使人们的食谱花色繁多，而且将改变我们民族传统的食物构成。我们不必担心大地提供的粮食不及人口增长的速度。我们将用肉和奶代替粮食，这种高蛋白的食品，将使我们获得更健壮的体魄。

说总是比做容易。就以把草场围起来，防止丰草在萌芽时期被牲畜吃掉这一点来讲，草原工作者和牧民们就不知付出了几多血汗。在住屋四旁围个小院子，那已经不是什么简单事了。就说用砖吧，你就需要运土、打坯、烧窑。用自然的石块也好，起码你得采运石头。一家子的院墙只是几个劳动力几天内的劳动。这动辄以万亩计算的草场，看你得费多少物资，多少劳动力才围得起来。牧民们认识到养草育草的必要性以后，因地制宜，尝试用各种物质来建设围墙。用草原上最常见的沙吧，沙墙抵不住呼啸而来的白毛风，今年建了明年就会坍塌。用石块，单是搬运它就是占用几十万个劳动力的大事。草原建设跻入近代之林以后，牧民们用水泥桩和刺铁丝设置围墙。把水泥和铁丝运到草原深处，除需要工业大力支援之外，单是运输的卡车，你算算得多少辆？这就再形象不过地说明现代化是条多么复杂的道路。

我们在昭盟的腹地里看到的是刺铁丝的围栏。这里却只有光滑的铁丝线，望着那飞奔跳跃的群马，我不知道这并列的四条铁丝能不能拦住它们。

我的小向导为我解开了谜底。她递给我一株细草，要我学着她的样子把草往铁丝上一搭，手臂立刻麻了一下，原来这铁丝带电，这就是我们要看的电围栏。是用太阳能发电的最新装置。太阳能蓄电池只是一组跟踪太阳的硅片和一个蓄电池，外加一个变换电压的脉冲器。很简单，很轻便，体积也很小。通过这套设备，现代化随着红日降落到草原上了。

人工草场的管理员正进行喷灌，干旱的空气和我们一样对湿润敏感，细雨一样的水珠随风飘了过来。同行的一位蒙古族大爷竟高兴得把头伸到细雨中去。喷灌机由一个小小的风力发电机带动。那个薄木组成的风力叶片，颇似西洋风俗画中的风车之翼。我不由得把我的小向导和这组风力叶片联结在一起，如果画的话，这也将是一幅东方的"牧场之乐"吧！

我的小向导唱起蒙古的民歌来了，尖细的童声和着润泽的细雨，她的水红的包头巾在蓝天下欢快地飘扬。在这连一根标志现代化的电线杆子都没有的绿野，用永恒存在的太阳和风医治了贫瘠，驱除了干旱。我多么想为我们的草原建设者捧上衷心的祝愿，祝愿这些仁人志士更加健康、长寿。而他们却正在进行严肃的倾谈，商谈怎样保护太阳能电池过冬，要为它创造在零下三十度的严寒中仍然能够工作的条件。这是一群多么可爱的人，这是祖国真正的瑰宝。

四　参加婚礼
——草原记行之四

为了庆祝太阳能电围栏在草原上试验成功，锡盟的文艺轻骑队——乌兰牧骑，特意从几百里外的演出地回到故乡来，为我们这些远方的客人表演了蒙古族歌舞。

文艺队的独舞演员砂仁，特地把她的婚礼也移在故乡举行，邀请我们都去参加。

我略略地打扮了自己，我想使自己完全和这个欢腾的场面融合。而且，我想去采一束百里香，借以表示祝贺。

我的小房东和我一起，因为单靠我自己，是很难采到这里罕见的这种香花的，我还连草原上的方向都不会辨认。我俩踏着朝露前行，那片标志草原新生的披碱草，只要你弯下身去，它就完全屏蔽了你的视线。眼前一片丰绿，那略带银灰的绿色，给人特别恬静的感觉。很可能是被都市的噪音吵惯了，这里，只有薰风的低吟，使我觉得特别安怡。

忽然，我听见了歌声，婉转而低回，我以为是百灵鸟。因为我们一路行来，已经有两次惊醒了这筑巢大地而又高翔云端的草原之鸟。

我示意我的小向导，她听了之后，沉吟了一下，然后肯定地说："这是砂仁姐！"

这里真有意思，我们的草原之花，是为了庆贺自己的终身有托，才在这朝霞绚丽的新婚之晨歌唱的么？不！不是！歌声委婉而低沉，却并不欢乐。再听一听，原来砂仁唱的是誉满全国的蒙族女歌手马玉涛的歌，是马玉涛献给已故总理周恩来的那首哀歌。"手捧起，洁白的花……"砂仁先唱的蒙文，现在她改唱汉文，一听就听清楚了。

我们循着歌声迎过去，砂仁穿着昨晚跳盅碗舞时的演出服。那是一袭非常美妙的，经过升华的蒙式长袍，通体洁白。领口、肘腕都缀着金色的闪光璎珞。她没有穿配在纱袍上的湖蓝色长背心。她一边低唱着，一边采着草原上最精致的唐松花。

我的小向导高声呼唤起来，她破坏了我隐藏的希望。我原想悄悄地走到砂仁背后，探知她新婚之晨前来采花的奥秘。

砂仁被姑娘的呼唤震了一下，她迅速地直起身来，两束唐松花的羽状叶从掌间滑落下来，她似放心又似拂开思虑一样地轻吁了一口气，然后微笑着邀我们到她的包里去，她又高声呼唤她的阿妈。

这可以算作砂仁的闺房吧！昨天堆在这里的新羊毛毡子啊，锦缎被子啊，大红花热水瓶等等通通都不见了，当然是运到新房里去了。包里空荡而宁静。但悬在包壁上的周总理画像却并没有取下。这是砂仁在北京演出时，一位老画家特意为砂仁临摹的周总理最后的那张照片。这是砂仁的珍宝。

砂仁招呼我们坐下，用一只粗磁的钵子装好唐松花，恭恭敬敬地摆在总理像下，静默片刻之后，轻轻地把画像取了下来。

砂仁的妈妈急匆匆地闯了进来，手里托着一袭红袍。马的嘶声和马铃的串响由远而近，迎亲的队伍即将来临。阿妈急切地说着什么，不用翻译也可以懂得，她是在催促砂仁。

砂仁的女伴蜂拥着挤了进来，一片百灵鸟似的叫声。砂仁不理会这一切，她恳切地要求我把画像带到新房去，而且要我的小向导捧上那钵唐松花。

砂仁换上了猩红袍，系上水绿的包头巾，把包头巾一如草原的风俗，在鬓边挽了个大大的结子花，在女伴的簇拥中跨出包去。

迎亲的队伍出发了，那鞍辔鲜明的白马、红马、黄马，驮着草原的美女和骑士，泼剌剌策马而去。我们的汽车随在马队后面，轻轻地开动起来。

我一如砂仁叮嘱的那样，捧着总理的画像坐在驭手的旁边。我的小向导偎在我的脚下，捧着那钵洁白的唐松花，脸上浮着新奇、兴奋的微笑。

五　茵陈木的手杖
——草原记行之五

镶白旗的一位老牧民，无论如何要请我们去他家吃手扒肉。按照牧民的习惯，这种诚挚的邀请是推辞不得的。你如果一定不去，那就是小看了主人。

我们只好履约了。虽然坐在白羊毛的毡子上，用着矮矮的小炕桌，肉也是插着蒙古刀整盆的端上来的，但主人为了适应我们，在这纯蒙古式的盛宴之外，准备了拌洋白菜、拌草原上罕见的西红柿（番茄）等凉菜，这就使得我们更加觉得盛情难却了。

酒酣以后，主人击节高歌，我注意到他击的节竟是根手杖，而且是根茵陈木的手杖，这就不由得引起了我的好奇。主人注意到这个，不无感慨地说："别瞧这是个蒿子根，可是个百年不遇的宝物。"

蒿，这种学名茵陈的草类，在草原上随处可见；而且并不是牲畜爱吃的饲料。无论是马或牛，甚或小小的羊仔，也是在饿极了的情况下才去吃它的。这样，这种多年生的草蒿，有那么一两株，就在某个僻静的山凹里留存了下来，经过风吹雪掩，转化为坚硬的木质。正因为转化成木质，也就更加不受牲畜眷顾，才得以十年、几十年地生存下来。因为是由草转化，故具有轻于木头的性能，风寒雪冷，这个转化为木质的蒿身，为了进行必要的新陈代谢，在年复一年的春季苏生中，在茎身上留下了形状不一的凸起和凹洞，使得它既峥嵘又挺秀，既轻便又坚实，成为无与伦比的手杖之材。

我曾见到过另一根茵陈木手杖，主人是我国的名书法家徐一达。这根草中之宝的手杖，是别人为了邀功请赏，献给民国初年大总统徐世昌的。徐一达当时从山东老家来到总统府，在大总统叔叔的监护下学字。偶然碰到总统在盛怒之后检查作业，因为茵陈的"陈"字，耳旁写得位置不对，遭到斥责。总统打人的武器，就是那根茵陈木手杖。当然，他的字写得一天天好起来，总统的怒也就一天天消了下去，最后，把手杖赐给了他。

徐一达先生是很珍爱这根手杖的，不完全为了这是赐予，很可能是手杖见证了自己学字的艰辛。我从他学字的时候，他教我在特制的方砖上，蘸水写字之后，总是把湿漉漉的手拄在那根手杖上，手杖润泽得很，甚至能反映出柔光。

眼前牧民的这根手杖，比他的那根略细一些，很可能是被人发现早了，没有经历过更多风雪肆虐的岁月。但这已经是很罕见的珍品了。

原来这根手杖，是三十年代蒙古德王之物，几经辗转，落在牧民手里，也应该说是回归草原了吧！

迎春新意

署名：青娘

初刊香港《大公报》
1981 年 1 月 8 日

今年元月，双重喜庆，过了元旦，又要迎接我们民族的传统佳节春节。北京人无论是过元旦或是春节，都习惯吃饺子，而且讲究吃猪肉韭菜馅。

老北京人，把寸来长的干虾仁用开水发软、剁碎放在馅里，用发干虾仁的水搅拌肉馅。这有两个好处：一是肉馅加入适量的水，可以使肉馅嫩腴适口；二是用带有虾味的水搅肉，使肉具有海鲜味。北京人把这种加了干虾仁的韭菜馅，叫做假三鲜。真三鲜可能用的是鲜虾仁吧！

饺子皮用的是上海人称作精白粉的富强粉，讲究擀得又薄又匀，包上绿馅，蒸出来晶莹透亮，颇像一只只出水的白菱角。吃起来润而不腻，摆在盘子里，尖生生，白衣绿腑，十分悦目。

为了满足元月份对绿韭菜的需要，京郊的四季青、黄土岗、白盆窑等公社的温室里，正在为韭菜施肥催壮，一畦畦，白根、紫根、细叶、宽扁叶的嫩韭菜，正迎着阳光茁壮生长。正如北京老妈妈夸示的那样：大年初一的嫩韭菜，是顺肠草，吃了会百病不生，终年兴旺。且不论是否正月初一吃了顺肠草就会一年兴旺，温室里数九寒冬栽出来的韭菜，确实与其他季候不同，那又嫩又香的感觉，完全不是其他季节出产的韭菜可以匹敌的。

春城游

署名：孙加瑞

初刊北京《旅游》
1981 年 1 期

春城——花都

清晨，我徜徉在被誉为春城的昆明街头。空气清新而温煦，绿叶泛碧，春花似锦，一派盎然生机。出墙的红梅开得如火如荼，珍贵的腊梅也开得满树满枝，花朵上伫停着金色的晨曦。微风轻拂，跌宕着万千金彩，真的像是哪个巧手能工雕就的玉树。

茶花更是随处可见，千姿百态，各具风姿。尽管早就知道云南是茶花的故乡，但茶花如此之多和如此之美，却出乎意料。

我是冬至的前一天由北京飞到昆明来的。三个小时的航程，一下子把我从隆冬带进暖春。

我在昆明中山北路却看到了破败的景象。这条路街上的树是从东南亚引进的银桦。银灰色的树干依旧亭亭玉立，梢头却缀着枯枝。据说，这是在 1978 年那次寒害中冻死的。而那次所谓的持续性的寒害，只不过是摄氏零上二三度的低温延续了一周而已。

我曾去拜访那位把北方苹果引进云南的园艺家老吴。他的第一句话就是："若是从现在起，零上二三度的苹果花开得最好，结的果实也最甜。"这是多么耐人寻味的对比，南来的银桦树的死亡线，却是北来的苹果树的最佳生命线。位于云贵高原盆地中心的昆明市，将怎样妥善地迎接它的远客呢？这个春之城，西北部有高黎贡等海拔五千米的高山屏障着寒流，东南平原海拔只有几十米，印度洋的暖流可以无遮拦地从南吹进。高海拔多日照，四季变化不明显，冷时不冷，热时又不热，旱季降雨偏少而雾多，雨季潮湿而日照足。因此，能够四季如春，繁花似锦。如果只停留在对云南自然之美的赞赏上，那就只能做自然的奴隶。而人类发展的历史证明：人，一直在用自己的智慧力量，从对大自然的屈服中解放出来。从东南亚引进银桦和从山东引进苹果，都是在和大自然搏斗。尽管银桦死了一批，苹果也还不很甜，但经过实践，失败，再实践，肯定银桦将会在昆明的土壤中挺拔生长，苹果也将比它的亲本更脆更甜。这种战胜自然的力量，将随着对自然的更多了解而增强而加大，这绝不只是诗人的遐想。

滇池与造田

　　昆明的风景胜地之一——大观楼，因清代文人孙髯翁的长联而更加扬名。长联状述的滇池风光，令人神往。长联用"五百里滇池奔来眼底"开篇，接着说"喜茫茫空阔无边"。这个"奔"字和这个"喜"字都用得极好。滇池之水相奔而来，可见浩瀚。喜茫茫的空阔，又是多么舒展的境界。在描绘了滇池的地势，抒发了诗人的情怀之后，用

"莫辜负四围香稻，万顷晴沙，九夏芙蓉，三春杨柳"这样绘景绘情的语句结束了上联。

拜访滇池恰值隆冬。九夏芙蓉当然没有，可是那盛开的茶花，富丽之姿不亚于九夏芙蓉。至于杨柳，也没有像北方那样只剩了枝条，依然是长叶如眉依流水，很是妩媚。

髯翁所乐道的四围香稻、万顷晴沙却无复当年景象了。它经历了一番不寻常的波折。起初，在"十年动乱"中有人提出了"向滇池要粮"的口号。口号真够吸引人的，利用滇池种稻，既可获得粮食，又能省去开渠之工，岂非事半功倍？

于是，造田大军来了，数不清的土方倾倒进浩瀚的滇池，垒成了一方方的田块。第一年，真的收获到粮食了，人们喜从天降，庆幸多了一条生粮之道。可是，第二年，情形开始不妙。有的田块塌陷了，泛碱了，有的田块沙化了。总之，已经不能指望生出什么像样的庄稼。塌陷、泛碱、沙化是明摆着的结果，因为造田之前，并没有调查过滇池之底的地貌，没有测定过晴沙的流动量，没有计算过水的含盐溢碱量，等等。还有一系列需要进一步才能明了的后果：因为土压了水，就封闭了鱼儿们的家，占据了浮游植物的生存地带，使嗜食浮游植物的滇鲤产量锐减。因为土压了水，堵塞了淡水虾的产卵孔道，昔日，连娃儿们嬉戏之间都可以捉到的鲜美的小虾，现在被驱赶到滇池中心去了。因为水混了土，传播疾病的泥生钉螺找到了繁殖的天堂。因为土压着了水面，导致蒸腾量减少，大气中的湿度降低，多姿的九夏芙蓉和妩媚的三春杨柳都面临干渴，甚至引起近年来昆明一带气候的改变。真危险啊！滇池将干涸了。

滇池的生态系统，是上万年自然交替所形成的。山、水、沙、树、鱼、虾、水草、苔藓，互相依存，各得其所。不摸清这个生态关系，莽撞地扭断其中一个环节，整个链环就将报废。

我们不是唯自然论者，时代赋予我们的使命就是改造自然。怎样闯进自然的禁区，用新的平衡代替旧貌，是件大胆而细致的工作。"向滇池要粮"是无视自然规律的蠢事，五百里滇池行将失去了茫茫之状，远非亩产 200 斤稻谷所能补偿，这也是严重教训之一吧！

奇异的石林

由于地貌变化，这个两亿年前的沧海丧失了水而裸露出海底。曾经作为海之底的溶岩便无遮拦地暴露于烈日之下了。风却没有停息，径流也没有停顿。溶岩就这样在风雨径流的雕琢下，形成不同的石峰。如树、如人、如物，千姿百态，各具其妙，恰如一带丛生的树海，石林就这样叫开了。

很可能是在一次地貌变化中，两块相并矗立的岩石，阻挡着一块滚落的巨石。这块巨石以极其俏丽的姿态被拦截住了。只有几个支点同矗立的两块巨石吻合，恰似在殿堂的两堵石墙上，镶上了一块门楣。明明是重逾千钧，却停得如此轻巧。使你眺望它时，为它的奇险而惊叹。

人们在欣赏自然奇观之后，为石林的美景命名，切合景物的名称流传下来了。一个"石象"站在一块平展展的石台之上，两耳微拢，大鼻子温顺地弯向股间。从哪个方向看去都是一头巨象。这叫"象踞石台"。题作"飞鸟渡石"的石峰更加有趣：两只尖俏的鸟嘴互相衔接，一大一小，恰像母鸟在为子鸟哺食。妙在一个"渡"字，形象地描述了母鸟的慈爱和子鸟的依恋。题为"凤凰梳翅"的石峰也很确切。这个"梳"字，既状写了凤凰回首梳翅的妩媚，又抒发了百鸟之王睥睨山林的闲情逸致。

不知是纳西族，还是撒尼族的姑娘们结伴来了，一片笑语声喧。她们精工刺绣的罩衫上，绣着山茶、海棠、绣球等多样花朵。这使得灰色的石峰平添了艳丽，似乎连 12 月的骄阳也衬得更其灿烂了。

我们和这些上一代还幽闭在深山密林中的姊妹们，在石林的剑峰池边留下了合影。尽管生活的道路不同，游石林的欢畅情意却完全一致。对我们亲爱的祖国的每一盛景，我们同样欣赏。正像俄罗斯诗人莱蒙托夫所说的那样："人民对祖国，对故乡，实在有一种奇异的爱情。"我想，我那戴着硬质头饰的旅伴，也一定有和我同样的心声吧！

留得春意在（外一章）

署名：柳青娘

初刊香港《大公报》

1981 年 3 月 30 日

　　朋友送给我一枝江南春野怒放的蔷薇，祝愿我把春光留在身边。很遗憾，春天并没有按照我们的意愿，滞停在我的陋室之中。很可能是因为室内空气混浊的缘故吧，我的蔷薇只开了一天便凋谢了，把仍旧饱含着水分的花瓣洒落在夜来未曾合起的书页之上。鹅黄的花瓣悄然地躺在那里，散发出淡淡的香气。我怎样也舍不得就此把花瓣丢掉。心里惆怅又懊恼，仿佛做了一件特别遗憾的事情一样。

　　这使得我想起了葬花的林黛玉，虽然我很欣赏她那不肯随波逐流的性格，我却不想效法她去埋葬我的蔷薇。时代赋予我的性格，和与她迥然相异的处境，使我无从欣赏她的葬花词。我完全没有伤逝的情怀。因此，她的名句"红销香断有谁怜"，也得不到我的共鸣。怜，只能是一种恩赐。在我看来，恩赐是屈辱的同义词。

　　望着我那新春的蔷薇，我忽然有了主意。我捧花瓣到凉台上去，把它洒落在街树的新叶之上，绿树因而衬得更生意盎然，花瓣最后的一点芳香流向人间。熙来攘往的人众，能够由此获得些许春意，也不辜负那曾经怒放过的蔷薇吧！

选 择

邻室的老两口吵起嘴来了，这是一向没有的奇事。两个人结缡卅年，儿女早已成行，且又各自有室有家，除了正在上大学的小女儿星期日回家以外，老两口的日子过得很安静，称得上是举案齐眉，相敬如宾，很少发生龃龉。今天这个反常的现象到底是为了什么呢？

男方是个不大不小的官员，是个够得上乘小轿车上班的干部，平日笑声朗朗，待人接物，具有时代要求的一切特点，是个易于相识却无法接近的人。女方是个中学校的副校长，眼角眉梢，仍然留存着昔日的俏丽，看上去凝重而善良，似乎是那种可以一见如故的人。

我的介绍已经带有倾向性了。生活使我体会到：祖国为我们培育的男人，合着祖国独特的历史环境，一般都是方正高于体贴，义务多于爱情。很可能，我的芳邻也正是那种只具有政治家气质却没有艺术家禀赋的中国男士。这种人，称得上是丈夫但绝不是情人。如果对方只是丈夫，那肯定是乏味、枯燥，有时甚至是令人难耐的。托尔斯泰笔下的安娜的悲剧，也正是这种社会景观的再现吧！

芳邻的龃龉原来是为了小女儿的对象。未来的乘龙婿获得了乃岳的青睐，却没有邀得岳母的欢心。女儿正跌宕在父母的选择之间，一时还拿不定主意。老头坚持的理由是可靠、有青云直上的前景。老婆反对的理由是浮于表面，对人不体贴。女儿似乎倾向于父亲，虽说完全是在现代社会中成长起来的女儿，很可能已经完全意识到了我们所处的生活之网络满了旧时代的蛛丝。婚后，再侈谈体贴和爱情，那只能是小说中虚构的情节吧！女儿终于遵从父亲的劝导结婚了。父亲依然笑声朗朗，而母亲却更加沉默了。

正定怀古

署名：柳青娘

初刊香港《大公报》
1981 年 5 月 3 日

　　和河北省首府石家庄毗邻的正定县，远在原始社会的新石器时代，我们的祖先就在这里劳动生息。一直到清朝中期，正定都是河北中南部的政治、经济和文化中心。这个古县城留有名胜古迹，也是理所当然的了。

　　正定境内最有名的古迹是全国重点文物保护单位之一的隆兴寺。从石家庄到隆兴寺，有专用的旅游车前往。车经过石家庄市缘的单孔立体桥，便驰入黄尘漫漫的古道之中。河北平原惯见的老百姓砖砌家屋，四四方方，小碉堡似的散在路旁。道路一边铺有沥青，另一边古道正在翻修，显然是为方便旅游而扩建。车行间，行道柳树，袅袅依依，行道杨树，深红的穗状花絮正纷纷飘坠。大地里麦苗青青，棉叶碧碧，一派美哉春光。

　　隆兴寺的前身——龙藏寺，建于隋朝开皇六年（公元五八六年），寺内原铸有大悲菩萨铜像，五胡乱华时，毁于入侵的契丹人之手。公元九七一年，宋太祖赵匡胤率兵攻打太原，路过正定，见菩萨铸像被毁，便发下宏愿，决定再建寺院，重铸金身。原铸像高七尺三寸，赵匡胤敕令新铸铜像要十倍于昔，即高达七丈三尺（宋制，相当于现在的二十公尺）。当时的工匠和军卒采用屯土办法，把铜像分七节铸成。新铸像，不但面容端庄肃穆，令人敬仰，就是那分别持各种物事的四十条臂膀也都各具风姿，显露出制模人的高超工艺，反映了一千多年以前我国的冶炼、浇铸工艺已经达到了相当的高度。

菩萨脚下的石基，佛家称作石须弥的四方石台的四壁，是一组精美的石浮雕。抬须弥的力士，肌肉隆起，蹙眉拱肩，承重之中寓有乐趣。一个个的飞天，衣纹飘逸，体态优美。手持箜篌、横笛等乐器的伎乐人，神情专注，唇吻轻翕，仿佛能听得见他们吹奏的和声。为这座千手观音建造的大悲阁，是隆兴寺内的主体建筑，是一幢五檐三层的复楼叠阁。阁内有扶梯可登至顶层。在阁顶鸟瞰正定城，滹沱河水绕城而过，京广铁路穿城而行，绿树荫荫，河水涣涣，说不尽的辽阔风光。

大悲阁的前方，是题名为摩尼殿的另一组宋代建筑。这是宋仁宗皇祐四年（公元一零五二年）修建的一组平面十字形的殿堂。正中面宽五间，进深五间，四面正中各出两间九脊抱厦，四面都以山面向前，这种立体上富于变化，形制奇特，重叠雄伟的布局，在其他名胜古迹中没有见过，是宋代建筑仅存的实例。殿内壁上是明朝成化年间绘制的佛教故事图。可惜正在整修，遮盖着严严实实的麻布帘幕，没能瞻仰，很是遗憾。殿正中须弥座上是泥塑的如来佛像，连同两侧陪侍的迦叶、阿难菩萨是宋代原塑。再两侧屈膝而坐的文殊、普贤菩萨是明代作品。一位老师傅正在为塑像重新布彩，殿内的明柱上，悬挂着老师傅绘制的样图。他严格要求助手们不准滥用颜色，宋代就是宋代，明代就是明代。这位古历史宗教彩绘家看起来一丝不苟。当询问起他的美工生涯时，他微微一笑，说：我从六岁学艺，直到七十六岁的现在，不知道为多少菩萨洗过金身，妆过佛面。佛教教人慈悲为怀。破"四旧"时，我却为了这个职业，险些被砸碎了脑袋。可见佛是不可信的。话说得幽默，却听得出不无辛酸在内。我对这位年过古稀的艺人献上了衷心的祝愿，祝愿他心情舒畅，多活几年，帮助我们艺术宝藏重放光彩。

这摩尼殿如来佛像的背面，是明代建造的一组悬塑。这一组悬塑，展开了想象画卷。比真山多姿的假山，垂着流苏一样的钟乳。比真云飘逸得多的绮云，缱绻在钟乳之间。假山中，龙、狮、虎、象等动物，或站、或卧、或翱翔、或栖止，无不悠然自得，栩栩如生。正中的那尊彩色观音，头戴珠冠，身披璎珞，一足踩莲，一足踞起。那神态，简直神妙绝伦。正面、右面、左面，无论从哪个角度看过去，都美丽得难以描画。这完全是位少女而不是神。脸上的表情活泼又不失轻佻，美目流盼，情切切而不失放荡。连微微翘起的手指，都洋溢着健康的气息。塑像人是把对女性美的赞颂，对青春的讴歌，对美好人生的憧憬全部溶塑在雕工之中了。塑像裸肩袒臂，丰腴的皮肤在臂镯中微微隆起，质感非常强烈。这尊突破了宗教偶像呆板程式的彩塑，使人流连忘返。可以说，这完全不是什么歌颂神仙，而是反映了劳动者的理想。

隆兴寺主轴的最后一进，是一九五九年由正定城内迁来的毗卢殿。这是明朝万历年间（一五七三年——一六二〇年）修建的一座佛殿。殿内的铜佛像，整体浇铸而成。坐在莲台上的佛，四面四个头戴宝冠的头像，肩以下互相衔接。所坐的莲台，每个莲花瓣上都刻有一尊坐佛。整体三层，一层比一层小，一层比一层高，最上面一层的佛冠上，舍利闪光，佛珠灼灼。称得起设计精致，工艺严谨，造型奇特而美妙，真正是古代铜铸艺术中的瑰宝。据统计，铸在莲花瓣上的小佛，竟有千尊之多。可见雕工工程量之大。

隆兴寺内藏有多块古碑。记载开寺风情的隋龙藏寺碑，历尽千年风雨，字划仍然苍劲有力，十分古朴可爱。其他明、清两代古碑也各具特色，这里应该是书法爱好者的宝地吧！

隆兴寺的山门，就是天王殿的正门，这也是一组始建于宋代的佛教殿堂，历经兵燹而仍然屹立。正中圆拱形的红门上，镶着白云石的门楣，门楣上方是清朝玄烨皇帝手书的隆兴寺匾额，金字蓝衬，十分凝重。山门对面是一堵绿色琉璃瓦覆盖的照壁，由三孔单拱石桥引进，石桥上蹲立着苍黑的石狮，石桥下潺潺流水，古柏掩映，很有中华民族的浑厚气魄。

这矗立在河北平原中的古隆兴寺，无论是巍峨的菩萨铸像，无论是造型奇妙的多进殿堂，无论是多层佛像的精细雕刻，在在闪烁着中华民族璀璨的文化光辉，诱人兴起无限的遐想。遥想建寺当年金戈耀日，铁甲凝寒，赵匡胤手下的征卒民夫，正是把征战的哀怨，思乡的离愁，化为艺术构思，融铸在这重重的层楼复阁之中了吧！

贺龙轶事几则

署名：柳青娘

初刊于香港《大公报》
1981 年 6 月 16 日

前言：春上，去外地采访时，有幸遇见贺老总生前的保健医生。他谈了贺总的一些情况，包括贺总早年在洪湖的一些小故事，很有特色。特录之以飨读者。

治病的小故事

有一次在广州，贺总血压高，当地大夫按常规给他治，越治越高，把大夫吓坏了。大夫立即向保健局汇报，并限制贺总活动以保安全。保健局马上命令我去了广州。我看见老总在屋子里坐着，就像老虎被关在笼子里一样。我说："你有什么要求吗？"他说："我要求解放！"我说："怎么个解放法？"他说："我侦查过了，前边到河边，后面到山岗，上下五百米。"我说："同意。"我陪他去散步。这么一活动血压并没上升。第二天，我请副官安排看电影，晚饭后散步、打扑克。这样过了十天，血压就降下来了。我明白他的性格。他一呆坐，精神就发僵，血压就无从下降。所以出了这个违反常规的点子。

有一段时间贺总糖尿病不好，那时正在四川。他因为看到有些工作有纰漏，心情不好，不注意饮食。我提醒他蛋白质也能变糖。刚好他和李井泉去视察工作，就问李："你知道蛋白质能变糖吗？"李摇头。他向着我："人家李政委都不知道蛋白质能变糖，就我们这些医生有能耐。"以后去看牙，他又问大夫，大夫说不知道变不变。他又向着我："你看人家教授都不知道，就你知道！"

一次走在路上，他问我："你知道怎么打豹子吗？"我说："打头。"他哈哈大笑起来，说："瞧你！俗话说：豹子是铜头铁尾豆腐腰，要打腰！你呀！你就知道蛋白质能变糖。"

我生气了，找了一段专家的论述，画上红铅笔道放在他桌上，他看过后向我抱歉的一笑，听从了劝告。

搞枪的小故事

小河口团防局有十几条枪，游击队想把枪搞过来，就去向贺总讨主意。贺总侦查了地形，如此这般地作了布置。

这天清早，几个媳妇、姑娘来到团防局的屋后割猪草，还架了个柴灶煮猪食。引得团丁一遍遍开后门出去查看。

对着团防局的前门，有个国民党军官的坟，修的很威势。他家人敲锣打鼓祭祖来了。妇女们吵吵嚷嚷跑过去看热闹，团丁们也挤过去看热闹。这当儿，两个妇女悄悄溜进团防局把枪拿出去交给埋伏在坡下的游击队。田里耘草的老百姓嚷着："共产党把枪拖起跑了！"祭坟的也跟着嚷起来："共产党来了！快跑吧！"一哄跑散了，妇女也惊惊慌慌地跑散了。团丁想追又不敢，因为手里没有枪。

其实，割猪草煮猪食的、耘田的、祭祖的，都是按照贺总的安排，由游击队员改装的。

一九二八年正月十三，华容县长岗庙里临时囚了个犯人。这人名叫齐永玉，是个知识分子，是来找贺龙的。不慎被团防局捉着关在庙里，准备解到华容去杀头示众。

赤卫队要救齐永玉，只愁手里没枪。贺龙如此这般作了布置。

这天拂晓，枪声爆豆似的响了两阵，长岗庙的左、右、后三方烟尘迷漫，老百姓惊惶惶地边跑边嚷："贺胡子踩庙来喽！挡不住喽！逃命要紧哟！"再一打量，赤卫队的大刀闪着寒光，梭镖的红缨恰似一片火海，正杀将过来，团丁吓得不知所措，有人嚷："缴枪吧，缴枪保命要紧！"十八条枪齐齐地从庙里扔出来。赤卫队员顺利地占领了长岗庙，救了齐永玉。

其实，那爆豆似的枪，是赤卫队放的爆竹。

一架画屏风

署名：柳青娘

初刊香港《大公报》

1982 年 10 月 8 日

坐落在北京白石桥路上的友谊餐厅，是这条南起动物园、北迄颐和园大路上数一数二的高档餐厅。每当就餐之时，宾客满座，音乐轻起，夹杂着开酒瓶的声响，确是一派升平气象。而使我常常踅往的却并不是这一切。因为家住附近，往往信步走了过来，走呀走地就到了餐厅门口，又抑制不住地站在厅门正中的画屏风之前眺望起来。

这是一架雕漆彩绘，镶有云头花框的木制屏风。

画正中，郑成功全副甲胄，身骑白马，身后，一杆猩红大旗，旗角翻卷，半露郑字。两侧雁翅排开的大将们，身着彩色战袍，胯下的白马、棕马、红马，有的长嘶、有的甩尾、有的刨蹄，气势十分威武。而随侍在将军们身后的武士，握红缨枪，持雕翎箭，更是雄赳赳、气昂昂，军容十分齐整。

在这组主体人物面前的土地上，委弃着缀有荷兰军徽的军帽，有凝血的军服，有砸坏了的钢炮，有战地用的十字挎包。

马上的郑成功，双眉微锁，炯炯闪光的双眼，遥望着天水相接的远方。天空金色，海浪奶白，激荡的浪花上勾着金边；大将们、勇士们的鬃边，箭上的尖镝，也都勾着金边。这就使得画的整体富丽凝重，具有鲜明的民族特色。

郑成功的凝望，包含着丰富的潜台词，这位雄才大略的民族英雄，在赶走了荷兰侵略者的得胜时刻，不是畅笑而是深思。这深思的情丝都是些什么呢？是对烈士的悼念，是对人民的抚育，是对未来建设的筹划，是对隔海故土的缅怀，是……

郑成功的凝望，总是诱起我多方的浮想，不仅我，我曾不止一次地看到中年、老年的顾客伫立在画屏之前观看、赞赏，一位老奶奶，抱着小孙儿抚摸红旗之余，教孩子说"郑爷爷，您好！"那清越的童声，委实比餐厅播放的音乐更其悦耳。

这架只有一颗小小印记的木雕画，很可能出自无名艺师之手。他很可能是从哪幅古画中撷取了需要的形象，用木条、用漆片制作了这幅引人遐想，使人振奋的画屏风。他没有为他的杰作留下名字。那颗小小的印记是四个小篆字"扬州漆画"，画面上也没有年月。

人家尽枕河

署名：柳青娘

初刊香港《大公报》

1983 年 7 月 11 日

孩提时代读古诗，读到描绘吴越古城苏州的诗句"人家尽枕河"时，我这个出生在千里冰封的北国女儿，怎么也想象不出河是如何枕法。就职以后，有机会在苏州过往，虽然已经领略了苏州的旖旎风光，但仍未曾体会到枕河的诗情画意。

今年初夏再访苏州，主人安排我住在一幢临水的老房子中。破晓，被欸乃的桨声唤醒，推窗远眺，河面水气氤氲，淡紫的朝雾，薄纱似的垂挂在尖俏的檐角下边。刚刚欢跳而来的一缕朝晖，金匹似的由此岸到彼岸，熠闪在幢幢家屋之间。河水映着朝霞，反映出淡紫、青碧、橘黄等多种色彩。这斑斓的色块被划过来的船只撞碎，便一鳞一鳞地闪开。消逝在石砌的岸壁之上。岸壁便是家屋的墙，几乎一律是用一种淡黄夹杂着赭石云纹的石块筑成，石块湿漉漉的，一些隐秘的小凹凹里，还滋生着绿绿的苔藓。从水面上望过去，苏南特有的尖俏的屋檐的倒影，像嬉戏着的水牛的弯角一般，有时勾连，有时重合，有时荡开。一幢幢的家屋，真正的是以河为枕。我不由得惊叹起古诗人用语的贴切和"枕"字所传达的意境之美。河宽不过一线，却具有相当的深度，满载着青菜、竹篾等杂物的木船划过时，船身涨满了河身，几乎要把篙撑到人家的墙上去才行。

每幢房屋都有一个窄窄的石阶筑临河面，洗菜的、洗衣的，像千年前的祖先一样，在河面上展开了生活的日课。粉的、蓝的、黄的塑料盆或桶，颜色绚丽得可以和朝霞比美。老祖宗传下来的朱红漆的木盆、木桶，只是偶然见上那么一两只。塑料制品标志了时代的变异。

吴越古城已经修筑了不少拔地而起的公寓，那里花木扶疏，卫生设备齐全，再也不需要下到河边，利用自然水去浣衣洗菜了。年幼一代很可能会像我的孩提时一样，模拟不出枕河式的生活图景。这静谧的景色所传达的悠然之美，使我升起了一个悄悄的愿望：住到公寓的楼群里去吧！勤劳的人们。不过，作为诗的注脚，作为引起遐想的诗，作为思古幽情的形象，保留一条这样的如枕之河吧！

打边炉
——广东渔乡美味

署名：**柳青娘**

初刊上海《新民晚报》
1984 年 7 月 27 日

我曾在广东农村养鱼专业户王阿公家吃过名为"打边炉"的一餐晚饭，那是一种极具特殊风味的渔乡美餐。

王阿公堂屋地上，摆着一只炭炉，炉上是一只大瓦钵，钵里九分满的清水，正开得冒泡。我们大家就围坐在炉边的小凳子上。这时，阿婆端来了一盆调好的白生生的糊糊，另有一盆里放着苜蓿梢和菜苔嫩叶。

吃法是：先在钵中放上一层绿菜，然后用汤匙舀起一勺糊糊，顺着钵边溜下去。一眨眼，圆圆的小丸子便泛上来了，衬着绿叶，宛如朵朵睡莲，待汤滚了两滚之后，便把白丸绿菜舀起，放在有酱油等调料的碗里，就可以吃了。

由于调制方式是顺着钵子的边沿往下溜丸子糊糊，所以叫做"打边炉"。

这小丸子是何等美味啊！吃到嘴里，又润又鲜，连那青青的苜蓿也平添了韵味，那隽永的滋味真难以用笔墨、语言来形容。使你刚刚吃下一颗，便赶忙去捞第二颗。

阿公的儿媳和阿婆不停地从灶间把装着糊糊的盆子拿出来，一次又一次地换掉还没有吃完的糊糊。而用不同盆内糊糊煮出的小丸子，都有不同的滋味，原来它是用不同的河鲜肉调制的。那泛有土香的是塘鲤肉丸，那有点紫菜味的是河鲮，那略呈粉色味极鲜香的是虾肉丸，而最最隽美的是蟹丸。这么多种不同的肉糊糊，都是阿公一家连夜剔鱼刺、磨糊糜的辛劳成果啊！阿婆见我们吃得心旷神怡，笑着说："昨天人手太少，没能多摸一些肥蟹来。"……

"打边炉"的味道的确鲜美，渔民那质朴的感情、吃苦耐劳的品质却更美！

小析孙中山科学观的形成

署名：柳青娘

初刊《北京科技报》
1986 年 11 月 28 日

　　一个有趣和发人深思的现象是，孙中山的故乡翠亨村在珠江口西南，隔一小山便是伶仃洋，遥望香港，陆路南下去澳门，也不过 37 公里。我国第一个留洋学生清末的容闳是孙中山的同乡；鼓吹西学洋务官员郑观应的家，也离翠亨村不远。这并非偶然的巧合，而是印证了当代一位年轻的经济学家阐述的观点：大河文化是封闭的，纵向的；海洋文化是开放的，横向的；属大河文化的古国，沿重要河流而生成、鼎盛，然而先后衰败了；而海洋文化却以它的进取性而称雄于近代。的确，孙中山的故乡地处南海之滨，是海洋文化的冲击波首先抵达之界。

　　孙中山少年时代，随母亲远渡重洋，去檀香山，投哥哥孙眉。后来他在自传中写下这段经历说："始见轮舟之奇，沧海之阔，自是有慕西学之心，穷天地之想。"在檀香山，他在英美人士主办的书院里攻读四年英文，十八岁时又去香港再习英文，掌握了外语这一门有力的工具。二十一岁时，改习西学，先就学于广州美国教士所设的博济医院，次年转入香港的西医书院，五年后以优异的成绩毕业，成为中国第一代有医学学士衔的医生。这段经历，给他的科学观打下了坚实的基础。

孙中山于 1895 年在广东发动第一次武装起义失败后，开始了旅居美、欧、日的革命生涯。1912 年让位袁世凯后，为二次革命讨袁护法又开始了长达五六年的国外生活，这二三十年间，他直接广泛地接触、考察和研究了西方社会。他写道，在这期间"洞悉西方政教，近世新学靡不博览研求"从而进一步形成了他的科学观。

科学观简言之不外两个方面：一是指近代科学知识；二是指科学态度和精神。孙中山正是具备了这两个方面，从而使他后来提出的救国治世、振兴中华的宏伟计划建筑在科学基础之上。

写在《鱼》原版重印之时

初刊哈尔滨《东北文学研究史料》第 5 辑
1987 年 11 月

1986 年 10 月，社科院文学所的徐迺翔同志写了一封信给我，封皮上赫然四个大字："梅娘同志"。这在我们的收发室引起了种种猜测。有人肯定地说："这不是咱们厂的人，从来没听说过。"有人说："地址清楚，可能名字搞错了。"一个机灵的小伙子插话了："咱们这里耍笔杆的人多，别是哪个的笔名吧！"经过查询，这封信送到了我的手中。

信告诉我，重印《鱼》，并要求我写点什么。

正如梅娘这个名字，在我们厂内，几乎没人知道一样，我自己对梅娘、对《鱼》也久已忘却。这只不过是一段往事，一段早已逝去、早已深埋，已经与现在毫不相干的往事。之所以如此，主要是由于众所周知的原因，我曲折的政治经历，使我谈《鱼》色变。《鱼》带给我的苦难，一言难尽。1952 年，忠诚老实运动中，批资产阶级腐朽思想，重重地挨了一记。1955 年，肃反运动中，清查汉奸，又重重挨了一记。1957 年反右运动，《鱼》上升为颓靡的黄色小说，印证我的资产阶级出身、我的"复杂的社会关系"，我成了货真价实的右派。按照右派分子的一级处理条款，我被开除公职，押送劳动教养，驱赶到正常生活以外去了。

　　生命历程中的这个急转弯，震得我心胆俱裂，锁在劳改农场一角的教养所内，我无从想象失去母亲这个生活之源的三个孩子如何生存下去。最令我揪心的是那个在初中就读，正值思想动荡时期的大女儿，由于"单纯"的我的影响，她头脑中的新中国，朝霞满天，光辉灿烂。对十四岁的小姑娘来说，这晴天霹雳实在是太猛太急了。一向一心奔赴社会主义的妈妈，眨眼之间，变成了社会主义的敌人，也实在是太出乎常情了。而她，突然被推上了主事地位，成了这个撕碎了的家庭的家长，要照顾重病的妹妹，又要养育上小学一年级的弟弟。更其致命的是：没有生活来源。

　　我不能不苛刻地剖析我的《鱼》和一系列我的所谓的作品。当时我认为：这是我遭到教养的祸根。我寻找了很多义正词严的词句批判自己：什么"躲在沦陷区，为侵略者粉饰太平啦"，什么"资产阶级的风花雪月啦"，什么"用资产阶级的毒素腐蚀人民啦"，等等。在这些凛凛正义的金戈声中，自我逼迫，静下心来接受改造。但这并不等于我忘掉了一切，能够做到万象皆空。我只不过是个凡人，没有那么大的定力。

　　我出生的故乡，严寒而富饶。在我还是个小学生的时候，就沦陷为日帝的殖民地了。我们这一代，是在日帝的高压政策下，生活过来的。幸好，深厚的民族意识托拥着我们，忧国忧民的志士师长开导着我们，才使我们在夹缝中曲折又艰难地吮吸到了祖国的文化，成长为特殊环境中的中华儿女。到我成人，接触了更多的世相，经受了多种磨难，认识到了人类前进的总流向之后，是经过深思熟虑，才怀着满腔的激情投奔到共产党的怀抱里来的；是义无反顾、抛弃了优厚的生活条件，像只高歌在云端里的百灵，飞到理想之国来的。那封建资产阶级的我的出生之家，使我过早又过多地接触了生活中的阴暗面；日帝统治下的社会，又使我过早地尝够了民族灾难带来的痛苦。在我那溢满着美妙理想的年轻的头脑里，坚定不移地相信："只有共产党，才能救中国。"

1949 年，当我的丈夫早逝，我处在生活的十字路口，选择今后的走向时，缠绕在心头，回响在耳际的是一首日本民歌，是丈夫辅导我学习日文时教给我的。无论是我还是丈夫，常不知不觉地就哼唱出来。后来，这首歌成了我家的主旋律，不但五岁的大女儿会唱，连牙牙学语的小女儿也会和着那欢快的节拍摇头晃脑。歌词很简单，只有两句：

我是颗快乐的小水滴，汇向大海是我的目的！

我认定：我这颗微不足道的小水滴，只有汇向人类前进的大海，才能体现作为人的生存意义。

在这之前不久，我吉林省女中的同学，北伐前期吉林省省长的女儿诚庄容，在特意为欢迎我而设宴的台北北投温泉的小宴会厅里，把国民党吉林省国大代表的选票送到我面前，要我以吉林籍女作家的身份到国大报到，共襄国是。我委婉地拒绝了。这并不是我怀疑她的政治能量，这位早在中学时代就显露了八面玲珑才能的娇小姐，凭借她的社会关系，在政治上，肯定要得开。我是不相信当时的国民党，完全不相信国民党能拯救我的家乡于水火之中；更不相信他们的国大能代表什么民意。我不愿意作为政治的装饰品，在台北招摇过市。

日本大阪外国语学院的金子院长，是我丈夫早稻田大学的学长，得悉我的情况后，邀我到外国语学院去教中国文学，我也谢绝了。早从 1946 年起，我就有机会读到了毛主席的《新民主主义论》，读到了爱伦堡的《巴黎的陷落》等等，到 1948 年，我已经沉迷在共产党的一系列书籍之中，沉迷在新中国即将诞生的巨大兴奋之中，完全没有心思到日本去。我要为我的祖国竭尽绵薄，这是我从父亲那里继承下来的夙愿。何况，我有两个女儿，我这个年轻的小寡妇虔诚地相信：只有在共产党领导下的新中国，女人才能获得实质性的独立。我的出生之家在这方面给予我的教训是太深刻了。我不能走我娘、我大姐那生活中锦衣玉食、精神上备受凌辱的老路。她们全部的生涯证明：女人只不过是一条藤，只有依附男人，才能占有人世间的荣华；而她们的荣华，对我毫无价值。我必须为我的女儿选择最佳的生活环境，这是我作为母亲的天职，也是他们亲爱的父亲的遗愿。就这样，我带着对旧制度的清醒认识，带着从书本上理解到的马列主义的知识，从为医疗关节炎小住的北投温泉，从温泉那散发着硫磺气味的幽径，走向新天地来了。我清醒又怡然，我渴望把我的笔（当时的评论界，认为我属于进步范畴）奉献给祖国。

教养所高墙内的无产阶级专政，给我提供了一个可以切切实实地思考什么才是革命的最佳环境。我隶属的学习组，叫政治错误组——包括历史反革命、右派、冠以反动思想的天主教、基督教的信徒，反动会道门的骨干分子，全是教养所思想改造的重点。我们这一些人，一经收容进来，第一步就是检查交代，反思自己向无产阶级专政进攻的罪恶活动。

按照管教干事的要求，每天都有人进行反思。我紧张地进行了最彻底的检查，准备好好地做一番交代，亮出自己的思想根源，以期得到脱胎换骨。可是在听了若干天他人的反思之后，我改变了主意，并哂笑起自己又犯了不识时务的老毛病来。想当初，我要是能多少识些时务，就不会和我的支部书记之间碰撞出那么多的龃龉来。那时，我用我对革命的复杂性认识不足的书生浅见，对他在日常工作中的作为提了些意见。我按着写小说的逻辑认为：我们之间的龃龉，只不过是红旗下不同层次的思想交锋，是日常生活中两种不同性格的遭遇。而结果，他被评价为党性强、处理正确；因之，青云直上，由处长提升为局长。我被批为错误，且由机关干部转化为社会主义的敌人。看起来，时务可非识不可。我必须审时度势，不能再蹈覆辙，一定要过好教养所的检查关。

我们这组同学（这是官方指定的称呼），除了右派真有个不大不小的帽子外，其他只能加上个"准"字。历史反革命是没有反到可以戴上反革命帽子的准历史反革命，反动信徒也很难定下个戴帽的标准，至于反动会道门的骨干分子，其实是曾在一贯道坛殿上点灯、燃烛的小使，是经过镇压反革命宽大过来的人物。反动信徒一做反思，就是叙述什么按照主的意旨，宣传福音；进了教养所后，才明白那是放毒等等。简直简单得可气。那些会道门分子，在知识分子的右派同学面前，张口结舌，就怕说漏了嘴，招来难以招架的批判。那惶惑的脸，又愚昧得可悲。这里的思想改造，已经凝结为固定的程式；交代的是言不及义的生活琐事，也只有这些鸡毛蒜皮；批判的是引证革命条款，泰山压顶。我不止一次情不自禁地在心底狂呼：这不是改造思想，这是欺人又自欺。一种被戏弄且又无可奈何的感情像冷雨一样浸向全身，寒得心都战栗着。但我控制着自己，做得一样诚惶诚恐，其实这更使我冷得打颤。能找到多大的帽子就戴多大的帽子。这里的一切我都无权指责，我能做的就是这样随帮唱影。我还找到了一种阿Q式的自我安慰，我想：反正批的是我自己，又没有妨害别人。我需要尽快地结束教养，我有嗷嗷待哺的儿女。我们这一组人，都盼尽快结束教养，我们只不过是名副其实的凡人，都有各自揪心的小事。

到管教干事认为那个人交代得差不多了，便分派到生产组去干体力劳动。我们几个右派，先后被派到副业组打草喂鱼。我们挂上农场特制的腰牌，在农场内自由地通过各式岗哨。这也算是对知识分子的一点尊重吧！犯小偷、男女关系的人得不到这种信任的。我们黎明即起，把湿漉漉的丰草割下，担向由窑坑改造的鱼塘，把草撒向水面，那大大小小的草鱼便浮了上来，活泼地争食草叶。在逐渐趋亮的天光里，看着鱼儿的银鳞忽隐忽现，也自有一番情趣。有人竟而写诗了，揭示在板报上，讴歌劳动的伟大。我却丧失了握笔的雅兴。我切切实实地悟到了自己的浮浅，我惭愧我写过那么一些浮在生活表面的文章。那文章，只不过是草鱼掠过水面带起的一串泡沫。

我又被调到农场的翻译组了。我摸不清管教干事为何对我如此垂青，也许真的是按照人尽其才的规律办事的吧！这个高墙以外的人无从想象的生产实体，竟有二十多人，有右派也有犯人，有男也有女。列昂节夫的《政治经济学》，有人由俄文翻译，有人由英文版、法文版进行了校译。反映拉美开拓时期的世界文学名著——《绿色地狱》，有人由西班牙文翻译，有人用德文版校译。德文的《人生三部曲》有人由德文翻译，由我用日文校译。译校之间讨论起遣词造句来，都十分认真，一派研讨的空气。姑名之为高压下的小自由吧！在这个生产实体里，有意地躲避思想领域中的专政界限。我这只曾自喻为高空中不沾尘埃的百灵，却在笼中得到了执笔报效祖国的机遇。可以说：进了教养所的高墙，我的思想便得到了净化，这令我哭笑都不是滋味。不过，我已经悟到了一个严酷的事实，批我写的《鱼》如何如何，只不过是一场应景的措施，我的教养是命定的，只能怪我生不逢辰。

三年又半的教养日子苦捱而过，教养所放我回社会了。什么"改造得不错"的官方辞令我已经毫不动心了。我害怕回到社会上没有活路。离开了农场这座靠山，我的笔肯定又会一无是处。

街道上的劳动服务站，按着先革命群众，后有毛病的人这个顺序分配临时工。因此一个月能有十天的小工作，就不错了，这完全难以糊口。我妄想编编连环画册来救急，未成右派之前，我曾是上海人民美术出版社、北京人民美术出版社、辽宁人民出版社的特约作者。那一印几万、几十万的连环画纪录了我的"才能"，何况我还有得奖作品。我试着给出版社写信申请，结果毫无反响，右字已把我驱逐到为文之外去了。

为了我的一碗糙米饭，连小伙子干的、在车站上扛菜包装货车的活我也顶下来了，这虽然累死累活，但凭力气吃饭吃得仗义。最难堪的是给人家去做保姆，警惕性高的雇主，对我这个不像保姆的保姆，难免问三问四，这令我十分尴尬，又不好解释。我甚至怨恨起我那有点文化水平的外形来了。无奈之余，我把中学时代老师讲给我、曾使我立下鸿鹄之志的屈原在《离骚》中吟咏的警句："亦余心之所善兮，虽九死其犹未悔！"写成横幅，贴在陋室的墙上，晨昏相对，藉以激励自己，吸取生存下去的勇气。

"文化大革命"中我的右派升级了，成为现行特务。派出所指令的红卫兵小将要我交代我由日本特务转为国民党特务的具体活动，至此我方大彻大悟。原来我一直捉摸，按我写的几本破书，是够不上开除公职的一级处理的。送我教养的我的支部书记，真是抱着为国消除隐患的热情，猜测到我有作为特务的可能的话，我可以原谅他对旧制度的无知；如果他是为了剔除我这样爱提意见的刺的话，那就不合共产党员的格了。时间已经泯掉了我对他的不愉，我情愿他属于前者。尽管我在思想中这样宽慰自己，我却无法不焦心如何生活下去。这次的"开除"尤其凌厉，规定我不许离居委会一步，也就是说：出去做小工、做保姆一概不行。

幸好真的应了那句天无绝人之路的古语，革命居民委员会的吕大妈主任，一位绣花厂的老工人，为居委会揽下了为外贸出口加工的绣活，要我随着专我政的小组成员在居委会里做手工。再没想到那早已与我毫不相干的我的母家在这样的关键时刻，为我提供了方便。我娘为了把我规范为标准的秀女，在我上学之余，强制我学习过刺绣。捏起那发丝一样纤细的小绣花针，虽然笨手笨脚，毕竟我接受过这方面的训练，很快就掌握了它，绣出来了我的食粮。到我们接受了款式新颖的加工活时，我竟成了小组的"技术员"。专我政的小组成员，是居委会千挑百选、从上千户的居民中挑选出来的、政治上没有一星疵点的红五类。她们不是随着革命军人进城来的军属，便是工人家属，但她们在那斑点交叉、线路纵横的绣花图纸面前却一筹莫展。她们分辨不出那些圆套三角、四边形又内切圆的几何图形应该从哪里起针，又如何顺线。这样，我和专我政的成员之间，便形成了一种滑稽的默契。开斗争会时，她们用文不对题的语录狠批我全身浸透了资产阶级的毒水，会下，我们一齐琢磨工艺，姐姐长妹妹短。

　　"文化大革命"掀起清队高潮后，我偶然在报纸上看到了赵树理被揪斗的报道。我始而惊愕万分，继而怒不可遏。看起来不止是我们这些挂旧字号的人过关的问题了，连人们崇敬的革命者也在劫难逃了。我脑子里塞满了赵树理的音容笑貌，赶也赶不掉，推也推不开，以至几次针扎到手指上，血滴污染了绣活。吮着滴血的手指，像是吮着从心里渗出来的血滴。那凝结在雪白的绣衣上的血，用冷水可以洗得干净，心中滴血的思念却怎样也平息不了。

　　那是北京市1949年组建大众文艺创作研究会时，赵树理笑眯眯地来到我们中间，宣称他什么家都不是，只是个热心家。其后，在大众文艺创研会的活动中，他充分显示了作为热心家的风貌。从名传遐迩的老舍、拥有上百万读者的张恨水、大公报人张友鸾、专写北京掌故的金受申、刘雁声，到我和雷妍这挂有汉奸头衔的小字辈，可以说，没有一个人没得到过他无私的帮助。雷妍刊登在《说说唱唱》上的短篇《人勤地不懒》，赵树理帮助她修改了四次之多。我们从赵树理的楷模行为里，体会到了共产党人改造天下的蔼然大度。

　　我不能不判定眼前的革命是一场民族的灾难了，按当时整治人的规模推想，我只怕这将损及他的身体，可我完全不能帮助于他，哪怕是给他送一碗解渴的清水也不能。但愿文坛的祖师爷——魁星能保佑他，我竟尔向苍天祈求了。

　　清队高峰之中，红卫兵小将再次光临抄家，家徒四壁的我，默默打开破柜门、抽屉，任从小将们检查。我又估计错了，小将们显然是带特定的目的来的。他们只检查我的信件、笔记。其实，我早已与外界隔绝，没有一封私人信件。他们把我保存多年、已经泛黄的《第二代》

《鱼》《蟹》的单行本撕得粉碎，踏在脚下不屑一顾。把我唯一的财富，我为构思长篇搜集的诸种素材而写就的札记捆成一捆。几张日文剪报被他们发现了，他们如获至宝，郑重其事地和捆好的札记一齐带上，扬长而去。临行命令我，交代私通外国的具体罪行，写成书面材料，报到派出所去。那几页日文剪报只不过是一位日本文艺评论家佐藤伊夫（名字想不起来了）1944年发表在文艺评论杂志上的一篇评介《鱼》的文章（《鱼》经日译后，在《主妇之友》上发表）。我并不认识这个人。事先也不知道这件事。是我的同学原田隆子剪下来寄给我的。太不谙世事的我，当时并没觉得有可珍贵之处，连几月号的杂志也没有细问便存以纪念了事。这在审查我的特务一案中出现，确实难以说清。这又是一桩无头案！包括我札记中记下的某年某月有何政治风暴等等，尽管记的是历史，我也将有口难分辩。说不定会给我带来意想不到的灾祸。

红卫兵小将那大钢扣子的武装带可是不饶黑五类的。我无从脱逃，只能听天由命。我整理起那些被践踏过的纸片，把那记录着我生命历程的纸片洇上水，团成球，权当煤球来烧开水。一本木刻的《元曲选》（这是我从家里带出来，一直珍藏在身边的），奇迹似的完完整整地保存下来了，我顺手把它掖到了铺下。长夜难眠，起来赶做绣活、歇歇眼睛之际，顺手翻开了那本元曲，恰是一首无名氏的深情吟唱：

> 不读书有权，不识字有钱，不晓事倒有人夸荐；老天只恁忒心偏，贤和愚无分辨。折挫英雄，消磨良善，越聪明运越蹇。

很可能正适合我那提心吊胆的心绪吧！顷刻之间，我便记得烂熟，也在顷刻之间，恐怖者再。这谴责旧社会的吟唱，如被小将发现，那还了得！我亲手撕碎了这本书，润上水，团成了我特有的纸煤球。我把珍藏的书也烧了，我和文学的缘分到此为止，上天保佑，能平平安安地做我的绣花女，就是我最大的幸福了。

一九七二年以后，无休无止的外调没有了，也不开斗争会了。我生活在我那绚丽的丝线之中；生活在张姐、李姐的家长里短之中。往昔的一切，都成了过眼烟云，记忆中那些有着光彩的事件逐渐黯淡下来，有的消失得无影无踪。什么《第二代》，什么《鱼》，我连有哪些内容也记不清了。

一九七八年"右派"得到改正之后，我由我的绣花职场回到了原来的工作岗位——中国农业电影制片厂。毋宁说我是心安的，因为，既然把文化知识的差别看作阶级的鸿沟不符合社会的发展规律，那就必然有纠正的一天；既然共产党人以解放天下为己任，就不可能不理会我们这些政治上的夹生饭。我比赵树理幸运得多了，因为我活了下来，重新端起来金饭碗。和那二十二年来俯首敛心、愁柴愁米的日子告别，我也和所有得到改正的人一样，幸福掺合着辛酸。一位智者谱写了一首《西江月》，其中的两句是："往事辛酸休念，放眼未来向前。"这也贴切地表达了我的心境。只不过我已经老了，两鬓华发频添，说是桑榆非晚，那只不过是心理上的写意罢了，在青年人面前，我是真真正正的老太太了。

《鱼》再版重印的消息来得如此突然，惟其突然，就显得格外值得珍视，觉得幸福。我认为幸福的不是今天的社会承认我曾经是个作家什么的。我觉得幸福的是：这是对我的理想、信念的肯定，是对我们这一代历经坎坷的人的肯定，是合乎历史规律的清醒的反思。写《鱼》的年代，我梦寐以求的是通过我的笔，宣扬真、善、美。在那特定的社会制约之下，我那渴想祖国、热爱人生的赤子之心，执着追求的是以自己的微光灼亮黑暗世界的一角。当时我是那样年轻，只不过是个黄口乳子。祖国璀璨的文化哺育了我，先哲睿智的教导武装了我，我以初生牛犊不怕虎的莽撞，运行了我幼稚的笔。如果说，今天的读者认为《鱼》还有星点可读之处的话，那就是对我的嘉奖。我别无他求，今后唯一的愿望就是为祖国竭尽绵薄，奉上溶化的心。

随想·小传

孙嘉瑞 1988 清明

1988 年 4 月 3 日寄《中国当代女作家编辑组》
收入中国广播电视大学出版社《梅娘：怀人与纪事》2014 年版第 86-88 页

　　双栖的生活使我幸福，更其令我兴奋的是我们身边聚集了一群青年，在日趋严峻的战争空气里，我们找寻着前进的道路，探索着如何把为祖国效劳的心志和眼前的环境统一起来，我们开始涉猎马列经典，并为它深深吸引，常常为了弄懂一个命题，在异国的暗夜里，遮严了所有漏光的窗户，争辩到黎明。我们写小说、写诗、翻译我们认为有价值的著作，抒发怀抱，沸腾的年轻的心，渴望着为建造理想的社会而献身。

　　太平洋战争之后，尽管日本军方不断吹嘘胜利，在日本本土，战争的恶果已经逐渐显露，街上完全见不到青壮男人，几乎每家的门楣上，都钉有出征者的光荣牌。食品越来越短缺，竟用鲸肉代替牛肉陈列在砧板上了。据说，这是从来没有过的事。对我们这些从来没表露过对"满洲国"忠诚的留学生，有"人"来拜访了。这就暗示，我们被注意了。

　　一个日本报人，柳早稻田大学的上级同学，介绍我们到北平去帮他好友的忙。他的"好友"正接管了一个拥有六种杂志、一份报纸的杂志社。这正合我们也打算返回"满洲国"的心愿，能有一个在北平的落脚点，实在是太好了。

　　1942 年，我们加入了北平的文化人行列。我的小说、译作、陆续在各大杂志刊出，显得十分活跃，内心却十分惶惑。北平原有的文化人（包括未尝随北大、燕大南撤的部分教授、学者，现任的大专院校的师生，文人、报人等），由于我们来自日本，用几乎是用来对待占领者的心态对待我们，这使得我们十分尴尬，一时却又难以分说。而那位重用柳的"好友"，却十分诚恳地要求柳放开手脚，以读者为上帝，尽量把刊物办得有魅力，重点放在人类的共同追求及真、善、美之上。这使得我们亦喜亦忧，摸不透这位占领者一员的知识人的真实意图，这又是一个难以分说。

　　1943 年的下半年，柳的一位棋友，日本北平驻屯军军法处法官竹内，突然被军法处解职并押回本土。这确凿的消息来自柳的"好友"上司，这使得我们立即明白了事实。曾经在日本就和日本反战同盟接触过的往事，记忆犹新。可以肯定竹内是朋友，绝不是敌人。怪不得他那样急切地要求柳保释因西直门爆炸案被捕的嫌疑犯李克异（电影《归心似箭》的作者）及几个被当局判定为反日嫌疑犯的中国人，当然，传递这个绝秘消息的柳的"好友"龟谷，心态也就昭然若揭了。我们庆幸，在北平又找到了朋友。

　　我们的庆幸，只说明我们判定政治风向的天真。1944 年初，龟谷莫明其妙地被解职而且立刻消失了踪影，以龟谷为社长的自负盈亏的法人杂志社，被勒令移交给华北政务委员会情报局。柳没有被聘请继任他的总编辑。这突然降临的"闲暇"，给了我们切实思考前途的时间。而这时，我们得到毛主席的《论持久战》《新民主主义论》等书籍，曾在日本研读过的《国家与革命》中的论断重新在心中燃起烈火。我们年轻的心，盼望着民族的解放，渴望得到献身革命的机会。我之所以在这篇短文夹叙了这段往事．是因为这段繁复迷离的经历坚定了我投身革命的信念。正是因为这段经历，在肃反运动中，成了我难以分说的"反动历史"。

1945 年夏天日帝投降。当继母知道我们在北平"闲暇"之时，派大弟接我们回乡。她已除却了对我的不悦，因为多变的世事教育了她；父亲留下的家业，只有我们这辈年富力强的人才能复苏。她根本没有想到，我们早已溢出了她的希冀，我再次摒弃了富有的家。

1948 年，柳受北方局城市工作部刘仁同志的委托，去台北做内蒙陆军总参谋长乌古廷的转身工作。不幸乘坐的太平轮在舟山口外沉没，柳带着他的奋斗沉入了大海。

我面临着抉择，我那涉世不深的二十七岁的头脑里，坚定不移地相信："只有共产党，才能救中国"。

五十年代的新中国，用蓬勃向荣的环境包围了我，我不停地挥动着我的笔，写采访记、写社会见闻，也写小说，笔下跳动的一律是欢快的音符。

由于我那些难以分说的往事，我们单位的决策者，无论好坏也不肯承认我这个大小姐是真心实意来加盟的。他断定我是身在曹营心在汉，我被划作右派，开除公职，驱赶出了革命队伍，成了劳教分子。

二十二年胼手胝足地苦求生存，教育我重新审视了人生，我这才大梦初醒地记起了我们还有旧的文化沉淀。尽管过的是被革命者蔑视且又吃了上顿愁下顿的艰难时日，我却并不后悔。当我得到改正、重新被列为革命者时，知情者讥笑我傻，说我如果留在日本、留在台湾，现在会如何如何等，我只一笑对之。上中学时，国文老师孙晓野先生在那特殊的环境里，意气风发地带领我们朗诵屈原的警句："亦余心之所善兮，虽九死其犹未悔"那激动人心的场景历历在目，这早已深深植根在我们的灵魂之中，可以说，就是我的心证。

岁月不饶人，华发早生，如今尽管丰衣足食，握笔的锐气一再迟滞。五十年代立下的鸿鹄之志——要为我们两代生活在殖民地中的知识人抒发胸襟而写长卷的宿愿，未能实现。现在只有一点我是有把握的，再投笔，我绝不会只能状述姑娘的心声，因为我已经懂得了更多的道理。

这篇短文，不过是个"随想"，愿以"自传"应上。

远山博士的遐想

初刊北京《新观察》
1989 年 4 期

半个多世纪以前，甫从日本京都帝国大学农学系获得学士学位的青年学子——远山正瑛，遵从指导教授的叮嘱："一定要去看看东洋文明之母的黄河。"筹足了旅费，至诚至敬地来到浊浪翻滚的黄河之滨，目睹了大黄河那泥沙俱下的狂暴姿态。这位有志青年当即立下宏愿："定献毕生之力，使黄河变清。"

战争阻挠了他为实现这宏伟的绿色之梦所作的各种努力。50 年的时光弹指而逝。当年的农学士早已发积雪华，颊染风霜，由学士、硕士而博士，在绿化沙丘的工程中送走了胼手胝足的日日夜夜。但他那为大黄河献身的绿色之梦却始终萦绕心头，未尝一日忘却。当日本人民为他卓越的绿色工程献上桂冠，欢庆他取得的一个又一个治沙成就、尊称他为沙丘之父之时，老博士的情思却悄然地越过了一衣带水的狭窄海域，飘向了泥沙俱下的黄河——他要在埋骨之前，为黄河赶制绿裳。

美国开发田纳西溪谷的 TV 计划，是由日本提供葛种得以成功的。那么，为什么不能把葛这种扎根深、繁殖快的固沙植物送到中国去？为什么不能让日本葛那柔韧的棕根去缚着中国那条东流、南流、北流的狂暴的黄龙？

可是，博士踌躇了。采集葛种只能手工作业，这在高度机械化的八十年代可真是件十分繁琐、十分讨厌的事；而黄龙的绿裳又远非一克、一公斤，甚至百公斤的葛种所能缝制起来的。

老博士发出了衷心的号召，吁请给予协助。《朝日新闻》为这诚恳的吁请插上翅膀，博士的心声飞进了千家万户。日本人民基于各种不同的心态响应了博士的召唤。老一代怀着沉重的心，去为黄河采集葛种，要以这艰苦的劳动来表达歉疚的情肠，为曾破坏了中国人民的安宁而祈求赎罪；中年一代为日中友好、为报答东洋文明之母的黄河给予的智慧启迪而跨山越谷；孩子们则为在地球上建造绿色文明献上了童稚的真诚。

一袋又一袋的葛种送到了老博士的家中，附着一封又一封情真意厚的短笺。一位80岁的老太太说："噢！原来葛就是我们家乡俗称的咯呢蔓草，战争年间，用葛根煮汤、用葛粉蒸糕，可是帮助我们度过了艰难的岁月。请将我这老胳膊老腿奋力采下的蔓草种送到中国去吧！"一位50岁的农民写道："我还记得葛，那藤结实得很，砍木柴时能用它当绳子！"一位职员说："我们全家今后的远足主题就是采集葛种，为大黄河的绿袍准备材料。"广大的日本小学生在老师的导引下，发现葛、结识葛、为绿色黄河尽力。

在中国兰州的沙漠研究所，经过日本人民精选的葛种，由老博士和他的后继者——日本青少年的代表——绿色少年团团员，一颗颗播种在中国的大地之上了。

葛苗出土了，显示出喜人的苗壮的生长态势。老博士再下、三下、四下兰州。伫立在黄河之滨，脚下簇拥着已经扎根的绿葛，老博士的情思由身前的黄河扩展到身后的腾格里沙漠。这荒漠的腾格里沙海，面积相当于日本九州岛的三倍，这是多么辽阔的地域。如果这里不是腾格里沙漠而是腾格里绿洲的话，那该是多么幸福的景象！

中国曾用飞机在腾格里播种草籽。横行的流沙可是不容易驯服的东西，借助风力，流沙由高丘而低谷，时时改变形状。肆意向新生的小草压来，使它无法连片生长。远山博士用吉普车，平一块、种一块，种一块、保一块，斗沙的战争在艰难地行进。吉普威力嫌弱，博士准备调用推土机。

中国同行和博士合作，在兰州沙漠所的沙坡头实验站建造了实验室。博士亲自题写室名——苍龙阁，寓意苍龙锁黄龙。站在苍龙阁的屋顶平台上，腾格里一览无余。沙坡头是进入腾格里的咽喉要道，曾是古丝绸之路的重要驿站。博士风趣地说：称这条路为丝绸之路，那是西洋人的见地，因为中国的丝绸曾从这里走向欧洲。我们东洋人是不是可以这样说，这是条水果之路，我们的葡萄、核桃、甜瓜将从这里走向世界。

在腾格里沙海的一隅，博士用他渊博的农艺学、农业工程学的知识，创建了世界上第一座沙漠葡萄园。葡萄统统种在棚架下面以便培土。当零下30多摄氏度的酷寒来临时，葡萄的这件土制轻裘，便能护着它安然地度过严冬。

保护沙漠中的绿，博士认为：比什么都要紧的是尽快建立起沙漠中的水瓶即水库。这有成功的先例可循。新疆石河子垦区就是在王震将军的主持下建造了8个水库，才使得只有七户人家的小僻村发展为拥有40万人口的米粮仓、棉花库、水果乡的中型城市。博士佩服将军的胆识，将军欣赏博士的胸怀，这一对同龄人因治沙的共同理想，结下了难分难解的友谊。

中国的三大山系：阿尔泰山、天山、昆仑山绵亘蜿蜒，各自都有海拔 4000 米以上的高峰。终年白雪皑皑，夏季溶雪水流奔腾而下，瞬间便被表土吞尽，只留下水流冲激的痕迹。不能让这孕育生命的水白白流淌。雨的情况也是如此，中国的沙漠并不缺雨，仅止夏季一季而言，年降雨量就在 200—300 毫米，倏忽而至的雨，从山上削落了大量泥沙，使得土地沙化，河流混浊。博士说：中国 4000 年的历史，就是水与沙格斗的历史。因此，应该遴选最佳方案，调集一切可能，将沙漠中的"水瓶"竖立起来。作为一位农业科学工作者，老博士很为自己成为中国治沙大军的一员而自豪，他在筹划着如何尽早从水果之路运出水果，怎样一块一块为黄河剪裁绿裳。

一段往事——回忆赵树理

初刊山西《赵树理研究》
1990 年 1 期

1952 年春天，体验生活到了山西省平顺县川底村。我之所以选择了这块最贫困的土地，是因为他们坚决走农业合作化道路的热情激发了我。我渴望农业社这个社会主义的魔术箱能帮助我这个资产阶级文人得到脱胎换骨的改造。领袖是这样号召的，虔诚的我深信无疑。

使我喜出望外的是，作家赵树理和川底社的妇女主任一起接待了我。老赵，和我在北京大众文艺创作研究会和他接触时一样，微微地笑着，神态诚挚又怡然。在这块他出生的土地上，在我们以后的共处中，他肯定会给我众多教益，而他一向的坦诚，又可以使我多方透露心曲。

他笑眯眯地引我到了一个打扫得干干净净的窑洞。一进窑门，我就下意识地后退了一步。触眼的是一口白木茬的新棺材靠着东墙屹然而立。在我欲进又退的当口，老赵抢先一步，拍着棺材盖说："多好的桌面，光光滑滑，写起字来，保准顺手。"他见我犹疑，拉过麦秆编的高蒲团坐下去转了个身，比划着写字的架式，补了一句："你看，高矮也合适！"

我只好把行李放在与棺材平行的靠西墙的土坯铺上，禁不住轻轻地叹了口气。老赵见我这样，坦率地说："实话告诉你，社里找不出一张桌子给你用，这里一向缺木材，战争中支前又毁了个罄净，现在才陆续解决了一些门窗，这是老汉省下来盖窑洞的木料打的。我想你需要张桌子，也认定你不会忌讳这个，才建议社里安排你住这儿的！"

"放着好好的门窗不做，却偏要打棺材！"我冒出这样一句没掂量轻重的话。

老赵脸上的笑容猛然消逝，瞧了我足有一分钟，才轻轻地说："这是个古老的心愿，从爷爷的爷爷时就留下来了。从前，只有老财能够满足……"

虽然我认定这个心愿愚不可及应该改造，我还是被老赵那沉重重的忧思摄住了。直到他走去，我才回过味儿来，明白了他与我感受的差距。他有的是与他血肉相连的农民的感情，他和乡亲们一样，正淹没在出水火登衽席的极大欢欣之中。他完全理解一个捣了一辈子土坷垃的老汉最向往的是什么，完全理解那省吃俭用、胼手胝足也要为木质的"永恒之家"拼搏的心态。而我，只不过是从字面上认知了农民解放的意义，想当然地以为社会主义的优越性该是什么什么。

给我编蒲团凳子的我的女房东夏景，生得十分俊俏。一和她对面，我便想及太行山区出美女的俗话。我很长时间摸不清她是房东老两口的媳妇还是女儿。她有时按照当地习俗把秀发盘成发髻表明她是少妇，有时又垂着大辫子和大姑娘一样。我和老赵都在她家吃派饭，这也是社里对外来人的照顾。夏景能把掺了菜和糠的粮食做得特别顺口，她拉的黑面条（掺了近一半的榆树皮粉）像她的秀发一样绵长柔润，使吃的人赞不绝口。

日子一久，我对夏景由喜欢转为亲密，总想为她做点什么。当我弄清楚，房东家的独生子——也就是夏景的丈夫，参军七年毫无音信（中间经过抗日、解放两大战争的胜利）时，便想按着婚姻法的规定，帮助夏景办离婚手续。我背着夏景先征求老赵的意见。像我们当初涉及棺材的话题时一样，老赵的笑容猛然收起，直直地凝视着我，我被他看得惶惑了，不知道我认为的这件合情合法的动议为什么会招致他的忧思。好半天，老赵才轻轻地问我：

"你和夏景谈过了？"

"还没有。"

"那就不要谈。"

"为什么？男人肯定是为国捐躯了，总不能让夏景孤独一辈子，这不合乎人道！"

"你是中央来的，你的话对夏景很重要。实话告诉你，这不是夏景一个人的事，像夏景这样的女娃，这一带很多；你帮助了夏景却拆了这个家，这会引起连锁反应。我相信你已经看清了，夏景是这个家的顶梁柱啊！"

"离婚，并不妨碍夏景照顾老两口！"

"这里人们的心理、风俗做不到这一点！"

我虽然被老赵说服了，心里却很不是滋味。使我稍稍宽慰的是：当我们面对夏景时，我发现老赵的眼神里，有着比我还浓烈但无可奈何的同情之光。我开始憎恨起那口和我平行的白茬木棺来。它是在向我示威，嘲笑我的无能，我就那样眼睁睁地看着夏景向它奉上青春作为祭礼，赎买着民族的沉疴。

1956年高级农业社浪潮兴起时，人们告诉我，夏景已被评为省级劳动模范。这消息使我忧喜参半，我不敢询问她奉献的祭礼是不是仍在延续。但愿这光荣称号带给她的是解脱而不是又一层捆缚。

如今四十年过去了，夏景和我一样进入暮年，曾和我们朝夕相处的老赵，用生命作为社会主义理想的殉葬物而英逝。我只盼望夏景有个儿孙绕膝的黄土高坡人向往的晚年。

1989 年 5 月

霜叶红于二月花

初刊北京《农民报》
1990 年 6 月 4 日

我焦灼地等待和肖玲大姐的相见。约了一次，说她回茶场去了；再约一次，说她开会去了；再再相约，传递信息的人说："肖玲大姐说了，她只是个普通的人……"言外之意，谢绝采访。

听说她又在参加会议，是丘陵山区农业发展战略研究会，会址在岳麓山畔的科学会堂。顾不上再约，我便径直闯去。人们已经向我讲述了她从湖南农学院毕业参加工作之后的种种业绩。早在 1957 年，她就在当年湘潭县的双峰农业社，在制茶技术上，改手揉脚踩为机器揉捻，改日晒烟熏为炭火烘焙，提高了茶叶品质，为茶叶主产省湖南树立了典范。1958 年她在涟源县推广短穗扦插育苗新技术，提高了良种茶苗的成活率。60 年代在双峰县协助乡村建立联合制茶厂，采用机器揉茶。70 年代亲手创制了险峰一号、岳北大白等名茶。在改革开放的 80 年代，省农业厅高级农艺师肖玲与丈夫刘先和承包了岳阳县黄沙街茶场，使这个连年亏损、濒临解散的茶场一跃为经济效益显著的一流茶场。

会议休息期间，湖南农大一群学生把肖玲团团围在茶山上，不停地向她提出一个个问题。我只好选择附近一个制高点，默默地瞭望。站在人群核心的肖玲大姐，穿一身过了时的干部套装，一双过了时的绊带黑布鞋，加上华发掩鬓，如果在路上相遇，谁都会以为这只是个普通的农妇。

听说我曾到科学会堂为见她而闯会，晚饭后，肖玲大姐悄然来到了我的住处。依旧是那身过了时的干部套装，依旧是那双沾满了春泥的黑色绊带布鞋，只有一点是我在土丘上没看清的，套装里面是件绛红的毛绒衣。

"肖大姐，你这毛衣颜色很好。"当我们相对时，我说了这样一句开场白。

肖大姐笑了，正了正毛绒衣的领口，柔缓地说："我穿这颜色是不是太鲜艳了？这是个姑娘给我织的，一个跟我学种茶、制茶的姑娘！她还嘱咐我带点新茶给你尝尝，那是个细心的姑娘。"

茶冲在招待所那粗糙的茶杯中了，随着开水冲激，淡青色的小圆柱形茶叶竟像调皮的娃儿一样，齐齐地直立地浮在水中。

"真是妙极了，不用喝，光这茶叶的形体就够人欣赏的了！"我捧着茶杯，对着那碧潭似的茶汁，不忍上口。

"这是我们今年的精尖产品，已获得了省优并被定为招待国宾用茶，人民大会堂给了我们订货单，工人们乐煞了。你尝尝看！"

"这茶怎个称呼？"我唯恐亵渎这琼浆玉液，竟连这茶叫什么名字的一般问法都未说出口来。

"我们叫它'洞庭春芽'，你听听看，这命名是否合适？洞庭说明地域，也内涵历史。春说明采茶时间，内涵叶质鲜嫩，芽吮！代表制作手法，也象征着年轻人——我们的制茶姑娘们。"

　　肖玲大姐说到这里，那湖水般明澈的眼睛闪烁着灼热的光，绛红色的毛衣衬着花白的柔发，使人感到这位在千里洞庭茶乡培育了名茶和新人的女科技人员仍然壮心不老、青春常在。我不禁想起唐代大诗人杜牧游岳麓山时留下的名句："霜叶红于二月花"，把它献给我们的肖玲大姐，不是再合适不过了吗？

"知音"寄语

初刊北京《文艺报》
1990 年 9 月 22 日

80 年代初期，我去我的故乡——长白山林区采访，目的是使用电影载体，形象地阐明森林的多种功能，以引起对保护环境的关注。

当我跻身在林场那高底盘的福特拖拉机的驾驶室内，驶过随岭透迤的山路时，室外飘起了雪片。那雪片可以说是我们家乡的一种特有景观。一片雪便有巴掌那样大甚至比巴掌还长。雪片飘得那么轻柔，那么潇洒，飞舞着一天白羽。当你接上一片在掌心，白羽便慢慢融成小小的水帘，映着青松，碧莹莹玲珑剔透，看不到一星杂质。儿时曾为接到一片这样纤缕的雪而堕入雪窟，被奶奶狠狠地责骂了半日。雪片撩拨着我的情思，而我想的却是另外一个主题：说是大气被工业的有害飘尘污染了，我那翡翠般的雪片，会不会已经裹住了冻僵的硫磺颗粒呢？

我急着赶路，为的是去参加一个有关林海前途的辩论座谈会。可惜的是拖拉机出了故障。驾驶员一面咒骂着这台老爷车老掉牙了，一面停下来进行修理。外行的我任何手也搭不上，便趁机打量起环境来。眼前，路随山走，尽管是冰封雪盖，完全可以看得出这是现代化的道路，不仅平展展而且有并行两辆拖拉机的宽度。儿时坐爬犁进山，赶爬犁的爷爷随便扬起鞭子便能打落路旁松树上的松塔的情景已无从寻觅；更不要说爷爷一鞭子打下一只扒在松枝上的小松鼠那样有趣的往事了。无论是针叶的松树，阔叶的椴树，还有那勾人遐想的姣女般的冷杉，都远远地后退到了道路的两侧。我不知道我喜爱的小松鼠——那在我童年的梦里出现的滚动的小雪团，听不听得惯这拖拉机碾压冻雪的轧轧声。如今，毕竟已经是机械化了的山林交响曲了，那手工业式的马拉爬犁，随着物换星移的推进，很可能已隐入了渺无人烟的林海腹地——但愿还有这样的林地存在。我说不清自己是种什么情绪，是该惋惜还是应该庆幸，但愿它们还能在那里奏出和弦。

待我们赶到会议现场，会议已是尾声。在桌椅起动的嘈杂声中，只听见一个人高声大嗓地说了句："反正我们不能吃祖宗饭，造子孙孽！"等我意识到该去采访这位发言人时，他已带着他那愤愤然的高声大嗓径直离开会场，而且立即下山去了。

人们告诉我会议辩论的是"皆伐"与"择伐"孰优孰劣的问题。愤愤然的那位是力主择伐的一派之首。当然，人们也扼要地向我讲述了皆伐与择伐的内涵。皆伐——就是每到一个采伐区，就要见树就砍；这样做的好处一大堆，首先是便于机械作业，能够出材快，省工时，便于运输和设置楞场，是真正的多快好省。择伐——就是择熟而伐，择够径级的才伐，不够径级的不伐。当然这费工费时又运材不便，好处是可以留下能够迅速增加材积的中树和正在成长的幼树，保持森林实态。向我介绍情况的人见我这个外行已经大体上明白了这场论战的关键，便下注脚似的加了一句："社会主义大建设急需木材，不允许我们磨磨蹭蹭，再说这是林海，是浩瀚的林海啊，何况我们还在造林！"显然这是位"皆伐"派，他对社会主义建设的热情使我折服，虽然我还说不清"皆伐"与"择伐"在社会主义建设中应该保持什么样的比重才合适，我却无端想起周恩来总理说过的青山永续的话题。我暗暗承认，从感情上说我得归入择伐派。那位愤愤然甩了一句重话就离开现场的择伐者之首，可能是位敢开顶风船的人。

转年山花烂漫之时，我们摄制组来到了长白山森林保护区，这是经过林业战线上的志士们（包括那位会议上甩过重话的发言人，后来我才知道他是知名度极高的王战教授）力争，才得以用法律条文厘定保护区。这里没有伐木者只有养树人。我们一行一下子就被那宏大幽深的美景迷醉了。那碧叶连天的林冠怕是需要整整两个工作日才能拿下。那幽闭在林冠之下的中树与幼树要使用什么样的机位才能反映出他们内含的蓬勃生机？红宝石般的五味子药用果实可以利用颜色突出，而那貌不惊人却有治疗肺痨奇效的北国黄芪该怎样把它搬上银幕？那俯拾皆是多姿多汁多品种被日本美食家鉴为上上佳看的蕨类，又该怎样为它们摄下特写镜头呢？我们的拍摄日程几乎应该昼夜兼列了。何况我们还存有奢望，奢望能在拍摄中捕捉到榛鸡（这是真真正正的山珍了）飞吞榛树缨络的实景。我们已经品尝过这种溢松花香气于体外的绝鲜、绝嫩的小型雏鸡了。

忙得不可开交之时，森林管理处的人告诉我们："王战首长慰问你们来了！"话声未落，首长王战却从管理员的背后抢上一步说："我争取和同志们一道工作来了。"他替他的老师刘慎锷教授向我们致谢，说我们实现了刘老的遗愿。因为早在50年代，这位刘老先生就力排众议，主张伐林要本着采前林一片，采后一片林的原则进行。王教授的致谢如此诚恳，使得我们感觉到，这工作我们早就该承担起来。后来他竟称起我们是林海的"知音"来了。多么有意思！

就在这位林业耆宿精辟论述和组织下，我们拍摄了一系列生动的实景，准备用多银幕合成的手段表达出松林中的关键之关键——食物链。我们用饱满的松塔引出啃食松塔的灰鼠——灰鼠背后是正在窥伺并准备捕食他的灰鼠的天敌黄鼬和紫貂——以黄鼬和紫貂为大菜的东北虎急驰而至——动物残骸和着落叶一并化作腐殖质渗入土壤——树木的根须吮吸着多汁的营养——美丽的林海屹然挺立。这就是大自然缔造的从植物到动物再到植物的优生圈。这将是我们银幕中最精彩的篇章。

当话题涉及原始松林如何自然更新时，这位精力充沛的教授竟亲自带领我们涉重岭探草山，去挖掘鼠类为自己过冬而埋藏的松籽——是小小的鼠儿为大松林筹建了新家。有趣的是这位长者为了不惊动恰恰被我们撞见的捉食松毛虫的蓝大胆（林海乡亲们的土命名），竟像调皮的童子警告小伙伴一样，将手指抵着嘴唇不准我们弄出响动。蓝大胆等鸟类，既是林间各种害虫的天敌又是松林的义务播种者。这种阔嘴的鸟儿，每逢得到松籽饱餐之余，总要在腮帮子里藏上几颗，埋到它认为最安全的地段去，这又是一位天生种树者。

按照王教授的建议，我们泛舟松花江上，拍摄了黛苍苍的林海如何为平展展的三江平原截风挡雪，目睹了下山的径流如何滋润着油黑的土地。而那萍飘在江面上的鹅黄的松之花更衬得碧澄澄的江面如诗如画。这松之花香得馥郁，既可以入药入食，又是高档化妆品的香料。据说使用松树花粉制作的美容霜可以延缓衰老，使人青春永驻，我相信松花有这种功能。

　　将近十年的韶光弹指而去，我又见到了志士王战，是在《绿色警钟》电视专题节目的荧屏上。没有现场录音，不知道他是否仍然高声大嗓，那句不能吃祖宗饭造子孙孽的名言，已经得到了越来越多的认同。屏幕上的王战面带微笑，是因为得到了更多的"择伐"知音了吧！

绿的遐想

初刊长春《作家》
1990 年 10 期

有幸参加电影《绿》片的摄制组，见识了北京众多的古树名木。我这个生长在松花江之滨的人，面对着展示中华绿文化的实景，不由得在记忆中迭印起中学时代遨游龙潭山，留在记忆中那高耸入云的白桦树。这既是思念也是怀念。导我们游山的是教我们植物课的姜老师，一位毕业于北京林学院怀抱绿化寰宇雄心的志士，提倡环境保护的先行者。当时，尽管我们一群生长在都市满脑子志冲九霄誓为生灵造福的女娃们并不看重他的课，也并不认为他喋喋不休的植物对人的重要性是真正的重要，却不能不为他讲述的北京古树的故事勾起遐想……

当我面对着京郊戒台寺中硕大的活动松时，脑中映满了姜老师讲述这株树时不平的神态，乡思悠然而至。姜老师不平的是，人们说起这株奇松，只大谈乾隆皇帝如何观赏并题诗赞誉，而不说植树人的匠心和树的妙处。这株树龄跨世纪的古木，你只要站在树下的东南方牵动一根纤枝，巨大的伞形树冠便会随之瑟瑟颤动起来。这牵一枝动万枝的神奇景观，委实令人惊诧得难以置信，以为有什么神力在内。其实这不过是个简单的力学命题。向东倾斜约十度的树身，支撑着一个同样东斜的伞状树冠，伞冠枝干交错，绿针叠生，长度几与树身相等，树的重心偏移而东。因此，来自东南方的外力，哪怕是轻轻地扯扯，也会令绿伞轻荡、万针簌动。我不记得姜老师讲没讲过这个奥秘，他一定讲了，只是自己没有记住而已。

姜老师还兴高采烈地向我们讲述过北京孔庙大成殿前的锄奸柏古树。据说：明朝奸相严嵩，有一次代替皇帝祭孔，他得意忘形，下台阶时大摇大摆，纱帽竟被树枝触落，闹得严嵩十分扫兴。无独有偶，事过几十年，到了明朝天启年间，权阉魏忠贤附庸风雅，亲自到大成殿拜孔，被同一柏树坠落的树枝打中，吓得魏忠贤战战兢兢，狼狈而去。这两件事联在一起和素以柏树为吉祥树能驱鬼辟邪的文化心理相结合，便有了锄奸、除奸的命名。这如今仍然枝繁叶茂荫遮大成殿的古柏，引得百姓津津乐道于这些传说。

姜老师曾引经据典地讲过，万古常青的松柏，古人习惯上是不予区分的。采访中，我见到了一株称作松，其实是柏的古树，它生在北京西郊樱桃沟的一块巨石之上，被人称作石上松。据红学家考证：当年，家住附近的曹雪芹，常常在此流连，受这树石相生景象的启发，构思了宝黛姻缘这段凄艳佳话。香山一带至今仍流传着这样一首民歌："退谷（樱桃沟古名）石上松，人称木石缘。曹公生花笔，宝黛永世传。"可见这木石相依的景观是如何具有魅力了。

年逾古稀的姜老师处处宣讲着"绿"对人类的至关重要，他在我的心间栽下了"绿"；现在，我为这"绿"添枝加叶，姜老师一定会笑逐颜开的吧！

1990 年植树节

松花江的哺育

收入《萧军纪念集》
1990 年

一

1936 年夏季的一个星期天，我们几个十六七岁的女中学生，面临着高中的毕业考试，说是到清静的江南公园江边舒散舒散，得到了舍监村田老师的同意，便相跟着出了校门。我们学校左侧有一条直达江边的幽径，很窄，曲曲弯弯，两边都是小户人家，没有院墙，家家都用桦子垛（当时吉林市的主要烧柴），垛就自己的小区。这里十户有九户是卖桦子的，我们中年纪最长的徐婉是学生食堂的小经理，时常到这里来为食堂买桦子，买他们家家自产的鸭蛋，跟这里的居民很熟。使我们最满意的是幽径尽处王大爷家的木船，我们都以为那船是用天池的红松刨就的，通体似乎是根整木，红松那整齐的年轮随处可见，抚摩、依靠就像靠在妈妈的怀抱里一样，软中有硬，说不出的温厚舒适。而王大爷的老儿子小虎，就是神话中的哪吒，弄水使船，敏捷到了使我们眼花缭乱的程度。谁要是惹翻了他，木篙击水，准叫你冷水浇头，手法的准确，就像使的是喷枪似的。但他也最怕人家说软话。我们这些姑娘吱吱喳喳地三个小虎兄弟叫过，他便红着脸答应下我们一些份外的要求：什么渡我们到荒凉的沙滩上去看王八晒蛋啦，什么到水闸口去摸鱼啦等等。

这天，我们急匆匆地穿过幽径，直奔江边，为的是请小虎渡我们到上游去，避开一切关心我们的耳目，进行一项绝密的活动。

当时两支比较珍贵的红蓝铅笔过手，小虎便应承了我们。为了避开王大妈的干涉，我们按照小虎的指挥，伏在船体两侧，悄悄地推船离岸。到了小虎允许我们上船时，不仅鞋袜浸满了清冷的江水，连制服裙也湿到了膝盖以上，江上的清风一吹，暑气全消。我们索性脱却鞋袜，躺在船底，赤脚撑起濡湿的裙子迎风前进。我正自觉得有趣，却听小虎笑着嚷："怪事！怪事！没下雨就出蘑菇了。"我傻得很，真的去船帮上找蘑菇，心里还想：这船上生出的蘑菇才是真正的松蘑呢！徐婉一手按倒我，一手递给我一本看得已经黏乎乎的书，并示意我看看别人。我这才发现伙伴们躲在裙子蘑菇下，正在贪婪地看着书。那是萧军、萧红离开故乡之前，在哈尔滨创作的小说集，我们"舒散"的目的，就是读它。是徐婉通过秘密通道借来的。

我立刻浸沉到书中去了。高亢的使我振奋，压抑的使我沉思，而那描绘庶民苦难的又使我心酸。这是我们东北青年的心声，是萧军大哥哥、萧红大姐姐对我们的召唤。我忘记了船，忘记了风，只觉得松花江的清波托拥着我，那曾经托拥过萧军、萧红的清波。

江边天主教堂做晚祷的钟声响起来了，江上奔向三道码头的船只也多起来了，小虎催促着："回去！回去！"

是该回去了，也许严师加慈母的村田，我们背后叫她穆老太太的人，正在校门口守望着我们。她是切望把我们这些今日的淑女，按照日本人的典范培养成明日的贤妻的。她没有意识到我们并不重视她的标准，也许她明白但不说，我们师生之间有一道看不见的藩篱。

徐婉把"康德皇帝"的"回銮训民诏书"捧在手里，似乎我们出去是为了背诵这篇"圣典"。我们知道，她是做给村田看的。

同学山口澄子的妈妈邀我和哥哥一道去她家过盂兰盆节，观看京都东山下的大字形篝火。直到节日的前一天，我还在犹疑，是去还是不去。我很清楚，澄子正在偷偷地爱着哥哥。哥哥强烈的民族自尊心不允许他接受澄子的爱。澄子是长女，哥哥不愿意以"满洲国"留学生的身份入赘日本世家。这在 1938 年高唱"日满一体"的当时是时髦又易办的事，而且哥哥前三天已经离开日本的事，我还没有向澄子说起。

山口妈妈是那种只知道奉献的人。丈夫辞世之后，她便把全部身心的体贴都给了两个女儿；她又是那种迷信天皇是天照大神的尘世使者，天皇是奉了神的指示，以日本的先进技术协助开发洪荒的满洲，达到共同富裕的。这一切，我都无法和她争辩，我的知识远不够说服她的高度，而我的感情，又不愿意惹这位异国妈妈伤心，她太善良了，善良到不愿意承认还有坏心肠的人。

谁知，16 日的清早，澄子兴匆匆地来到公寓接我们。我只好谎说哥哥到他的好朋友增田家去了。澄子虽然仍在微笑，那掩藏不住的失望却使她的脸扭曲了。半晌，她才说："令兄不在，真扫兴。不过我主要是为你来的，中国书店来了新书，我先陪你去买书，晚上再去看篝火。"

万万没想到：我在中国书店买到的新书，竟是萧军的《八月的乡村》。我迫不及待地读了起来。萧军对故乡那肥沃的黑土、对那受难的同胞、对那半觉醒的民族倾注的热情使我激动不已，我的心飞回了清澈的松花江，似乎又看见了江上那顺流而下的鹅黄的松花。书印得极其朴素，封面通体洁白，没有星点装饰；左上角是横排的红色的书名，作者的名字用的是近乎黑色的藏蓝色紧排在书名下边，出版的生活、新知书店的店名是印在书脊上的。

我不记得那天晚上我是怎样观看篝火的，任凭澄子拉着我，上坡、下坡、串小巷、走大街。身边是婀娜起舞的日本老百姓，眼前是辉煌的束束篝火，耳边是深远苍凉的安魂之曲。回荡在我心里的却是那《八月的乡村》。想着远行的哥哥，他步萧军的后尘，跳出满洲，到华北去了。我不知道他能不能像萧军那样顺利地找到自己向往的队列。

感谢被武威冲昏了头脑的日本军方，他们竟没有下令扯断这根和中国后方联系的文化纽带。感谢经营中国书籍的日本商人，他使我们这些一直和祖国隔绝的东北青年听到了祖国的呼声。感谢可爱的澄子好友，她为满足我渴想的书籍提供了方便。中元祭奠祖先的鼓声撞击着我年轻的心，这是日本民族的招魂之鼓，这节日却源起于我的祖国。为什么我们两国要厮杀呢？我的好朋友澄子，我善良的山口妈妈，包括那从遥远的烽火后方运中国书来京都的日本经理，我确信，他们都不需要战争，我不知道战争怎样才能制止，在异国的夜空下，我的心困惑得战栗着。

1988 年 7 月 8 日

愿望

初刊北京《文艺报》
1991 年 5 月 25 日

　　羊年开春，在以吉祥物三羊开泰为衬景的电视荧屏上，报道了吉林省公主岭市喜夺九零年全国产粮冠军的盛况。那充满着整个荧屏的粮食洪流自天而降，携裹着如潮的欢声笑语向我迎面扑来，引我回到遥远的昔日。

　　准确的年份已从记忆中失落，情景却宛如昨天。我傍着爸爸，坐在一辆胶皮轱辘的大车上，由我们的老家范家屯向公主岭前行。爸爸说是去访亲；访亲为什么要和"七叔"张鸿鹄一齐前来？他并不是我家的亲戚呀！访亲为什么舍火车汽车不坐却偏要坐大车？访亲为什么又巴巴地带上了我？这一连串的为什么使得我很不高兴，总觉得爸爸的这次访亲有些不对头，但又不敢问。爸爸就是那种认真的人，孩子不该知道的，问也没有答案。

　　这本是绿意盈野生机盎然的季节。刚出范家屯情况便有些异常。往前行，大片大片的破败景象不断涌入视野。谷子的绿叶耷拉着，布满了点点黑斑；大豆那嫩绿的小豆荚像被火燎过似的蜷曲成团；高粱竟从茎秆中心折断了；沟边的大葱葱包落了一地；连路旁人家院子里的苹果树也一个一个地跌落着小小的青果。一群灰土土的人跪在路旁的小土地庙前，把一握握的细土洒向天空。爸爸和七叔问明缘由，得知从这里往南遭了"神虫"之灾时，便也随在众人身后跪倒叩头。看着爸爸和七叔那穿着洋式制服的身躯向着那烂泥糊就的小土地庙深深下拜时，我先是觉得滑稽可笑，继而觉得别扭，终于觉得沉重又委屈，甚至滴下了眼泪。

那次爸爸的访亲，因"神虫"的突然降临以无结果而告终。到我稍稍长大，知道了爸爸的所谓访亲只不过是个烟幕。他和七叔为了迷惑日本当局的视线并利用南满铁路的准确运力，到南满铁路沿线买粮，就地辗转输送给进山抗日已经弹尽粮绝的马占山部队。从小锦衣玉食完全不理解什么叫粒粒皆辛苦的我，一下子就认识到了粮食的救命价值，很为爸爸那次没能买成粮食而遗憾，为没能在爸爸的托运单上画上我幼稚的笔迹而抱愧不已。连带，也就对那残害庄稼的"神虫"恨之入骨了。

八十年代中期，作为一名植物保护工作人员，我又到了公主岭，这次却是去迎候"神虫"，要对那来无影去无踪的"神虫"——那个被历代老百姓建造子方庙向它告饶的"神虫"、那个在历史典籍中不断出现的"三月栖霞子方伤禾苗夏无麦""粘虫伤稼食稼殆尽"的"神虫"，也兴起了大规模的研究治理。"神虫"即子方即粘虫，原来是个"候虫"，随着季节的暖流而迁飞。属完全变态型，一生由蛾到卵到蛹到幼虫到蛾。一、二龄幼虫专吃植物心叶，把庄稼这段要害部位蛀得斑点交错干枯而死。三、四龄幼虫白天藏在土里夜间出来啃食庄稼，到五、六龄时别管是茎是叶是花是果，群集暴食能在极短的时间内把大片植物吃光。吃光就走，另觅吃处。更有一种特殊本领，一遇惊动立刻入地装死。待到羽化成蛾，便一团团一簇簇乘风而至铺天盖地而来。

　　据测定，粘虫的飞行能力极强，能在空中飞上十公里；如遇顺风那真是为虫添翼，飞上百把公里也不在话下。一个世代十天八天就可完成，就这样以接力式的运动由南向北扩散，待到北方冰封大地，又返去南方入土化蛹，真个是去也无踪了。

　　消灭它关键之一是查清它的迁飞路线，以便聚而歼之。人们在广袤的大地上设下了监视哨，在国土中心选了两个"情报点"——山东临沂和河南偃师，为粘虫设下了盛宴——草把诱饵。当一团团一簇簇的粘虫飞蛾降临、齐集草把诱饵开怀大吮它们喜爱的醋糖混合液时，那特制的红色染料便喷在它身上，由它们自己画出人们侦察的粘虫迁飞的路径。

　　我们的监视哨设在公主岭市郊的一片大豆丰产田里，刚刚长成的又嫩又绿的豆荚，它软软的小毛刺得人皮肤怪痒，心儿就更疼得难耐，只怕那仍在西天徜徉的夕阳吓退了红衣客。等得无奈，我便极目搜寻起四野来，盼望能在哪个角落找出那烂泥糊就供奉着黄表纸设着神位的小土地庙来。土地庙已被逝去的时光卷走了，但爸爸那跪拜的身影却鲜明地浮现在眼前。我明白，受过现代科学洗礼的爸爸和七叔不会相信当方土地爷会代表人们去向"神虫"告饶，他们之礼拜的是民族的良知，正像作为千千万万个消灭粘虫大军一员的我此时的心境一样，我是在向我们的祖先告慰，中华儿女终于掌握了制服"神虫"的手段。

　　有小批的红衣客出现了，我怀疑是我的眼迷离了。不！是真的，是红衣客！那鲜亮的红羽在青瞑的暮色中，似燃烧着的火焰一样：波动、聚集、流淌。

据测定，来自临沂的红衣客，飞抵大连、新金、公主岭，直线距离为 600—1000 公里。而偃师的红衣客，飞到了甘谷、武功、绵阳等地，直线距离为 540—1000 公里，真正是有影有踪了。

如今，公主岭的粮食丰盈得自天而降，这里边不能不为消灭"神虫"这一丰功伟绩记上一笔。庆幸之余，我心中悄悄地升起了一个璀璨的愿望，但愿这丰盈的粮食成为使人全面发展的物质条件，而不仅仅止于吃饱喝足。

寒夜的一缕微光

——《小姐集》刊行 52 年，祭宋星五先生兼作选集后记

初刊《长春晚报》
1992 年 1 月 21 日

　　1936 年夏日，我的国文老师孙晓野先生，把我在高中时写的作文，推荐给长春益智书店的经理宋星五先生，希望把这一束表达了小女儿爱憎的文字作为习作出版。孙老师和宋经理素昧平生，慕名相访；而对我来说，那位至少可以被我称作叔叔的经理先生更是高不可攀，遑论出书？宋经理看过我的文稿之后，曾轻轻地说："难得的真诚，难得的清丽，这是又一篇《寄小读者》。"就这样，在伪满洲国"康德皇帝"颁发了访日"回銮训民诏书"的翌年，"日满一体"之说甚嚣尘上之际，两位中华民族的知识分子，顶着八方压力，以《小姐集》为探路石子，为我和我的同辈人开辟了一块可供我们呐喊的绿地。其后的几年内，益智书店相继刊行了一群青年文人写的关注人生揭露丑恶的作品。

　　1940 年，我正就读日本，并沉浸在鲁迅先生的系列著作之中，为故乡为民族的前途忧心如焚之时，得到益智书店被查封，宋先生被捕入狱的恶讯。宋先生终于以他的"胆大妄为"被戴上了"满洲国政治犯"的"桂冠"。这个结果的必然到来，无论是出书的宋先生还是写书的我们都不意外。这消息是以记者身份短期访日的吴瑛带到的。

那天晚上，我陪吴瑛去见识日本京都东山施放的中元篝火。在奈良的但娣和在京都的田郎接待了我们。这日本民间一年一度为祖先招魂燃放的篝火，也燃在我们追思祖先、追思祖国的心里。我们杂在载歌载舞的异国庶民之间，听着时而激越时而苍凉的鼓声，说不出是种什么滋味。午夜过后，我们挤在但娣学校宿舍的小房间内，倾听着拂晓时传来的呦呦鹿鸣；但娣提议，让我们以书声来迎接未来吧！田郎便继续辅导我们学习尚未读完的日文版的列宁的《国家与革命》。我们用异国的语言朗读着这无产阶级的经典。列宁精辟的论述向我们沸腾的血液中注入了振奋与希望，再没有建立一个共产党领导的国家更使我们向往的了。我们相约：一定在不同的岗位上为实现新中国而尽力，之后，我们从不同的渠道汇入了民主革命的洪流。尤其使我欣慰的是，前辈宋老先生也在新中国的阳光下，卸却了政治犯的枷锁，准备重建书屋。

"文革"中，来向我进行外调的人向我炫耀他们如何把宋星五这个大文化汉奸投狱，宋又怎样拒不承认罪行的情况，以便启发我来揭发宋的汉奸罪行。我记不得我是怎样回答提问又是怎样离开交代问题的派出所走回家中的。我跌坐在陋室的一角，真的是万念俱灰了。许多我不愿承认的事实都在残酷地向我亮相，逼使我脱却了书生的甲壳，认真地审视起自己、体察起环境来。

很多智者都曾断言："历史不可能直线上升。"这已是生活证实了的真理。那些为促进历史前进却被历史的潮流淹没的人，一律化作历史再次上升的基石。我为化作基石的宋星五先生祈求冥福。

1986 年，沈阳春风文艺出版社为我和我的同辈人刊行了《长夜萤火》，选集收入了 8 名女作者的作品。8 人中除了悄吟（萧红）

和刘莉（白朗）外（她俩在东北行文期间，还没有益智书店），都是益智书店扶植过的作者。当代作家陈放这样说及《长夜萤火》："面对这些女性灵魂的自我发现、寻找、挣扎、困惑、抗争、呐喊，血一样的吻和冰一样的柔情，我们仿佛听到了九天玄女和女娲从另一个世界送来的歌声……"这证实，我们呐喊的声音虽然微弱，可当代人听到了，这就足够了。最近，我又得到通知：吴瑛、但娣和我 40 年代的作品被选入了 1937—1949 年度新文学大系，这使我们欣慰。遗憾的是吴瑛过早地夭折了，幸存的但娣和我都已华发盖顶来日无多了。

如今，杨杨又为我出了选集。我很清楚，时下出一本不"潮"的书对出版社意味着什么，这既是出版社对我的厚爱，更是出版社愿把反映沦陷区世相的文学鳞爪留存下来，补上文学史中的这段空白。我惭愧我未能把作品写得更好，愧对历史对我的抚慰。

长春忆旧

初刊《吉林日报》
1992 年 5 月 9 日

　　我虽不是生在长春，却从有记忆的那一时起，铭记的事物一概来自长春。我家住在名为西三道街的大道旁。这条大街东起大马路，西连通往郊区的木桥，宽阔笔直，是当时仅次于柏油路的路面。那正是张学良将军力图振兴东北之时修建的。街上可以说是百业兴旺：典当铺、绸布庄、米粮店、五金杂品店，等等等等，鳞次栉比，十分热闹。在靠近木桥的边上，还有一家整天燃着红彤彤炉火的铁匠铺，店面前竖着大木架，不时地拴有马匹为它们挂掌。

　　使我毕生不忘的是我家的左邻右舍。如果面南定位的话：左邻是由梵蒂冈派遣的法籍神父主持的天主教仁慈堂，与我家的大院仅有一架板墙相隔。右邻是沙俄的道胜银行长春支行，耸立着绿漆的圆铁屋顶。隔大街相望的是英国的卜内门洋碱公司，用的是十分精致的中国砖刻门面。胜家缝纫机公司则在明亮的大橱窗里放了一架比实物大得多的缝纫机样板。夹在卜内门与胜家两大公司之间的是个土著的贩马大店，黑漆大门上贴着门神秦琼的彩色像，院门右侧是座泥塑的财神像。像前的铁香炉里终日香烟缭绕。进大院的生意人，面对神像有跪下叩头的，有鞠躬的，也有作揖的，那诚惶诚恐的样子十分滑稽可笑……

　　如此这般，我儿时的生活便同时汇总了神的、人的、东方的、西方的缤纷色彩。我曾从仁慈堂的法国嬷嬷学习《圣经》，从道胜银行留守的沙俄贵夫人学踏管风琴。我会伶伶俐俐地用长春土话从卜内门蓝眼睛的洋掌柜手里买回白生生还略带香气的碱块（这家大公司只做批发）。这种碱块去污快又不皴手，洗黑色衣裳不留白毛毛，我家上上下下的女人们都喜欢使用。我是为了显示我的"能耐"去干这件事的。那个蓝眼睛的洋掌柜说我的黑眼睛能看透灵魂，情愿白送碱块给我。我把一叠宽宽的官贴（吉林省官银号出的纸币）往他的红木柜台上一丢，用前襟兜起碱块扬长而走，心里却在骂："谁稀罕白拿洋鬼子的东西。"给他官贴，也是我的促狭：当时市面上最顶用的是袁大头（铸有袁世凯头像的银币），其次是中、交票（中国银行、交通银行发行的纸币），找零头才用官贴。我就是想让那洋掌柜对那一叠子的官贴不知咋样用才好。至于胜家的缝纫机，人们说那种针会飞，一眨眼便能缝起一件长衫。

　　父亲却真的买回来一架胜家缝纫机，打开那漆得照人的机头套，按照中文说明，我三下五下便挂好上线、嵌进梭心、连上皮带，哒哒地踏了起来。自然这又是我的"神童"行为，姨娘们、姐姐们惊诧得张口结舌，这惊诧自然使我得意，震惊我的却是机器比人工强百倍的事实。

　　父亲计划开办一家铁工机器厂，为了带我散心，他骑马带我驰出木桥去察看一家情愿卖给他的地块。那是城西一个叫杏花村的小村，村前村后杏树错落，正开着繁花，一片云霞，我看得好开心，甚至哼起"春风得意马蹄疾"的诗句。猛回头，却见父亲双眉紧锁；我不解，父亲说这块地是不错，地势高盖厂房好，离电源又近，离城里也近，出货进料都方便。

"那就买嘛！"

"头道沟（日租界）金泰洋行的日本老板也想买，官家怕他们，咱们怕是买不成。"

"九·一八"粉碎了父亲实业救国的壮志，也结束了我无忧的童年。旧长春给我上了切切实实的一课，我以切身的感受明白了半封建半殖民地的社会相。

一个岔曲

收入《东北沦陷时期文学国际学术研讨会论文集》
1992 年

在大会上，我聆听了诸多高论之后，不但我想说的同仁们都说了，连我没想及的，同仁们也都说了，而且说得十分精彩，我很安慰。我认为：这是拨乱反正以来，对东北沦陷时期文学一次空前的合乎历史的评说。

我想讲一段岔曲。我来开会之前，刚刚接到上海文艺出版社送给我的新文学大系 37 年—49 年短篇小说卷。几个顶了十几年二十几年"汉奸文人"冠冕的作者大名赫然入目。下面，讲讲袁犀的故事。

1941 年末，到今年为止，恰恰过了半个世纪。北京有一件表面上缄口实际上人人皆知的西直门火车站爆炸案。日本人说是八路军干的，抓了很多人。我和丈夫柳龙光 1941 年初一回到北京，他在早稻田大学的上级同学，更是他围棋的较量对象——竹内义雄，便来拜访我们，说是来看望久别的同学，其实是有事相托。这位竹内义雄先生当时的职务是日本华北驻屯军军法处法官。他说，交他审讯的嫌疑犯中，有一个中国青年，很有才华，诗、散文、小说都写得不错。他问柳，有没有胆量承担此事把青年保出来。于是柳凭借他祖辈居住北京的老北京身份，拉关系，走后门，找了三家殷实商家作连环铺保（每家的资产都在万元光洋以上），将竹内欣赏的青年保了出来。竹内的批文是，西直门案的瓜连者，并非实犯。柳的保释条件是："该青年不写反日文章。"这个青年便是袁犀。当时无论是柳还是我，都不认识袁犀，也未曾闻名。竹内是站在日本反战同盟者的立场上，不愿摧残中国人才，暗中拔刀相助的。那三家铺保是相信柳的为人才甘冒风险。那时节，一有风吹草动，我们便是一连串的思想犯，重者是要杀头的。

1943 年，竹内在袁犀奔赴解放区的两个月后，暴露了身为反战同盟者的真情，被日本驻屯军押回本土，不知所终。袁犀一案是否也是他的罪状之一，不得其详。袁犀正因为得到了那个曲折的自由，今天我们才能看到脍炙人口的电影《归心似箭》和长篇小说《历史的回声》，也才在新文学大系中看到了袁犀的作品。

我今天所以说起这段岔曲，确是有感而发。袁犀没能参加今天的大会，他猝死在原稿纸上。他为中华民族奉上了一腔碧血。我只是想约略地说说我们当时的处境是多么复杂与艰难，这其中的酸甜苦辣，岂是汉奸文人那纸糊的冕旒所能涵盖得了的？这是一种锲而不舍的民族之魂。当然这一切都是逝波了。在这隆重的大会上，我只是要表达一脉心声，要为中华民族真正的朋友竹内义雄先生祈福，但愿他还活着，活着并听到了我真诚的祝愿。这祝愿不仅发自我个人，而是发自所有曾生活在沦陷区的中国文人们，包括在座的作家诸位。

我相信，与会的各位同仁，不会反对我这未曾得到许可的动议吧！谢谢。

纪念田琳

初刊黑龙江省文学学会《文学信息》第 89 期
1992 年 8 月 8 日

田琳临去的时刻，是她的老伴守在她身旁。我虽然没有亲眼见到这一场景，我却确信，田琳是微笑着离去的。因为，她终于获得了真正的爱情。

田琳的这位老伴，我还没有得到结识的机会。田琳的每次来信，都娓娓情深地叙述了他们的双栖生活。为了给我和蓝苓寄上一握新茶，田琳的这位如意郎竟跑遍了梅岭的茶家，为的是选一种最清最香的新茶。田琳寄来的照片，总是两人相依相偎。一张两人对着一摞稿纸在商谈着什么的照片十分传神，田琳似乎在喋喋，老伴专注而听，那神色绝无半点烦意。这使我联想到自己。田琳晚年重听，一件事总爱喋喋起没完。我一听她絮叨就发烦。我和田琳相交五十年，我深愧，我对她的体贴与关怀，远远抵不上她这位只相交三年的老伴。

我们这一代从遥远的三十年代末跨过来的知识女性，正值政治、经济的大动荡时期，正值新旧矛盾大交锋大较量的时期，且不说政治上经受的狂风骤雨，在爱情上更是磨劫重重。当田琳有幸得到了跨出国门去日本留学的机会，对生长在北国边陲小城的她，真是福星高照，再遂心也没有了。就在这学业开拓的同时，她陷入了又一个受践踏的低谷——她的初恋。

　　那是位翩翩佳公子，就读于日本名牌大学中的最名牌——京都帝国大学，学的是四十年代炙手可热的经济专业。对我们这些女留学生来说：这位公子，那是名副其实的白马王子。田琳以她外在的娇小柔媚，内在的勤奋好学，赢得了公子的青睐，两人很快就出入相随，互相为伴了。这使得我们又羡慕又妒忌，抱怨老天不公，所有的福星都降临给田琳了。

　　一个骤雨阵阵的夏夜，田琳突然来到了我的住处，她失魂落魄，样子伤心已极。女高师那黑裙白衫的校服紧紧地贴在身上，短发滴着水，额头上的细血管，蚯蚓似的凸出来。显然，她已经在雨中滞留了很久，我完完全全被她的样子吓傻了。

　　原来那位公子占有了她，还得意地哂笑她的幼稚，并把他家乡的夫人和迷恋他的日本女招待的照片显示给田琳看。原来，公子秉承着历史中男性的特殊地位在戏弄田琳。这位佳公子利用了田琳对初恋的痴情，利用了日本对男人宽松的环境，践踏着神圣的爱情。他告诫田琳，如要张扬，田琳就会被高师开除，且勒令回国。

　　时代毕竟已进入了四十年代，男人姿意横行的封建规范已是强弩之末；而田琳，毕竟是接受了新思想的时代女性，她冲决了束缚自己的思想禁锢，向公子还击了。那位伪君子为了不在他"品学兼优"的前程上抹黑，不得不收敛了放松了魔掌。物换星移，专攻历史的田琳，吸取了历史的教训，终于从自己的历史误区中冲了出来，投身于人类解放的大事业中，笔下，流泻出一篇又一篇鞭挞丑恶的作品。

　　人，毕竟是双栖的动物，和谐的、互补优缺的男女二重唱，是生理、心理的需要，是社会的必然。田琳在双鬓霜染、双耳重听的生理年龄之时，以葆有蓬勃生机的心理年龄的要求，毅然决定抛下家乡熟悉的一切远嫁南国。这使我震动于她的勇气，又不禁联想到那个凄风苦雨的夏夜。

田琳晚年撰写着回忆录。她说，要在爱情的折射中写出时代的印迹。我相信，她一定比以往写得更好，因为她明白了生活的真谛。

情到深处

初刊长春《吉林日报》
1994 年 3 月 19 日

怅望云天

怎样也推不开心底的思念，特意翻出前年去探望他时的照片。我们都笑着，他的另一个女学生杏娟还把手搭在他的肩上。我们两个女学生，站在坐着的老师身后，样子恬恬然，是重温少女花季的梦吗？那梦如此遥远却如此清澈，映出了当年那段和谐的相知之情，那在心上深深刻下的憧憬之情。

其实，重见他的时候，我的无尽遐想已经湮灭。他埋在故纸堆里，埋在那奇美夹着神秘的篆字天书里，已经完完全全地心如止水。而我又碍于世俗的一切，没有前去纠缠于他。如果我去，他会溃败的，我相信我有能力使他的止水重泛涟漪。可是，我没有去，没有主动前去，使我们的相知滞停在我的花季之中。我只是个囿于世俗的凡人，过多地考虑了周围的一切，没有去捕捉生命中这抹金色的晚霞。其实我很孤独，他当然也是，书和笔抵御不了孤独，就是全身心地投入，孤独也在悄悄地啃噬于你。

突然，他带着他的孤独去了。我知道，除了他的亲人之外，我是一直贴在他心的一角。是他的那一个学生，将他逝去的讣告寄给了我。

肯定是他的某一些学生，筹备为他治丧。他原是桃李满天下的。

我捧着那张沉甸甸的讣文，我明白这是给我的通知，通知我，我的思念已无法在人间投递。我能做的，只有浴着我的孤独，怅望云天了。

花儿与叶

我给自己买了一束假花，一束低于市价的绢与纸的粗陋制品。不是为了喜欢，只是为了那个卖花人。那是位足有 60 岁开外的老头——一个连讨价还价都讷讷于口的老头。花是在仓库里压扁了的过时货，在喜迎春节的红火日子里，这压扁了的花，这站在大路旁的伛偻的卖花人，使我感到一种无法分说的苍凉、苦涩。他要换几个小钱去做什么呢？这点花钱，能给他的年关增添些许温馨吗？

我在压扁了的花朵中间筛选，是为了尽可能地搭配出和谐的色彩。老头却不安了，一直用惶惑的目光注视着我，那杂有期待，甚至是渴望的目光几乎穿透了我俯着选花的脊背。那些兴冲冲踏过的倩女俊男们，对这花与卖花人是不屑一顾的。压扁了的花朵只有红与白两色尚有花意。我各选了一束，按他索要的价格付钱给他，他却为我不曾还价而惊愕了，嗫嚅了半晌儿也没说清一个字，却从花堆里抖抖擞擞抽出一束绿叶递给我，羞惭地说："这个，这个搭给你，不要钱，看个青儿（北京方言，欣赏绿意）吧！"

我把红花、白花，当然还有那束绿叶，插在古风的黑陶罐里，

向着那位卖花人，向着我自己，祝愿新春。我在心里说：就让我们看个青儿吧！

啊，女人

初刊《吉林日报》
1994年9月3日

朋友送我一盆绿叶，锯齿边缘的椭圆小叶黯绿中隐见一抹淡紫。总之很平常。我问："这花好在哪里，还特意拿来送人？"朋友向我诡谲地一笑，丢下花盆扬长而去。

绿叶被不经意地丢在了客室的窗台上。

母亲节前夕，一面惦记着远在异国的女儿，一面为客室扫尘；我惊喜地发现，那黯绿的椭圆小叶竟托举起了花儿，娉娉婷婷，像爱扎堆儿的小女儿那样，一簇簇开得好不美艳！花盆是小的，盆土是干的，不要求精心呵护，不畏窗隙飕进来的冷风。在被忘却的时候，以蓬勃的生之态向我欢呼着生命的愉悦、生命的坚韧。谢谢你：你这不知名的小花，让我们一齐来祝贺人间的女人。我不由得忆起我的生母——我那被父亲刻骨铭心思念着的生母。在时代的挤压中，她抛开刚刚问世的女儿出走了。我不知道她的容貌，只在父亲轻抚她遗下的六弦琴时，仿佛看到了她。她的时代，随心的爱情是不允许的，她用女人的执拗回答了爱情。父亲用对她那割舍不断的柔情抚育了我。父亲冷淡着向他献媚的女人，只让我睡在他床前的虎皮上，向我喋喋着大山里的黑熊、松林里跃吞松樱的雉鸡、冰上飞驰的雪橇等等等等。我长大之后才明白，那些动听的故事全是父亲和生母恋爱的场景。我那雄才大略一心实业救国的父亲，却用梦一般的思念滋养着自己。我不知道埋骨何方的生母见没见过眼前这种倔犟的小花。朋友那诡谲的一笑是知心的。她知道是生母的不屈潜流在我的血液里，才支撑着我走过那么多的坎坷岁月。张爱玲说："现代的姑娘们肯定不会欣赏王宝钏，因为她们不能理解王宝钏那舍却相府荣华，甘心十八载独处寒窑为一个男人守身的情怀。"且不管时代的姑娘们会不会视王宝钏为傻帽儿；有一点却是确切无疑的，那就是王宝钏的痴情、王宝钏的倔犟赢得了亿万戏剧观众。王宝钏的时代，迫使她困居寒窑、独谱心曲，为爱情耗尽青春；生母的时代，迫使她弃女出走，为爱情奉祭生命。这里边潜含着的时代风云，岂能一语道尽。我想，当代的姑娘们，在灯红酒绿、霹雳摇滚之余，若思索什么是情之所至，也许能悟出些至真至美吧！

我与日本

初刊【日】《民主中国月刊》
1995 年 3 期

　　说起我与日本，真格是千丝万缕，恩怨相叠。从我不懂事的时候起，每过农历新年，我总会有件大红的细绒线衫穿。那红彤彤、软绵绵的衫子装在一个长方形的白色盒子内，捆着特制的红白两色的丝带，上面写着"娘样"，这是专门给我的礼物。我的学伴牵着我的衫襟，摸了又摸，摸了又摸，得出一致的结论："这衫子不但暖和，还比棉衣好看。"娘那些贵胄夫人的女伴，对我的红衫子更是啧啧地赞不绝口。不过，我很早就暗暗地明白了，她们赞的不是衫子，而是赞的显赫一时的父亲，说的是："你家二爷真能干，连日本人都对他上心。"

　　稍稍大了之后，我知道开在长春车站广场上的金泰洋行，地基是父亲帮助买的，那楼也是父亲帮助筹划盖的。买时，长春只不过是南满铁路（由长春到大连，原为沙俄所建，日俄战争后，由日本接管）的一个二等车站。随着火车的启动，长春县兴旺起来，地价年年上涨，金泰洋行的生意也越做越加红火，我家总是有各色洋货由金泰送上门来，所有货品都只收出厂价。父亲说："这金泰的老板是个真正的买卖人，不忘旧。"如此，我便打扮得俨然日本的贵胄小姐，常常被老师、同学侧目相看。这种有异于一般的感觉，使我很是尴尬，甚至一看见那矮矮的老板亲自带着店员送货进家的时候，便在心里暗骂："就你们日本人会做买卖，把我们的钱都挣去了！"

是这个精于商贾的日本老板，在我们那还处于农耕意识的环境内，给我上了商业的第一课。

那位与父亲在神案前三跪九拜结为生死之交的木村叔叔，是我少年时最佩服的人物之一，他是满铁东方研究所的成员，讲一口地道的长春方言。他在去长白山腹地考察的时候（扮作收购珍贵兽皮的中国商人），被当时吉林省境内威名赫赫的女土匪驼龙所掳。是父亲想方设法救了他出来，他就暂住在我家里养伤。这个受过高等教育的地质学家，十分相信长白山的草药，他全身都是驼龙用鸦片烟枪烫伤的溃疡。他只许孩子们称他穆叔。他讲起长白山的黑熊，长白山的野猪，讲得十分惊险有趣。他给我辅导地理课，不要说东北、华北、中国甚至是太平洋、大洋洲，不用看地图，三笔两笔便能简捷地画出那儿的地形地貌来。我常常摇撼着他的胳臂，问他是不是真的是日本人，他说，他投错了胎，没投到孙氏门中来。

就是这位穆叔，在日本全面占领东北之后，不畏杀身之祸，暗地里协助父亲和七叔张鸿鹄（周恩来好友，中共地下党员）从日本买了军火，支援进山抗日的马占山。

我去日本上学以后，曾小住穆叔那广岛祖遗的农家小屋。穆叔不知被军方政府派到什么地方为他的祖国效劳去了，独子尚志哥哥也已应征入伍，静子婶婶背负着双重离愁也仍然体贴地接待了我。每当黄昏，婶婶把穆叔最喜爱的八重樱（这种樱花开的时间最长）插在穆叔照片前的花瓶里时，婶婶那沉重的忧思捶打着我的心，我甚至恐惧地联想到穆叔又是被无从抗拒的野蛮力量掳了去，折磨得遍体鳞伤。婶婶那妻与母的无垠情绪，向我昭示着战争的残酷，它不仅祸害了我的故土，也无情地吞噬了日本善良的百姓。

1942 年，太平洋战争遽起之后，我们回到了作为华北政权首府的北京，是应丈夫的好友龟谷利一的邀请，到北京帮他办杂志社的。日本军方把这个曾由军管宣扬圣战的杂志社，交给龟谷，希望能办成一个缓和中国读者情绪的民间社团。这个文学气息浓郁的日本青年龟谷，向往把作为社团法人的杂志社办成扫却战争阴霾、宣扬人之常情、化解中日仇结的真正的杂志社。在柳①的主持下，杂志社出刊的杂志报刊以求知、消闲、探求生活情趣的软目标为主旨，在那中国老百姓以仇恨的眼神无声地佇视驰马横刀的日本巡逻兵的氛围内，杂志社赢得了读者，不仅经济能够自给，且有盈余。龟谷沾沾自喜，以为他真正为日中友好贡献了力量。

就在此时，我以激动的心情翻译了日本名作家石川达三的长篇巨著《母系家族》。这是身受地主蹂躏的母亲，身受资产大亨始乱终弃的女儿，以及女儿的女儿为解脱自身苦难所做的诸种尝试。这和我周边女人们的凄惨岁月何其相似。不同地域的我们，正以相同的心态探求着妇女的幸福之路。《母系家族》在妇女杂志连载后，我收到很多读者的热情来信，对书中的女主人公寄予了理解与同情。

---

① 即柳龙光，梅娘的丈夫。

　　龟谷的沾沾自喜，瞬间便被操刀者的手捏得粉碎，他以志士的胸怀承担了对"大东亚共荣共存"宣传不力的所有罪由被送回了日本。杂志社交由积极为战争效劳的华北政务委员会情报局接管。这本意料中的事，来自战争叫嚣更其猛烈的特定时期，完全顺理成章，龟谷以自身的血肉之躯荫庇了柳及其他杂志社的重要成员。这是个正人君子，我只怕龟谷和我的穆叔一样，从此便杳如黄鹤，没入云烟，只余青冥九天了。

　　在这样艰难的时刻，柳却为一桩喜事遮掩不住兴奋之情。他在早稻田大学上学时的一位棋友（当时是日本驻华北占领军的军法处法官）竹内义雄，在两人对弈之余，告诉柳可以结交一位文学青年，这需要办法更需要侠肝义胆。竹内所说的文学青年，就是70年代名噪神州的电影《归心似箭》的剧作家李克异。李是西直门车站爆炸案所逮捕的嫌疑之一。日本军方认定那起爆炸是土八路搞的，抓了很多人。交由竹内审讯，经过唇枪舌剑的交锋，竹内欣赏起李克异那一往无前的精神和那优秀的文学素养来，不愿残害这样一个人类菁华。几经周折，竹内以被牵连的无辜者为李定案。柳以三家殷实商店作连环铺保，李则用被铅笔钻钻得裸露白骨的细手指写下"不写抗日文章"的诺言，用这三件法宝，护着李克异出了军法处的鬼门关。当然，那样的非常时期，这出悲喜剧不可能以皆大欢喜收场。以探亲为名去了东北故居的我和柳，得到确信，竹内身为反战同盟成员的底细暴露，被押送回日本本土，这位身殉人类和平的志士怕也没入云烟，溶入青冥九天了。

　　李克异则以巧妙的掩护，径去参加八路军，结束了在华北的流浪岁月。从容地写下了长篇巨著《历史的回声》。

柳因为海难夭折，躲过了这些说不清的历史纠葛，陷进去的是我，人家硬说柳并没有死于海难，而是去台湾做了国民党的特工，我从小穿过日本衣裳，又有誓共生死的日本父辈，有众多的日本好友，可以判定是货真价实的日本特工。与匿藏在台湾的柳遥相呼应，谋划做出对不起人民的事。

青空悠悠，时序袅袅，强敌压顶时我敢于按着良知行事，可以说已经炼就了泰山崩于前而不惊的坦荡。我只执著于人类的共同愿望，那就是理解、和谐、前进。我那归天的日本父辈，我那可能仍然健在的我的日本同学，肯定会同意我的自我总结。无尽的遗憾是，静子婶婶随着美军在广岛升起的蘑菇云，乘着她的农家小屋飞入九天，我只盼望她会见了穆叔，也许还有被我称作哥哥的尚志。

1995 年 1 月

对白云

初刊台北《联合文学》11 卷 7 期
1995 年 5 月

　　多伦多的晴空，蓝得如此纯净、如此透明，连飘逸的白云也不愿离她而去；娉娉婷婷、时聚时散，衬得青空晶莹剔透，看不见些许杂质。萋萋又萋萋的芳草，托拥着多姿的树、多彩的花。天与地之间，似乎流淌的不是空气，而是诱人的向往。恬静、和谐、安怡。真的是此景只应天上有了。我无功德、无权享受加拿大人拼搏的成果。我——解不开做客的情结。

　　四十六年前，相似的晴空、相似的芳草，我在台北北投温泉那散发着火辣辣的硫磺气味的曲径上，向着急驰的白云呼喊。我那镇不住的心、我那执著追求以一己的微光灼亮黑暗一角的矢志，纠缠得我情绪翻滚、思潮万端。我要白云回答我，是不是应该立即投身到理想之中去，因为时间不允许我犹疑。我年轻的沸腾的心，反复思索、权衡，认定只有一条路好走。解放包括我这个年轻的小寡妇在内的全体妇女，解放我那美如龙女的一双小女儿，使她们不再像我的母亲、我的姐妹那样，只靠拴在男人的腰带上才能获得荣华。我在中外的经典著作中，无数次地触摸、碰撞、思索、认同了人的全面解放，只有在以解放天下为己任的社会结构中才能实现。我那相濡以沫的丈夫，正是为实现这个热血青年奔赴的伟大事业，意外地惨遭海难。我用心声询问白云："我怎么办，要安逸，还是要理想？我怎么办呀！"

我追逐理想，决定了生命的走向。我吟诵着屈原那滴血的诗句：长太息以掩涕兮，哀民生之多艰。亦余心之所善兮，虽九死其犹未悔！

悠悠岁月，热血浸出的是清醒。对着多伦多的晴空与白云，世事如烟，缠缠绵绵，我终于明白了一个规律。大同的世界只能植根于丰厚的物质之源。善美也只能在丰厚的物质中才能体现。想以跳跃的舞步跨过经济自身那不容置疑的规律，只不过是热血沸腾的莽撞。

写彼得大帝的小托尔斯泰说："在清水里洗三次、在血水里浴三次、在硷水里煮三次。"我不懂俄文，不敢断定译者对这个俄罗斯的古谚语有否偏离，但我体会这是一则忠告，说的是：生命必然伴随着七灾八难，韧才能支撑人类到达彼岸。

1994 年岁尾

夫人的宽容

初刊《吉林日报》
1996 年 6 月 4 日

一位在保密机关供职、据说英语讲得十分流利的徐娘（恕我这样形容她），忽然屈尊来访我了。我们是那种经常碰面、可又不曾交谈的共住一个楼群的邻居。

她开门见山，要我替她做点小事。望着她那刻意修饰的头发、薄施脂粉的俏脸，想这位凤凰一样的女士竟来求我，颇有点受宠若惊的感觉，脱口说了："你说吧，只要我能办的都行。"

她让我替她传递一则信息，其实是条爆炸性的花边新闻。她要求我去见我们的人事处长，替她申请她要和丈夫离婚，原因是她要成全丈夫和小伊的爱情。她说，这样才能使得丈夫快乐。她丈夫是我们局里的实力派，而小伊是个刚作母亲的小妇人。

我愕然了，这个突然降临的请求，表面温文尔雅，实质上十分险恶。夫人这样做是大慈大悲了，她口口声声是为了使丈夫和小伊都快乐，这是观世音的情怀。可她的丈夫和小伊又将面临什么呢？夫人当然明白眼下的舆论是种什么走向、明白人事处处理这类问题时又是些什么和稀泥的办法。她就是要将丈夫和小伊推在众唾之下，要在机关里搅起困扰丈夫的旋风，在小伊的新婚夫妻生活中洒下淫雨，使这对早已断了瓜连的情人陷入无可奈何的尴尬中。

　　她要借重我，是看重我在机关里的人缘，由我来讲述，无疑会加大扩散的力度。天哪！这是个多么完美的恶毒构想。

　　这是她不愿失去丈夫，要钳制丈夫又打击了一个冒犯了她的小女人，这是个欲擒先纵的连环套。可是，这样能保住、挽回爱情吗？

　　我忽然想及了评论大师傅雷对张爱玲笔下的曹七巧所作的分析。大师说："爱情在一个人身上不得满足，便需要三四个人的幸福与生命来抵偿，可怕的报复。"

　　夫人显示是宽容包裹的报复，九十年代的曹七巧。

我的青少年时期

初刊长春《作家》
1996 年第 9 期

俱往矣

如果从家来叙说我自己的话，可以说：家教育我认识了一个严酷的事实。那就是：尽管物质是生活的基础，物质所给予人的，却不完全是欢乐。这个清醒的认识，定下了我一生的基调。

我的青少年时期

我父亲是个贫农的儿子，由他父亲，用肩膀把他担到了长春，从地薄人稠的山东省的招远县担到了塞外吉林省的长春县。19 世纪末叶的长春，被认为是关内移民者的天堂。据说那辽阔的黑油油的大地，几乎没有人耕种。哪怕是在城边子上开出一小块地来种甜瓜，一季就能赚下一年的吃喝。运气好的，碰上卖洋碱的洋人，一担甜瓜就能卖上一百吊的官帖（吉林省政府官银发行的地方纸币），一百吊官帖是10 斗高粱的官价。这不是洋人缺心眼，是他们不认识官帖上图画一样的汉字。若是会酿酒，那就更好了，一锡壶烧酒能跟老毛子（俄罗斯人）换一张羌帖（沙俄银行在东北使用的纸币），而一张羌帖能买一件白板羊皮大氅等等。这些有根有据的传闻，吸引了一批又一批被天灾人祸折磨得奄奄一息的关内子民。爷爷也只是有个远亲在长春城郊范家屯种瓜种菜，他认定人挪活、树挪死的朴素哲理，便毅然带领全家跋山涉水，徒步走到长春，投亲靠友开掘生路来了。

到我有记忆的时候，爷爷种瓜糊口的事早就没人提了，不仅是因为爷爷和奶奶已经过世，两个长姑姑又已远嫁，更重要的是：由于父亲的弃农经商，我家已经告别了祖祖辈辈赖以生存的土地，成了城里人。父亲的发家史，是我家的至爱亲朋邻里乡亲甚至更大范围内的神话。

父亲 12 岁上到英商卜内门洋碱公司作小使，从而学会了英语。之后又到沙俄的道胜银行和日本的正金银行去作跑外，以惊人的聪敏和毅力掌握了俄语和日语。正因为他的这种特殊才能，被当时长春境内最大的大官——中华民国驻长春的镇守使看中了，选他作了女婿。20 世纪初叶的长春，英、俄帝国主义者，加上后来取代沙俄的日本人，在政治、经济上明争暗斗，呼风唤雨，逼得外祖父渴求一个通晓洋话的人守在身边，以便应付错综纷纭的各种情况。他不顾娇女的反对，硬是把这个来自泥土的年轻人招为驸马。这个际遇，对父亲来说，是个双面开刃的刀，利弊参半。在父亲醉心振兴实业的事业中，外祖父为他提供了政治的经济的双重方便；在个人生活中，父亲套上的却是副难以拆卸的枷锁。他和他的夫人——我们子辈尊称为娘的掌家太太，在性格上、兴趣上完全对立，真可以说是南辕北辙，怎么也走不到一条路上来。这是件悲剧婚姻，不幸的是：我恰恰是父亲悲剧婚姻的副产品。

我童年生活的家，在长春县城里的西三道街，那是个有着上马石、下马磴的广亮大门。这上马石和下马磴是娘的陪嫁，是昭示娘那三品封疆大吏的世家的。这个不仅漆得亮光闪闪而且被经常擦得一尘不染的广亮大门，和街东头英商卜内门洋碱公司的精致砖刻的铺面房、街西头沙俄道胜银行绿铁的圆屋顶、雕花的铁栅栏门，等距离排开，使得西三道街这条大街别具一番姿态。如果用现代语言来描述的话，也许可以这样象征性地说：在英、俄帝国主义者的围困中，中国的民族资本家正企图穿越夹缝，冲出包围。

据小姑姑说：我是生在海参崴的，是父亲在中东铁路作货运主任时的一段往事。父亲因为公事的需要，时常在海参崴逗留，因而结识了我的生母。俩人情投意合，同居了两年。父亲和他的金兰之友为了筹建奉天（沈阳）到海龙、海龙到梅河口的奉海、海梅两条铁路——这是张作霖为了冲出南满路对吉林腹地运送粮食的钳制而提出修建的。奉海、海梅联结，在吉长铁路（吉林到长春为当时东北少有的国有铁路之一）的梅河口站搭线，从长春到沈阳便可以躲开南满路，不受日本人的气，走自己的运输线了。为了奔走这项伟业，父亲辞去了中东铁路的差事，把我和生母带回长春。他原本是打算把我和生母安顿在四平街的。由于四洮铁路的兴建，四平街这个联系内蒙的边陲小镇已成了交通枢纽之一，呈现了不可遏止的发展态势。就在四平街为生母营造的住房装修内部之时、在父亲忙于两路的营建，奔波于沈阳、长春、吉林、梅河口之间的空当儿，被娘钻了空子，用极其隐蔽、阴险的办法逼走了我的生母。这件事，在我们家族之间，是个公开的秘密，只有在娘面前，没人敢提而已。娘只准家下人等说我是娘亲生的娇闺女。她用这话骗我也骗她自己。骗我是为了叫我相信她，亲她，从而取得父亲对她的谅解；骗她自己，很可能是出自一种赎罪的心理，因为人们传说我的生母已经自戕，她很看重冤魂索命这种命运报应，她为此一直不能安顿。正如俗话所说：我是胎带来的苦命，该受磨难。

我这个暗里明里的生命之谜，使我常常睡不安枕。我情愿我就是娘的亲生的娇闺女，可是我从未体会到她对我的慈母之爱。这个困扰我小小心灵的难题，是娘一下子给予了再明确不过的答案。事情是因为我亵渎了狐仙引起的。当时，广袤的东北大地上，狐狸成仙得道的故事很多很多，娘十分相信这个。她认为：父亲那迅速膨胀起来的家资，不单单是父亲际会风云、长袖善舞，而是因为父亲小时候在山里挖过狐狸窝，没伤害狐狸小崽，那小崽如今前来报恩，帮助父亲运载财富的。她命令在我家那巍峨的连脊大瓦房西侧，修筑了一间狐仙堂。狐仙堂比东西配房略矮，却装饰着和正房一样的画栋和绚丽的藻井。前脸涂着寺庙正门的黄色，朱红的雕花窗棂没有糊纸，狐仙是不怕冷的。这殿堂不许孩子们进去，娘每日前往拈香。当檀香那沉厚的香气随着霭霭的暮色飘进晚课的书房时，我总是抑制不住想去探探狐仙殿堂的好奇心。一天晚上，趁督促我们练字的老先生没注意，我悄悄地溜进了狐仙堂。原来狐仙跟戏台上的番王和王妃一样，胡三太爷戴着有翎尾的头盔，胡三太奶戴着凤冠，原来是一双戏子，我索然了。忽然发现那一双狐仙不是坐着，而是蹲踞在宝座似的洞穴上面，洞穴里垂下一双又粗又大的尾巴，想看看这尾巴到底有多长，我绕到宝座后面，却不小心踩烂了泥塑的长尾巴尖……

当然，娘是非同小可的震怒了，她一反平日惩治人的惯例，亲手拿了她从外祖父家里带来的打人软鞭，那是条用蛇皮编就的花纹斑驳的鞭子，向幼小的我凌空劈将下来；我只觉得脊背冻凝，从肩腰窜下一条冻蛇，上身像砸了根冰杵，旋即火焰灼过一样的炙痛起来。我吓昏了，却忘却了哭，因为我看见娘眼中的仇光，那不是请神赦罪的惩罚，而是泄恨，倾泻由忌妒转化的越积越烈的仇恨。我确确实实地明白了，这绝不是亲娘的眼神。绝对不是。不过，从总体来说，这一打也未必不是好事，使我过早的，以切肤之痛体会了"家"这个温馨的界定也可以有不可告人的悲惨内涵。

娘用层层丝绸捆缚着我，我成了她生活中一个用以炫耀的物件。每当她命令我穿上华贵的衣衫，在她环佩叮咚的女友面前出现时，我便脊背发麻，四肢冰冷。这种亮相，一切鞠躬、请安、献茶、递烟，必须按着娘的教导进行，差一点便会被责骂失却了大家风范。我一直强烈地感觉到，自己不过是个偶人，是和大客厅里日本朋友送给父亲的、穿绫挂缎、面带拘谨微笑的偶人一模一样。别人家的女孩穿上花衣裳便美滋滋笑着的样子使我不能理解，我从来不知道穿新衣裳有什么快乐。

父亲十分钟爱我，真个是掌上明珠，只要他在家，我便尾巴一样地缀在他身后，寸步不离。他在中国的日本的妓馆里宴请宾客，或者他们在哪个私娼家里推牌九、打麻将，也带着我，我很多很多模糊的记忆，都是在天杠、地杠、闭十、幺六的骰子吆喝声中留下的。这使我很小就有机会接触了光怪陆离的大千世界，很小就不喜欢那灯红酒绿的生活。不过，父亲从不饮过量的酒，当那些喝醉了酒的绅士们东倒西歪，在女人们的搀扶下出洋相时，父亲那清醒的熠熠闪光的眼睛深深地铭刻在我的记忆之中，在这种时刻，他抱起瞌睡得迷迷糊糊的我，走向等候我们的车子，在我身边轻轻地说："好闺女，咱们回家睡觉去！"我记得很清楚。他从来不在那些地方过夜，带着我，也许正是一个最最正当的回家理由吧！

　　父亲不在家的时候，一过傍晚，我便焦急不安，常常在奶妈的掩护下，偷偷绕过娘那笑语纷然的小客厅，溜到大门口去接他。却是十次有九次等空，冻得全身冰冷噙着失望的眼泪不舍地望着伴着我们闪亮的小星悄悄地溜回卧室，悄悄睡下。

　　我总觉得，父亲是连母爱也一并给予了我。只要他在家，他便叫我穿上他从哈尔滨秋林洋行买回来的西式衣裳，穿上白色、褐色的半高筒皮靴在他铺有虎皮的座椅前后，嬉笑奔跑，揪虎头上翘起的虎须。他也常常带我驾上只有两个轮子的轻便马车，在长春城郊的土路上驰骋。他把马缰递在我手里，任凭我自由驾驭。本来我家那辆从法国买来的郊游车已经是当时长春市的奇特物件了，再加上一个穿着洋衣裳小姑娘大声吆马，所过之处，总是引起过路人驻足而观。父亲很可能很中意他这突出习俗的举动（当时，一般的女孩子不允许这样疯玩）。也许，他是有意识的，他就是要他的娇女像男人一样，敢于独立，敢于自己掌握走向。这成了我终生难忘的往事，父亲把他那勇于向前的精神素质传给了我，这是他给我的最最珍贵的东西。父亲给我影响最深的还有一点：是他经历大难时的从容与镇静。是张作霖和郭松龄内战的那次，父亲提供给郭松龄的几火车原木，在什么地方被张的军队（也有人说是日本人）给放火烧了。那是一笔很大很大的财产。娘为此恨天怨地痛哭失声，家下人等也不敢稍有响动，全家沉浸在肃杀氛围之中。父亲待在他自己的房间里，要我和他一块码字块拼字玩。这是贴有彩画的注音字母ㄅㄆㄇㄈ字块（父亲和我常常一起拼字玩），那次，他要求我拼的是什么字，已经忘了，只记得第一次没拼对，第二次又没拼对，我有些慌惑，正待推开字块时，父亲安安静静地说："好闺女，别着急，再来！再来！"在我多难的一生当中，父亲这鼓舞斗志的"再来！再来！"的勉励，总是伴着袭来的灾祸出现，使我平添了度过艰难的精神力量。

我只用了断断续续的 3 年时间，便读完了初小四年、高小二年的全部课程。10 岁那年，以优异的成绩在长春县立女子高等小学毕了业。这并不是由于我的绝顶聪明（这是父亲给我的评语。娘说我的生母是狐狸精，狐狸精有两个心眼，我是小狐狸精便有四个心眼），而是因为父亲为我们子辈准备了良好的学习条件。我从 4 岁开始，便随着伯伯房中的哥哥姐姐们在家里念书。父亲为我们延请了三位老师，一位是清朝遗留下来的拔贡秀才，教我们读经写字；一位老教员，教我们数学；还有一位沙俄老太太，教我们英文。那老太太十分古怪，一年到头穿着黑衣裳，她的丈夫是道胜银行的高级职员，死在任上，她便守在和丈夫同住过的屋子里，不肯离开长春回归故国。她的英文讲得很顺口，没有怪腔，当然教我们这些学启蒙英文的孩子们绰绰有余。她很喜欢我，送给我俄罗斯的民间画集，用磕磕绊绊的长春方言给我讲宝石花、三头凶龙的故事，那些在异国的土地上拼力战胜丑恶的英雄、美女们使我心神向往之，异国的老妈妈，在我幼小的心灵中，播下了追求真善美的种苗。

1930 年的长春，只有一所教会办的萃文女子中学，教学水平与长春县立男中相比稍有逊色。据说国文和英文教得还不错。可是，这两门功课我在家里就可以读好。因此，一开始，父亲就打消了让我就地深造的念头。当时，有两个城市可供选择，一是哈尔滨，一是吉林。哈尔滨的女子一中、女子二中都学俄文。父亲认定未来的时代里，英文比俄文有用，他不愿意我去学俄文，那就只有到吉林去了。父亲当时还是吉海路的董事，常有公事到吉林去，照顾我也很方便。他的一些北伐后过来的吉林省议员朋友们也劝他送我到吉林就学。据这些新派的官员们讲：省女中办得不错，校长是随着北伐军过来的革命志士，老师中的绝大多数是来自上海和北平毕业的大学生，教材用的是中华书局出版的最新课本。省内各县的仕女云集那里，是省内拔尖的女学校。只是一点对我不利，省女中随着关内的教学习惯是秋季始业，而我们长春的县立女子高小是春季始业，要去省女中便需等上半年。

父亲鼓励我去考初中一年级的插班生。他认为：我的国文和英文都不成问题，算术突击一下四则题也可以应付。他估计，这一个学期的台阶，我有能力一步迈将过去。

父亲是我心目中的圣人，我遵从他的决定，虽然心里不无忐忑。我理解，能够早一天去吉林住校读书，对我、对父亲都是好事。我已经一天天长大了，父亲不便把我再带来带去。放在家里，他总担心他不在家的时候，娘会变着方法折磨我。娘那容不得对她稍有违拗的小心眼，已经把对我生母的妒忌转化为对我的仇恨了。这一点，父亲从来没说破过，我却用我的"四个心眼"体会到了。

我很顺利地通过了插班考试，国文和英文的成绩都不错，算术也及格。我那洋洋五百字的《论振兴女权之好处》的作文，是我自己命题自由发挥的。这很使老师们惊讶，他们难以相信这么个小女孩却有这么多的时尚思想。其实，我只不过是在父亲的逼迫下，读了两本梁启超的《饮冰室文集》，从中掠得了民主思潮的鳞爪，又从我敬佩的《秋瑾传》中得到了一些启发而已。

最主要的还是由于父亲开明思想的熏陶。父亲一直告诫我，一定要学好立身的本领，作一个在社会上站得住的人，不要依附男人、仰赖男人吃饭。

女中的生活使我快乐无比，这个由北伐志士主持的女校，朝气蓬勃生机一片，学生们个个扬眉吐气，几乎看不见一个俯首低眉的弱女子来。每天清晨，当国旗在操场的上空升起，我们唱起"白山黑水、女权肇始、我校夙清芬……"的校歌时，一种庄严、深沉的感情常常使得我热泪盈眶。我们的各科老师都很称职。特别是教我们国文科的王春沐老师，更使我佩服得无以复加。他为我们朗诵闻一多的诗、落花生的散文，详细分析了冰心的《寄小读者》的优点，要我们背诵《繁星》那清丽优美的诗句。他指引我们用白话文写作文，记日记。我迅速扔掉了那已经运用自如的之乎者也等虚词陈调，开始使用呢、呀、啦、吗。一经按口语语序记下自己的思想感受，我觉得笔如春潮，总是涌不尽的浪花。王老师为我上了新文学的启蒙课。

1931年暑假开学，为了迎接新同学入学，学生会组织了文艺晚会，高中的同学演出了易卜生的名作《娜拉》，这使我联想到我那杳如黄鹤的生母，因此记得很牢，另外还演了些什么已经忘了。但晚会那炽热的气氛，却长久、长久地在我心头荡漾。娜拉带领我，开始阅读起西方文学作品来。雪莱、拜伦、罗曼·罗兰……这些西方的文学大师，开拓了我的眼界。高尔基的《母亲》还曾诱使我思索起什么是革命人生的艰涩话题。

暑假开学不久，就是"九·一八"了。18日当天，校长就从省党部得到了日帝全面出兵沈阳的消息。他立即下令停课，要求走读的同学回家暂等，把住校学生全部安置在教学楼地下的大锅炉房里，由年轻的老师组成护校队保护学生。19 日，我们在提心吊胆中度过，20日白天仍然十分平静，傍晚开始听见了零星的枪声，随着夜色的加浓，枪炮声越来越密。很多同学吓得哭起来。舍监徐老师劝了这个抚慰那个，哭的人却越来越多，闹得徐老师手足无措。这时，校长来到我们中间，为大家讲起女娲补天的故事，这个古老的传说，他讲得如此生动、如此壮美，同学们逐渐安静下来，忘掉了外面的战争，沉浸在校长讲述的无畏的精神世界里。当时，我是住校生中年纪最小的一个。徐老师用她那大红细绒围巾裹着我，无限温暖充溢着我的身心，我心静神驰，安谧得甚至萌生了睡意。21 日清晨，枪炮声完全停止了，校长要困坐了一夜的我们到操场去活动活动，换换空气。他带头离开地下室，却在教学楼的拐角处愣住了，像被钉子钉住了一样地僵立在那里。

面对我们的教学楼，隔墙是吉林省国民党省党部，一个撼心夺目的场景正在出现，那面一向飘扬在省党部楼上的青天白日满地红的旗子正在降落、降落、降落。

校长那陡然僵立的姿态，那如注的目光，几十年来总是鲜明地出现在我的记忆之中。当时，我立刻念出了王老师要我们背诵过的闻一多先生的诗句："我爱一幅国旗在风中招展……"我觉得我立刻长大了，懂得了什么是同胞，什么是国难，历史书上昭示给我的史实，变得活生生地在我眼前凸现出来。只一夜之间，吉林市便被日军接管了。

市面很安静，有的店家照常营业，只是走读的同学没人到校里来，住校生一个一个被家里接走，我也被父亲派人接回了长春。长春和吉林一样，也是一夜之间换上日帝作了主人。

家里的日子使我如处笼中，从省女中获得的新知识，熔岩一样埋藏在我小小的躯体之中，我已经长大了，明白该怎样生活。

我表面温顺，为的是免招娘生气，心里却像着了火一样焦灼难耐，恨不得插翅飞回学校去。教我们英文的沙俄老太太辞馆不作，我失去了异国的恩师，娘不准我到道胜银行那大鼻子的住处去看她。对娘来说，一切受雇于我家的人都是她的臣属，我没必要屈尊去看什么老师，何况她又是洋人。没能跟老师话别，这成了我一生的憾事，使得我进书房都失掉了兴趣。父亲安慰我，要趁这个空当儿好好学学《史记》，他请老先生讲给我听，且不要求我背，只要领会神髓就行，他说那书里包含着为人处世的道理。父亲就这样培养我，没有要我去读姐姐们读过的《烈女传》、《女儿经》。我同时请数学老师教我初中二年要学的代数课，我要为回校准备条件。

无论是代数课还是《史记》课，都填不满我求知的深坑。我到处搜罗书看。父亲这个新生的资本家还没顾得上系统地充填他的书橱。我家原有的藏书，不过是正统的经书等等，另外的一些，是父亲为了他个人消遣购买的时新小说：如《福尔摩斯侦探案》、《亚森罗平盗案》等等。坐落在长春四马路的一家专营天津、上海出版书籍的书店，每逢有新书来，便遣店员将书送到我家里供我们挑选。买哪些不买哪些，原来是我们的国文老师做主。我一回到家里，便由我作主。我买了林琴南的整套翻译小说，买了过去老先生不敢作主买的《红楼梦》、《西厢记》，买了木刻版的部分元曲。这些由汉字结构的社会世相，使我接触了古人，使我懂得了什么叫历史，我沉醉在古汉语那深邃幽美的描述意境之中，为祖国文字表达能力的高超而赞叹不已。

塞外的秋天是十分短促的，刚过了中秋便降下了初雪。省女中已经正式复课了。但父亲没让我即时返回学校，他要求我稍等、稍等。

我发现，他也处在一种不同往常的精神状态之中。他把沈阳的、铁岭的，甚至远在朝鲜汉城的分公司一一收拢了，只在四平街的德昌实业公司投下了大笔资本，且命令修整了由车站直通公司的一段铁路支线（那是他参与四洮路修建时买下的）。他原准备把这个公司营造为生母的基地，生母消逝之后，他一直没有亲自经营，委托他的老搭档保尧雪伯伯主管。看起来，父亲是有新的打算了。

日帝派到长春的主管官原姓藤本，我之所以记得他，是因为他有一次在我家喝酒时，指着坐下的藤椅告诉我他就姓藤。他是父亲在正金银行时的同事。他总是一身长袍马褂出现在我家的客厅里，我们孩子们称他张伯伯。我一直觉得这位客人很有意思，中国人的父亲穿洋服（当时对西装的俗称），日本人的客人穿袍褂。是不是他穿差了衣裳。当时，世面上还流传着要建立"满洲国"的特大新闻，更有人指实说废帝溥仪已经秘密到了长春，在五马路的督军府旧址将修建"皇宫"等等。不过，有一件事却并非传说，新成立的满洲中央银行要聘请父亲去作副总裁。对这些传闻，父亲缄口不提，却带领全家筹备起如何过大年来。例年，我家名下在长白山山麓替我们管理山场的农户，都要赶着马爬犁送来冻鹿肉、冻狍子肉、野鸡、猴头蘑菇等山珍，历年都是娘会同大伯、三叔去收经管，父亲从不过问。这一年，父亲指令我带着记事本，对每一架爬犁的主人都记清了姓名、记清了管地的范围，特别是对两个他伐木时结下的相识，连人家过日子的情况都问了个一清二楚。

按着一向过年的老规矩，几年没有使用的铁支架从库房中拿了出来，老更夫劈好了松柏香木，从除夕的前一天起，老更夫便显示山里人的绝活，架起了四角四方的玲珑篝火，那火金蛇一样地窜起后，直到燃烬不塌架子。父亲巡看时，眼神恍惚，似乎冥想着什么。院子里散满了松柏的香气，地面上铺满了麻秸，踏上去便咯吱咯吱地响。从大门到正房，点燃了两行红纱灯，那贴着金色德新堂堂号的特大纱灯在外客厅的正门口高高挑起。这堂号还是爷爷在父亲挣了大钱后择吉日请鼓乐班奏乐定下的。很可能父亲认为那是封建世家的一种炫耀，早已经不用了，这一年不知道父亲这样做意味着什么。能是追思祖先吗？还是为了向他的日本朋友展示中国心呢？

这个喜气洋洋的大年，准备得人人满意，连入冬以来就没出过房门的娘也到院中踏着麻秸踩岁。父亲穿着灰色的织有团龙图案的皮袍把一挂挂的红小鞭分给我们，让我们尽情燃放。从午夜零点起，辞岁贺新的客人们便一拨接一拨地来了。

父亲命令我换上白纱缕叠的西式短裙，穿上白色的半高筒皮靴，还亲手为我扎上了白纱的大蝴蝶结，叫我站在小客厅的门口，为我家的、大房伯父家的、管事三叔家的仆人们，还有管片的警察、送信的邮差等分了压岁喜钱。我便从随在我身后的奶妈托着的红托盘里一一拿起分给众人，这历年都是娘主持的。他为什么借口天冷不让娘做而让我来，又为什么要我穿上据姑姑说是生母喜爱的西式衣裳？他是要把他创建的一切都画上中止的符号，要向这种生活告别吗？

要我分发赏钱的重头戏其实在后头，那是娘绝不肯做的，给花界的姑娘分发赏钱。当姑娘们（大约有7位）进入小客厅，婀娜地向红彤彤的福字下拜时，父亲也从大客厅赶了过来，他请姑娘们喝红葡萄酒，那是张裕公司送给他的年礼，刚刚启箱。他祝愿姑娘们好运，朗声说：诸位是我的客人，千万不要拘泥，请畅饮一杯！姑娘们莺声燕语地致谢，又一次姗姗下拜时，那分娇柔、那分娴雅、那分显示了青春魅力的身姿，我以为是客厅里那幅工笔的洛神图变真了。我丝毫没有贱视这群如花似玉的女人们的感情，她们是太好看了。娘骂她们贱，不知贱在哪里。父亲要我以特选的装束接待她们，是显示我与她们不同，还是要我明白女人还有另外一种人生呢？也许，正是从孩提时感到的那种神人交错的恍惚情思，种下了我笔下为女人呐喊的基因吧！

这一年的雪特别多，不仅是多雪的冬天了，初春仍然下着大雪。元宵节的第二天，大片鹅毛般的大雪又盖满了天地间的一切。停晚，起了风，风卷雪舞，打得人难以睁眼，路上早早地断了行人。可能是过节过累了吧，只不过7点钟的光景，家里人便都回到自己的房间里去了。父亲却坐在外客厅里不动，我以为他是为了陪伴七叔张鸿鹄，被孩子们称作七叔的这个人，是当时哈尔滨市的电业局长，显然是为了重要的事，特地在喜庆的节日来到了长春。我向七叔道过晚安，准备回自己房间时，父亲看了七叔一眼，却命令我留下了。

我有些不安，不知道父亲留下我作什么。偷眼看他，他只是抽烟、抽烟。七叔则尽管翻看父亲那旧了的日本杂志，也一声不吭。我从书架上拿了本《亚森罗平盗案》，坐在父亲的座位旁边看了起来。

突然，摩托轧雪的声音自远而近，我不由得走向窗口，掀起厚厚的窗帘向外窥望。在日帝全面占领东北以后，摩托车声几乎和警车声等同，它是占领者独占的交通工具。摩托车声总是伴着各种不幸降临。它居然嘎的一声停在我家的大门外了，我吓得掉转身来望着父亲，父亲却仍静静地抽着烟，只有七叔把手中的杂志推开了。还没容我细想，一个日本人便走进客厅来了。使我稍稍安心了一些的是：来人穿着藏青色的日本邮递省的制服，是送日本电报的信差。七叔用日语和他说了些什么，来人放下电报，客客气气地呷了两口父亲奉上的白兰地，便回转身走了。

父亲和七叔显然是高兴极了，他们交换着意见，说日文又说俄文。后来父亲命令我在一块白绢上写下："大豆五百石，穆陵王宅提货。高粱三百石，牡丹江王宅提货。"又写红小豆、菜豆、黑豆都有数量及提货地点。写完他们核对了又核对，便把电报纸投在壁炉里烧了，命令我把白绢夹在一个黑布旧棉袄中缝好。他们只看着我做，我因为心慌弄不好时，父亲一一指点我怎样包边、如何顺线，自己却绝不上手。我好不容易才一点破绽都没有地缝好了棉袄，完成了这种平时绝不会要求我动手做的活计。父亲替我擦掉额上沁出的细汗，拍拍我的头顶作为嘉奖。七叔则夸我字写得好，没有女气，便打发我睡觉去了。

这件神秘的任务总是纠缠着我的思路。因为那天晚上，无论是天气、无论是父亲和七叔的神色，以及那件我家人从不肯穿着的黑布棉袄都给了我一种非同一般的感觉。我猜想，或者他们又是在接济伐木工人，据管事说，父亲曾给山里人汇过款。接济伐木工人为什么要把粮食分散在好几处呢？

这不能不使我联想到当时家里的处境。春节前娘咳了一次血，这突然显现的病情把娘吓坏了，父亲听从南满医科大学教授的建议，准备送娘到大连南满医院彻底检查诊治。送娘就医这是理所当然的，他同时又说，为了使娘放心，我们这一房包括他和子女都陪着娘去玩它几个月，他说这会对娘疗养有利，对我们这些孩子们见见世界有利。这可能都是上得台面的理由，究竟为什么，闹不清。可我不能去找父亲寻根究底。父亲之所以特别喜欢我，就是因为我懂事，懂得应该把什么样的事装在心里。

父亲说的我们这一房的子女，除了三弟、四妹（我们家习惯用大排行的顺序，即伯伯、叔叔的孩子大家一块排）是娘亲生的心肝宝贝外，我是娘的假亲生，比我只大两个月的二哥，是姨妈所生，姨妈是个非常俊俏的农村姑娘，是父亲发家伊始奶奶从众多乡亲中选出来服侍父亲的。她一直服侍年老多病的奶奶，陪奶奶住在命名为德新堂位于长春郊区的范家屯老宅里，娘一直不肯承认她的哪怕是姨奶奶的名分。很可能父亲鉴于生母的惨剧，一直安排姨妈住在老房子里，把二哥接到城里来上学，生活由我的奶妈照管。父亲说带我们出去见世界，其中学历最高的是我，初中一年级；二哥不会跳级，仍老老实实地念小学五年级；三弟和四妹小学二年级。其实，我及二哥和娘只不过是种观念上的关系，娘出外治病，舍不得的是她亲生的一双儿女。为什么父亲要把所有的孩子都带上，他是要和故土诀别吗？

早春，柳树刚刚绽出来白绒绒的毛毛狗时，父亲便带领我们全家到了大连，住在华三伯特意为我们腾出来的一幢小洋房里。那是当时被称作大连消夏胜地的星个浦。因为季节还早，一半的避暑洋房都空着，非常安静。娘经过检查后，便由南满医院指定了专门护士来照看她，为她打针吃药，父亲本为脱开尘世而来，乐得在他独住的房间里观海看书。最开心的是以二哥为首的我们这几个孩子了。有机会不去学校，脱开家庭教师的约束，真是从没有过的自由时光。用娘的话来说，我们简直是玩疯心了，有时连饭都忘记回家吃。三伯的房子坐落在一个小小的漫山坡上，周围全是野生的刺儿梅。我们到达之时，刺儿梅还正盛开。放眼望去，黄的、红的、白的、粉的花朵摇曳在绿叶之上，恰似精工织就的毡毯。再加上院子里的苹果花、桃花、樱桃花，人完全浸在花海里。最使我心旷神怡的是那碧波粼粼的大海，这看似单调的水，却随着早中晚的时序变换着不同的姿态。潮大的时候，浪一直涌到我们住房的院墙脚下，撞激起如雷的帘幕。潮过，墙角的凹陷处，便留下了许许多多有趣的小生物，黄的蓝的小海星，白色、灰黑色的蚶子和海红。最喜人的是那横行的小螃蟹，自以为跑得很快，实际上并未逃出追捕者的目光。我捉着它，放在脚下，看着它支起大钳子慌慌张张地跑走，常常为了追踪它，忘记了吃晚饭。

我们交了好几个小朋友，最初他们是躲躲闪闪、又进又退、迟迟疑疑地过来的。一经和我们，又由我得到了父亲的认可时，便雀跃着奔到我们的"领地"来了。他们提着洋铁罐，拿着粗铁丝拧成的扒子，寻觅并捕获各种海鲜。这一般都是他们家里晚上吃的小菜。我们的院墙恰恰形成了个小小的避风角。这里总可以扒到比裸露的海滩更多的海蟹和蚶子。我们常常把海物提到厨房去，做饭的陶大娘便和我们一起吃那活鲜鲜的、只用开水烫过的保有海腥气的食物。这是我吃到的最鲜最鲜的海物，比出现在宴席上、用各种调料炮制过的牡蛎和海蟹不知鲜到多少倍。有时，我也把父亲拉来参加我们的盛宴，他那恍惚的略带惆怅的神情，使我不自禁地联想到人们讲述的他的过去，他本就是这铁丝扒子中的一个，只不过扒的是大豆和甜瓜，范家屯那里没有海。

大连的夏天是迷人的，空气总是香幽幽的。我走过祖国不同的海港，大连却总是裹着最绚丽的色彩在我的记忆中出现。小朋友给我留下了极其深刻的印象。我认识了另外一种简陋、贫穷但生机盎然的人生。小朋友都会说不同程度的日本话，用他们自己的体会来说：你不会说几句小鬼子话，就休想顺利地通过各种检查站的哨位。这是清政府把大连划给沙俄，又由沙俄把大连拱手让给日本人后加在大连同胞头上的土枷，受制的中国人便想出各种招术来求得生存。几乎所有的小朋友都有一套和日本人周旋的巧办法。我第一次从心底理解了被外人统治时那种难耐的处境。小朋友问我：是不是全东北都被日本人占了？是不是被日本人占了后大家还是中国人？更以极其不屑、鄙视的感情问我是不是长春也有二太君，他们指的二太君，是指为日本人驱使的中国人，一个小朋友嘻嘻哈哈地教我念了两首民谣："狗呲牙，呲牙狗，不看家门跟人走。东街窜，西街遇，哈伊、哈伊（日语"是"的转音）舔腚狗。""鬼子说是好天气，腿子说成快宰鸡；鬼子说是要下雨，腿子说成吃大米。中国人熊中国人，家里出贼外人欺。"

我当时记牢了这两首民谣，最初是感于它的痛快、淋漓，逐渐悟出了它所表达的对谄媚者的憎恶。我原本讨厌那种低声下气、讨好权势的人，甚至曾联想过：若不是那些趋奉娘的"腿子们"做好了圈套，也不会那样了无痕迹地将生母逼走。中国人再给日本人当腿子，那可真是丧尽天良了。

夏天还没完全结束，娘看上去便完全康复了。她要求回长春。父亲劝她到青岛再疗养一段，青岛的气候最适宜肺病康复，而且父亲许诺，从青岛转济南去天津，从天津坐火车回长春，不坐日本船，因为娘怕海上风起她会晕船，坐中国的火车很方便也并不绕道。这样，父亲可以就便看看老朋友，孩子们也可以见识见识关内的大城市，先玩上个一年半载再说。

父亲一向最会抓时间，他的每一天都安排得有条不紊，似乎他也习惯于那样的生活。对我们更是如此，他最不喜欢我们荒废学业，特别是又如二哥，二哥不是那种机敏得可以跳过学阶的人。为什么父亲要这样潇潇洒洒地带领一家人遨游，我左猜右想，只想到了一个可信的答案：父亲可能是要躲避那已经在长春作了主宰的日本人，他不愿意去伪满洲国作什么中央银行的副总裁，或是伪满洲国的什么通产省大臣。那些怕也是一种高级腿子吧！如果是，父亲绝对受不了。

在青岛，我们几个孩子可是玩得再开心也没有了。环水倚山的青岛，谜一样地吸引着我们。那左拐右绕的半山路，那时隐时现的粼粼碧海，那众多的水果，特别是那溢满蜜汁的大桃，吃得我们连饭都不想吃了。因为在我们那寒冷的家乡，就是我们那样奢侈的家庭，也只吃到了罐头中的桃子。当我一个人在那按着德国模式修建起来的住宅区徜徉，为了辨别方向，在某一幢有着尖顶的小洋房前驻足时，甚至兴起了会有一位真的娜拉从那窄窄的小门走出来的异国情思。

历史告诉我，青岛是第一次世界大战德国战败把租借的青岛还回了中国的。当时，那里没有租界，没有享有治外法权的洋人衙门，我没有感到在长春、在大连时的压抑感。我进一步理解了父亲，他还是在摆脱满洲罩给他的暗影。

短暂的青岛之旅，被石友三的使者打断了。石友三接我们一家去济南暂住，他已经为我们安排好了住处。石友三被蒋介石吃掉麾下的十三军后，正在济南蛰居。当时还在山东省主席任上的韩复榘，草莽时期也得到过父亲的资助，他也欢迎父亲前去。石友三是长春同乡，小时候和父亲一齐念过私塾，又是20年代闯荡江湖重新结拜的金兰之友，他是父亲计划内要会面的老友之一。

济南我们暂住的家，靠近大明湖，院子里有好些好些柳树，也许因为过去根本没有理会，我注意到济南的柳树有一种特别柔韧的美，长长的柳枝飘呀飘的，像烟又像雾，迷迷荡荡，请来照看我们的李妈妈告诉我，那是因为大明湖的水汽滋润着柳树的缘故。李妈妈带领着我们，几乎整天待在大明湖里，这里有吃不尽的鲜菱、鲜莲子，有数不清的小石凹，二哥他们便去找蛐蛐，我悄悄溜进说书场，听艺人讲各种侠义故事，那用民间语汇组成的评书音节，时而铿锵，时而婉约，似乎历史中的李世民、秦琼、包青天、南侠北侠一概在你眼前活生生地站立起来。我听得上了瘾，李妈妈不带我们出去玩时，我也偷偷地掖上一毛钱，溜进那蓝布围成的书场去听书，深厚的民间文学滋养着我。

刚到济南时，父亲还时常到石友三家、韩复渠家，还有一位原来的铁路总监的家去作客，有时很晚才回家来。后来便渐渐不去了，且常常写起大字来。我猜想，可能他们什么协议也没有达成，父亲曾说过，他和六叔（石友三）要商量重要的事。我猜想，我们不会再在济南住下去了。

从济南到天津，原是父亲预定的回归路线，很不幸，一到天津娘就犯了病，而且来势很凶，当即送娘到法国医院去住院。家里无人主持，我便理所当然地替娘理起家务来了。

一经接手管家，我才明白我家当时的窘境。原来我们上下十几口人的日常开销，都是由东北老家用高价兑成黄金送过来的，伪满洲国建立以后，伪满洲国中不能兑换国民政府的中交票（中国银行、交通银行发行的纸币）。原来关内外畅通的货运也因日本人在山海关等关口建立了边防而不能通行。尤其是大宗交易，必须持有关东军的特批才行。这是父亲的悲剧，他这个在东北拥有相当资产的实业家，伪满洲国不准他将资产转移出境。何况在与日本人合作方面，他又表现得十分暧昧。

随着 1932 年的逝去，1933 年的农历大年来临了。管家的我竟然没有现款来开支必要的礼品和赏钱，父亲望着愁眉苦脸的我，竟展颜笑了。我以为他一定有了生钱的办法。我知道那些官面上的限制并不能彻底限制着他，只要他想做，都会顺利解决。没想到他竟要我去当当找钱。去当当，是我们家乡的土话，即把值钱的东西送到典当铺去以之抵押借款。我们那样大的开支，什么东西能押回来那么多钱？再说，我们那样的家世也要落到靠当当这个吗？

经过反复捉摸，我似乎摸到了父亲的真正意图。我们这次进关，父亲似乎是在追逐一个理想。可是无论济南的石友三、韩复渠，天津的邹作华（原吉林省炮兵司令），以及原吉林省的省长张作相都劝父亲回家，邹伯伯甚至要父亲替他物色一项能在东北投资的实业。国民政府中的委员王克敏正酝酿成立什么冀东自治政府，从执政的日本鹰派内阁的策略估计，日本人完全可能把战火一路点燃下去。如果是那样，东北就是可靠的战争后方了。没钱过年的家事尴尬，还是父亲计划中的大事失望的浓缩，父亲要我去当当，正是他不愿意有所羁留不愿惊动各方的下策。

我捧着那只沉甸甸的装着大明宣德紫铜合金香炉的锦盒径自去见日租界伏见街的四库银行留守处的主管，换回来一小皮箱崭崭新新的纸币，这件事是我们父女间的绝秘，无论是父亲还是我都未曾向任何人说起。但这件事给我的震动却无法纷说。那位主管曾是我家的座上客，曾对紫金炉流露过艳羡之情。紫金炉是父亲一个落难之友的传家宝，难友的夫人临危前送给父亲要父亲照顾难友唯一的儿子。为了那个来历不明的孩子，娘曾大吵大闹过好多次，甚至说那孩子是父亲的骨血等等。用这样一个缠绕着友情、亲情的稀世之珍换取日用，父亲肯定不知用了多大的勇气才作了这样的决定。那个被我们叫作大哥的人远去了俄国，父亲说那里对他最安全，父亲供养他在念大学。

用这箱纸币过年，付了娘的医药费，并买了从天津经沈阳到四平街到长春的头等火车票，立刻就要告别这迁徙的生活了。我童稚的心却怎样也不能平静地从当当这个魔咒般的片刻脱出来。我还不懂得那稀世之珍究竟应该具有什么样的价值。但我知道那件东西是寄托着一颗悲惨的慈母心，是注满了父亲义结金兰的纯真友情。我以为那才是那宝物的真正价值。在当当的过程中，我体会了什么叫做炎凉。我不知道父亲怎样平复他自己，他依然很稳定，对娘、对我们十分耐心。

娘由法国医院专请的护士直接护送到长春去了。父亲把我们安置在四平街，托侯伯伯照管，便也追到长春去了。

住进了应该是生母领地的小巧楼舍，我在二楼西侧为自己选了一间向阳的卧室，为什么要选这间，我自己也说不清楚。我总觉得这一定是生母愿意分给我的房间，那房间紧挨着父亲的办公间，那里放着他用旧了的铁柜。

娘很快就离去了，父亲只命人把三弟接去为娘送葬。抱着哀哀啜泣的四妹，很难说清我对娘的离去是种什么样的感情。我们兄妹中，已经是三个没有自己的亲娘了，父亲将怎样处置他这个残缺了主妇的家呢？

父亲很快就从长春回来了，他不仅风风光光地安葬了娘，而且把我们原住的房子给了出嫁后还一直靠娘家接济的我们的小姑姑，小姑父一直病、一直病，父亲把表哥和小表姐的学费都安排下了，并且命令德昌公司的管事按季拨下小姑姑一家的生活费，这使我很安慰，我这个嫁了个痨病鬼、没有多少文化的小姑姑是我童稚生活中最心疼我的人，我甚至暗暗地感激起父亲来了。

更使大家惊奇的是父亲把姨妈从范家屯接了过来，而且郑重其事地为姨妈的"扶正"大宴宾朋，姨妈亲生的儿子——二哥却并没有为亲娘的正位感到十分欣喜。他和我一样，和姨妈一直是一种观念上的关系，我们只是在去范家屯为爷爷奶奶扫墓时才见到过她。也许因为对娘存有戒心，也许男孩子根本没有什么亲娘不亲娘的感觉，似乎他也在观望，看看亲娘是不是管教得很严。

父亲改变了一向的生活习惯，脱却西装，只穿中国袍服，而且立刻以声望和资产主持起世界红卍字会四平街分会来，在专为生母营造的楼舍里，他给自己留了一个房间——他的办公室，其余的都分给了孩子们，而且兴致勃勃地帮助我们每个人添置摆设，挑选窗帷。我们已经改变了对姨妈的称呼，不称娘，而称妈。我曾暗自思索，是不是他仍然把杳如黄鹤的生母排在心中第一。他和姨妈住在原有的平房里，客厅也设在那里，在客厅旁侧，修建了佛堂，供奉着红卍字会的主神——至圣先天老祖（我至今闹不清那是位什么神道，红卍字会是个庞大的慈善组织，分会遍布华北、东北）。每日忙着诵经、礼佛、助学、济贫，冬季开办施粥厂……悠哉悠哉地作起寓公来了。

使我称心的是父亲立刻同意我返回吉林省女中去上学，按着我原来的班次，插入高中一年级的第二学期。我第二次迈过了荒废的学阶。

刚成立的伪满洲国教育，仍掌握在原有的教育界人士手里，除了学校增加了两名日本的副校长外，教学内容没有发生大的变化。自然科学一如既往，就是国文和历史我们仍然用的是中华书局的课本。讲世界史的老师讲希腊的文艺复兴、讲欧洲的工业革命、讲第一次世界大战。讲中国历史的老师，讲三皇五帝、讲大禹治水、五胡乱华……只是临时规定，不许讲现代史，不许讲袁世凯和日本私签的《二十一条》。两位日籍副校长，男的管行政、管财务，女的管教学。这位女士是典型的日本上层贵妇，她的目的是把我们培养成有教养的娴雅的女人，要求我们进退有序，端庄温柔，达到贵妇人的品位。

使我永志不忘的是国文老师孙晓野先生的授课。他为我们讲汉语的结构和特点；为我们讲文学史，启迪我们学习并欣赏祖国璀璨的文化成就。他为我们讲解"楚辞"的时候，不仅带领我们欣赏"楚辞"那优美、贴切、生动的词句，还把我们引进到屈原那忧国忧民的高尚情操之中。我背诵着《离骚》的警句："长太息以掩涕兮，哀民生之多艰！""虽体解吾犹未变兮，岂余心之可惩！"我深深地被激动了，眼前幻化出屈原那岸然伟立的身躯，这是我们的祖先，我们该怎样才能无愧于英雄的先祖？我暗自庆幸，我们遇到的是多么优秀的老师。我也更加怀念起给我上了新文学启蒙课的王春沐老师。据说他奔赴关内，投笔从戎去了。

在孙老师的帮助下，我们组织了读书会，读《文心雕龙》《藏书》等古代文学论著，还争读高尔基的《柯尔巴乔夫》、果戈理的《死魂灵》等等。读书会中的黄绍岩同学不知从哪儿弄来了萧军、萧红在东北沦陷前在哈尔滨出版的《跋涉》。这是和我们同饮松花江水的大同学。这启迪了我们。我们认识到在日帝统治的特殊环境里，学好祖国多彩的文学遗产，传播她，是我们殖民地青年义不容辞的责任。效法萧军、萧红，我们也筹备印行一个自己的刊物。孙老师为我们从学校拿来蜡板，自己掏钱为我们买蜡纸。谢绍珍的父亲送给我们纸张。孙老师让我们把编辑部设在校图书馆里（他那时兼任校图书馆主任）。有意思的是，我们的图书馆利用的是省文物魁星楼的辅助房屋，世代供奉的文坛祖师魁星，如今荫蔽起他的女弟子来了。爱开玩笑的张仪清，常常用扫帚当朱笔，要点某人作女状元，我们书声笑声，恣意享受着我们的花季。

我们兴致勃勃地写了起来：写对家庭的感受、写对社会的不满，写一切我们幼稚的心感到的沉沦、黑暗与不平。忽然谢绍珍同学失踪，开在我们学校旁侧的雨天书店被查封了。传言说他们散布抗日言论。孙老师及时作了果断的处理。他拿来刻书板、刻书刀，拿来甲骨文权威罗振玉的最新书稿（孙老师一直协助罗振玉研究甲骨文）。我们的小小编辑室刹那时便成了刻书的小作坊，我们都是新学乍练的刻书匠，安然度过了校方和警方因为谢绍珍失踪而引起的整肃。罗振玉是伪满洲国"康德皇帝"溥仪的老师，是中国、东亚甚至是世界的甲骨文研究权威。完全没有想到，这位平日被我们讥笑、唾骂的遗老，这位伪满洲国的文部大臣，却成了保护我们这群思想叛逆者的黄罗伞。

1936年的冬天，我以优异的成绩念完了高中的全部课程，得到了村田副校长发给我的特殊奖励。奖励我带领全班同学（我是班长）以全百分的成绩默写了"康德皇帝"访日"回銮训民诏书"。其实这是个真正的骗局，当时任何人都不相信中国会跟日本的始祖天照大神有什么瓜连，更不相信日、满是什么兄弟，那"训民诏书"还不如一张配给的大米票更受人重视。对我们来说，默写"诏书"是毕业考试的第一要项。我出主意为防墨汁洇纸，在宣纸的考卷下加一张衬纸，在衬纸上用铅笔写下由ㄅㄆㄇㄈ拼成的诏书全文。村田不认识ㄅㄆㄇㄈ，也没注意到那淡淡的铅笔笔画，她亲自监考，完全没想到这里面会有什么花招。她对着我们班一致的考卷微笑着微笑着。这是她的成绩，她教育我们这些淑女记牢了"皇帝"的"训民诏书"，她为"日、满一体"做出了出色的贡献。这出滑稽戏唱得太精彩了，同学们怂恿我写一篇寓言小品，纪念我们的机智。遗憾的是我没能把这篇文章写成，家里突然打来长途电话，叫我回家，原因是父亲突然病倒了。这对我真是晴天霹雳，我完全吓昏了，立刻抛开学校的一切，回到了父亲身边。

守在父亲的病榻前，只觉得天旋地转、心胆俱裂。父亲时时处于半昏迷的状态中。清醒时，向我讲述了片段往事：那大雪之夜的神秘任务，父亲向我交了底，原来他和七叔从日本买了军火，接济进山抗日的马占山。至于一家人的关内之旅，是父亲追逐一个朦胧的理想，他妄想联络石友三、韩复渠、邹作华等枪杆子组成抗日义勇军。在日本军威胜如雷霆之时，那些旧军人吓破了胆，而他这个愿意倾家的经济后台又被当权者锁住了手脚。他说，他走了着死棋。半昏迷中，他总是唤着生母的名字，那无尽幽思的深沉呼唤，使我摒心敛气、连大气也不敢出，怕惊动他那似醉似痴的心灵自由。我把脸贴在他那时痉挛的手上，盼望能由爱女的依傍，减少他的渴念之苦。有时他命我把四妹和新生的小妹抱了来，看着我们三个娇女儿争着替他擦脸、擦口水、擦鼻涕。小妹刚刚满两岁，长得跟朵小花骨朵一样。她还不能理解父亲这深沉的爱。我明白，父亲担心我们称之为妈妈的女人，不懂得庇护女孩儿，这是个男性中心的世界。

无论是从大连南满医科大学请来的日本教授，还是专程从长春接来的名中医大耳朵王，都未能挽救父亲的生命，父亲终于在有为之年抛弃了他的亲人和他创办的一切。

逝去了父亲的家，使我觉得像墓地一样的空旷和死寂。被父亲命令我称作妈妈的女人，我和她没有一丝亲近之感，她依然住在和父亲同住的平房里，也依然允许我们孩子们住在我生母的小楼里。我们每天到平房的饭厅里吃饭。哥哥、弟弟、妹妹都去上学，我带着小妹玩一会，便回到小楼，不是回我自己选定的房间，而是回父亲为他留用的房间。那房间里全是父亲在中东路任职时的一些旧物件，甚至还有一双父亲进山伐木时穿的大马靴。我渴望找到一些什么，一些能够为我描绘生母形象的东西，可是我什么也没有找到。

偶然一次，我靠在父亲临时设置的小软床上小憩时，觉得床垫下似乎有件什么东西，翻找之下，那是绣有父亲名字的一方白手帕，手帕中包有几根不同纸张的小纸条。写的是俄文。这就是父亲和生母热恋时相约的遗迹吧！我那随着她的父母侨居海参崴的生母，豆蔻年华一心渴望回归故土的中华女儿是经历了一场怎样亦喜亦悲、幸福与悲惨相叠、欢乐与苦难相伴的短暂一生啊！

由于父亲生前的嘱托，公司的事务仍由侯伯伯主导，侯伯伯体现父亲的遗志，商得母亲同意，我们仍然都去上学。二哥也高中毕业了。三弟、四妹也念完了初中，上哪里去上学，却是个一时决定不下的问题。到关内去上大学学费不好解决，而且侯伯伯担心这会招致日本当局的进一步怀疑，以致连公司也不好维持。

我和二哥决定去向七叔请教。七叔坚决主张我和二哥、三弟、四妹一齐到日本去求学。要二哥、三弟学电机，继承父亲未完的事业；要我和四妹学医学制药，既能获得养生的本领也可以为社会造福。他一一分析了我家从关内返回来的处境，详细地比较了天津、北平的大学和日本的大学的优缺点，讲得透彻明白，具有不容抗拒的威力。我一向对七叔分析事物的精辟口服心服，只是弄不明白，这位身居塞外边陲的人为什么对时事、世事如此清明透彻了如指掌。直到1947年，我和他的长女茵陈在北京相遇，才多少知道了七叔的底细。七叔在天津南开、在日本和周恩来总理同学，俩人友情极厚，总理那首"大江歌罢"的诗就是书赠七叔的。不言而喻，七叔的分析得到了侯伯伯和母亲的赞同。在春季来临日本人大中学新的学年开始时，我们便踏上了樱花之国。临行，七叔把他的日本好友吉田顺的地址详细地告诉给我，情真意切地亲笔写信给吉田，请吉田照顾我们。七叔嘱咐着我、凝望着我以为我或者不明底细（这吉田正是父亲和七叔从日本购买军火的襄助人），或者早已忘却了孩提时的往事。我只郑重地收好信件，没加一词。但我的心却十分安顿。那位从未谋面的日本长者，我认为一定会给我最好的指引和帮助，肯定是我们可以仰赖的人。

遗憾的是吉田旧年年尾逝世，夫人带着女儿和幼子离开东京回多雪的鹿儿岛故乡去了。我也辜负了七叔的期望，没有去学医，而是进了女子大学的家政系。吉林省女中的村田副校长，一封信便解决了我的入学问题。她是女大的早期毕业生，她向母校推荐我这位满洲淑女，女大只简单地试了试我的日语听写能力，便收我作了预科生。

女大是专门培养贵妇人的学校，主要课程是美化生活的各种素养，追求的是怎样陶冶情趣，构筑家庭。这些课业无需花费我很多的时间，我已经为自己觅到了一个崭新的起点：那就是到神田区的中国书店去看书。我做梦都未曾梦到过：在东京，这日本帝国的心脏，这侵华战争的决策源，会有中国抗日后方的书籍出售。那是一些什么样的书啊！邹韬奋的自叙、何其芳的《画梦录》、朱光潜的《论美学》（给青年的12封信），郭沫若的《屈原》、《孔雀胆》等等。读《雷电颂》的时候，恰恰是个风狂雨骤的夜晚，望着雨窗上面异国那乌云翻滚的夜空，我心潮澎湃，想起父亲在我们举家返乡之后写给我的"威武不屈、富贵不淫、贫贱不移"的横幅，我认定，屈原身上施放的正是这样的彩光，这是我们民族的精魂，这是列祖列宗给我们的。我该怎样做，才能无愧于祖先、才能不辜负父亲对我的期望？

我为自己制定了一个计划，首先把鲁迅先生的书读透。小说完全能够接受，《狂人日记》中展现的人吃人的社会相，我能从外祖父那一家人的所作所为印证出来。杂文读起来吃力，但像《聪明人、傻子和奴才》那言简意深的小文，使我顿开茅塞，它几乎成了我观察人生的透视镜。出了象牙之塔所讲的美学、哲学观点，我虽然不能全部理解并接受，但它启示我思索起文学的使命来。先生那犀利的、嫉恶如仇的笔触锤炼着我，我觉得自己深沉多了，我非常喜欢先生自白——当然这只是我的判定——在生命的通路上，将血一滴一滴地滴过去，以饲别人，虽自己渐渐瘦弱，也以为快活。

正当我坠入书海，没日没夜地浸沉在哲人为我提供的智慧甘泉之中时，日本人射向卢沟桥的野炮轰得我坐不安席。为什么日本军人这样疯狂，这使我记起来日本时七叔为我们所作的时势剖析。他已经预见到了。他说："基于中日两国的国情，日本帝国不会为已获得满洲而止步。"他为什么能看得那么远？我强烈地意识到：我以往的不平，只是一种朦胧、一种无可奈何的呻吟。我渴望寻求更直接更明晰的答案，《雷电颂》那激情的呐喊已经不能满足我了。

当我在书库前踟蹰，不知该读什么书才能驱散脑中的谜团时，柳闯入了我的视野，我们之间的第一次对话，一反青年男女初识时的惯性，竟是有关战争、有关国家命运的话题。这位来自我曾向往去读大学的北京城里的老北京人，是舍却了已经在北京辅仁大学读了两年的数学专业，来到早稻田读起经济学专业，是靠自己打工挣学费的穷学生。他一下子就震撼了我，我为他的缜密周到倾倒，这恰恰是我最最缺少的素质。我不得不暗暗地承认，比起他，我只不过是一根飘浮在水面上的羽毛，既不知道何时潮涨潮落，也不注意水面下边有漩涡。

他介绍我读他们早大的早期学友石桥湛山的论文。他真挚地说：他所以冲破种种阻碍到早大来就学，就是受了石桥的启示。石桥这位日本杰出的记者、编辑，在我眼前展现了另一个日本，一个一直反对侵略中国的日本。这不仅拓宽了我对中日关系的思路，而且使我明白了日本为什么要扶植溥仪那样的傀儡政权，日本害怕世界对这种赤裸裸的侵犯行径给予的谴责，更害怕那越积越重的中国人的反抗。我有体会，中国人的反抗，是流淌在几代人的碧血之中的，我不禁想起那个大雪之夜的神秘任务，那在山东、河北大地上的举家迁徙。特别是明白了孙晓野老师为什么那样迫不及待地一得知谢绍珍出事的消息便立即把我们装扮成小小的刻书匠人。他怕因为抗日罪名被封闭的雨天书店飓风会席卷我们这群民族火种的小叛逆者。这是一代志士呵护下一代的良苦用心。不然，也许我们这一束小小的民族之羽，早就被漩涡卷入暗海了。

二哥对柳的闯入给予理解。很可能因为他一直被娘搁置在生活的边缘，他对一切都十分谨慎。他按着七叔的教导，真的去工业专科学电机，且在一家小小的工厂作小工，一锤一钳地生活起来。被娘娇宠的三弟，一直把读书当苦事，失去了父亲的管教以后，更加懒得不行。他非常地喜欢柳，因为只有柳，才肯不厌其烦地一遍一遍重复地教他说些生活中必需的日语对话，帮他修正作业中日文文法的错误。四妹则小鸟依人一样，辰哥哥辰哥哥地叫着，甚至去饭馆吃饭也要坐在柳身边，要他先尝尝那些我们没有吃过的菜肴，柳说好吃她才吃。我们这个小小的兄妹集体高高兴兴地接纳了柳。

寒假来了，我们原本没有回家度岁的打算。三弟却显露了病象，每天下午发低烧，胃口越来越坏，脾气越来越躁。在柳的陪同下，去医院作了检查。医生说怕是害了肺病，需要卧床休养。娘的这个心肝儿子，真是连娘的疾病也继承下来了。我立即打电报给侯伯伯和母亲，回电是：要我们立即回乡。

二哥不肯耽误学业，情愿一个人住在寄宿公寓去继续上学。只能是我护送着三弟、带上四妹回家了。而且，我暗暗地担心，怕四妹也染上了结核，因为娘病重之后，她一直要她的这一双儿女守在身边。

本来，我打算回家后安置好三弟就返回东京上学。侯伯伯和母亲坚决要我们过了大年再说。三弟是不能去日本了，四妹上的中学在四平街上完全可以，只是我一个人的问题了。我预感到，我又面临着难关。从父亲逝世之后起，便不断有人找上门来向母亲介绍谁家谁家的少爷好、谁家谁家的学生不错。母亲在这一点上，恪守着女大当婚的古训，她不断地就某人的合格不合格同侯伯伯商量要为我择婿。她话里话外地表示我的书已经念的够多了，女孩儿家书读到这个份儿上已经很不错了。"四个心眼"的我立刻就明白了。这种气氛下想向母亲要学费去东京上学是比登天还难了。刚好，长春来信说：小姑姑病重，很想我，要我去长春看看她。

小姑姑住的是原来我们这一房住的大屋，父亲已经给了小姑姑。

但她是出了嫁的女儿，社会不允许她继承哥哥的遗产。三叔理所当然地成了这幢大房的领主。当我说暂时不想回四平街时，他安排我仍然住在大屋西侧的里套间里，那曾是幼小的我的避风港，只有西侧原来娘的住房住着三婶，而不是按父亲的指派可以住进去的小姑姑。对着奄奄一息的小姑姑，女人的倍受欺凌刺伤着我的心，但我无力维护小姑姑，我无力。我感到十分沮丧，我不知道我将如何生活下去。

更使我惶惶的是我没有书看，由于柳的劝告，我没敢把正热读中的石桥的论文集带回来，柳说由于石桥的反战立场，关口对他的书籍十分敏感，我还是少惹麻烦为好。他把他正研读的列宁的《国家与革命》介绍给我，选了两个不同的译本。理由是这种小册子倒不惹检查机关的眼，这属于学术，与眼前的时事有距离。糟糕的是我的日文程度还浅，有关共产主义思潮的素养更浅。那并不流畅的一本由俄文、一本由德文译成的日本文集读得我十分辛苦，我依靠字典，一句一顿地苦读起来，我自然而然地思念着已经在我心中扎了根的柳，我渴想得到他的帮助。尽管如此，列宁的论述，还是在我眼前展现出另一种国家的模式。

吉林省女中的副校长何霭人老师知道我一时不会返回日本去上学时，将我介绍给伪满洲国的国报——《大同报》编辑室负责人他的老朋友，原来天津《益世报》的一位老报人富彭年，推荐我到《大同报》作校对并主编一周一次的妇女版副刊。何老师说我肯定会在妇女版上挥洒我的才能。

我犹疑了两日，不知道是否可以踏上《大同报》这条贼船。眼下的尴尬处境再清楚不过地告诉我：三叔不会允许我长期地在他的领地里逍遥下去。我顺理成章的是四平街的人，应该回到四平街去生活。

可四平街有我的什么呢？除了那间令我追思父母的小屋。我，毕竟已经没有了父亲的荫庇。我难以拗过母亲，难以拗过她恪守的环境习俗。虽然，她并不像娘那样忌恨我，但她给我的继母之爱就是依据大家典范，把我风风光光地嫁到穿绫着缎的世家大族去。

富彭年长者劝我做做试试。他说："年轻人总要踏进社会，路怎么走，罗盘可是握在自己手中。"这意味深长的话使我下了决心。就到《大同报》去，首先我有了自立的资格，不再由家庭供养；其次我可以把工资积攒起来，为再去日本筹措路费、学费。事实上也正如富主编所说：官方新闻已成定势，并不具有读者，我们同胞要看的是社会版，是副刊。就让我用给我的这点点自由，尽量说说妇女的苦难吧！我要为我的小姑姑、为包括我在内的广大妇女呐喊：为什么我们连接受赠予都要受到阻碍，为什么我们不可以自己选择要走的路？

意外的是，柳利用暑假来长春了。他这个关里人为什么往关外跑，熟悉他的人都十分诧异，我心里明白，他多半是为了找我才来的。

他的出现，在我的家里搅起了轩然大波，当我明确表示我要和他结婚，不同意母亲为我选定的阚家公子时，小姑姑哀哀地劝我不要和母亲拗下去。三叔则威胁我，说我要真跟这个关里来的穷小子混，就坚决赶我出门，不许再踏进孙宅一步。侯伯伯更特地抛开繁忙的公司业务，到长春来看我。

这是真正的抉择，要么回四平街去，顺从世俗，嫁到名门望族阚家去，作个锦衣玉食的拴在男人腰带上享受荣华的偶人；要么随柳流浪，作个衣食艰难的苦学生，与未卜前途的生活搏斗。

当然，我选择了后者，这是我生活逻辑的必然。望着侯伯伯涕泪纵横的慈爱的脸，我的心在流血，我的身躯在颤抖。我知道，一向以父执之身照拂我的侯伯伯是怕我落入蓬门受苦，他认为自己有负于父亲的重托。我反倒安慰起他来，我说："如果父亲还在。他会同意我的选择，因为他从小就教育我，要自立。不要仰赖男人生活。"

就这样，我决然离开了养我的大富之家，只带了自己的衣裳。母亲一分妆奁也没有给我，她以为这会迫使我回心转意，会迫使我回家。我是背负着鲁迅笔下的子君的灵魂离家的。但这不同于子君挣扎的二十年代，社会对女人已经有了些许宽容。我有把握，有把握不会在我的身上重演生母的悲剧。我十分相信柳，相信我们会在今后坎坷的路上携手共进。不过，当年生母也是十分相信父亲的吧！不，那不是父亲的背信，是环境残害了她。我比生母接受了更多的生活教训，我不会走她那条无奈之路。我有这样的自知自信，确实如此。

萧红笔下的女人

初刊北京《中华读书报》
1997 年 4 月 2 日

萧红说: "女性的天空是低的!"

萧红在她生活的年代里, 对当时那超稳定的男性中心社会传统、超稳定的封建文化传统及其心理积淀, 以极其悲怆的心灵感受, 写下了这句名言。尽管时代已跨过了半个多世纪, 读萧红的作品时, 特别是接触到她笔下的女人时, 你完全会从心底认同: 女性的天空确实很低。这低压的天空, 钳制着一代又一代女性的生活方式和生存方式。

可以说, 萧红对女性的这种低气压下的生活方式和生存方式, 从很小就积累了最痛心的感受。她把无限的热爱给予她们, 也把哀其不争的愤懑给予她们。她热爱和她共饮呼兰河水的姐妹、母辈、祖辈。篇篇流露出对按着传统生活着的亲人们的纯情。

鲁迅先生在介绍萧红的作品时说: "萧红把北方人民的对于生的坚强, 对于死的挣扎描写得力透纸背。"萧红笔下的女性, 由于气压之低, 这种昂扬的生活之情, 尤其使人震撼。成名作《生死场》中的王婆, 虽是个没有文化的乡村妇女, 但你却不能不承认王婆身上体现了中华女儿的优秀品质, 是个令人倾服的女性。

农忙季节, 她把小女儿放在草垛上自己犁地, 抽空儿去照看耕牛时，小女儿从草垛上跌到犁头间惨死。面对这一可怕的情景，王婆心儿发颤，但一看到眼前的麦田时，却一点也不后悔，一滴眼泪也没滴下，因为她知道自己还得活下去。

王婆去照看瘫痪在床奄奄一息的月英，月英是这小渔村美如女佛的少妇，人们说月英的目光扫向你时，你便会感到像落在棉被中那样愉快和温暖。当王婆为月英清洗完身子走出小屋来到阳光之下时，她昏眩了，为着强的光线，为着瘫人的气味。她的思路被一些烦恼的波遮拦。难道月英就这样在"自然的暴君"和"两条腿的暴君"（胡风先生语）的淫威下白白地凋谢吗？

半生忧患的王婆以她特有的机敏觉察到了男人们秘密组织了反抗地主的镰刀会。她懂得这是对付恶人的，便在一切场合中保护这个组织。当村中的女人风闻有这个可怕的组织吓得惊慌失措时，王婆从从容容地说："男人们想到100里以外的荒甸子里去打狐狸，弄几张兽皮来大家分用。"在妇女间起了主心骨的作用。当参加镰刀会的丈夫被地主又哄骗又压服吓得丧失了斗志时，王婆说："没见过这样的汉子，起初看来还像一块铁，后来越看越像是一摊泥了！"就是这个坚强的王婆，面对日帝对家乡的践踏，挺身而出，为黑胡子（义勇军）藏枪、放哨、撒传单，心悦诚服地接受了抗日的道理。她认为：为抗日而死，是露脸的死，比当日本鬼子的奴隶活着强得多。萧红不吝彩笔，更如实地展现了气压低待窒息人时，王婆也曾有过瞬间的动摇，这就使得王婆的形象更加真实可信。可以说，萧红笔下的王婆是呼兰河畔的一棵青松，呼兰河最优秀的女儿。

处女作《王阿嫂之死》中的王阿嫂，面对着被地主借故践踏致死的丈夫尸身，鼓着肚子，张开肺叶般地哭，她的手撕扯着衣裳，牙齿噬着自己的嘴唇，像匹吼叫的狮子一样喷逬着愤怒。她在哭丈夫，更是在控诉低气压的社会。

王阿嫂被地主踢得震动了胎儿，她平静地说："张地主踢了我一脚，踢得我简直发昏。"话说得平静，被创的身体却无法平静。王阿嫂早产了，淹死在自己的鲜血之中。没有一丝哀告、没有星点乞怜。王阿嫂勇敢地迎接着身体的崩裂，迎接着生活的崩裂。这力透纸背的生的倔强、满蘸着萧红的无限情思。你无法不慨叹："女性的天空是低的！"

萧红在《王阿嫂之死》中还塑造了一个聪颖的小姑娘小环，当王阿嫂只说自己头痛不能上工时，小环哭响着鼻子说："不是呀！我妈妈扯谎，她的肚子太大了，不能做工，昨夜又是整夜地哭，不知是肚子痛还是想我爸爸。"几句话就凸显了一个挣扎在生活底层、过早地懂得了生活艰辛的小女儿的灵魂。小环是个孤儿，被王阿嫂收养，王阿嫂又被迫害致死。萧红这样描写着濒临巨变的小环："小环是个被大风吹着的蝴蝶，不知方向，她惊恐的翅膀痉挛地在振动，她的眼泪在眼眶子里急得跟水银似的不定时地滚动，手在捉着自己的小辫，跺着脚，破着声音喊：'我妈……妈……怎么了……她不说话呀！'"

这是一段精彩的白描，正像胡风先生的评说：这个小女儿是"发着颤音、飘着光带"站立在读者面前的。正因为小环是如此聪颖、如此质朴可爱，人们不能不担心她将如何生活下去。这一点，萧红没有给予回答，只静静地说："小环再次流浪了！"理所当然，萧红不愿意给小环安排一个光明的出路，因为那将违背呼兰河的真实。

在呼兰河沉重的两岸，呼兰河人按着几千年传下来的习惯而思索而生活（茅盾先生对《呼兰河传》的评说）。这里的天空对人间是低的，对女性就更低。尽管如此，萧红在展现呼兰河人生活的同时，把她捕捉到的低压天空下的一缕亮色呈现给读者。在叙述了几个企图穿出封建牢笼的女性无视吃人法规的同时，她着重塑造了一个以求知为生命的染坊的女儿王亚明。王亚明幸运的是有一个开明的父亲，这位染坊主明白要改变生活处境就必须拥有知识。于是，他送女儿去上中学了。这是在特定的环境制约下给予女性的宽松，停滞在偏见中的社会却不接纳这种亲情的宽松。王亚明被富有的同学挤兑、嘲笑，被道貌岸然的女校长蔑视。起因是王亚明有一双说青不青、说紫不紫、被染料浸丑了的手。这篇以"手"命题的小说，陈述了那些富有的、讲卫生的女士们屈从于社会的偏见，不懂得劳动在生命中的重要而认为那双手丑。那位自以为有知识的女校长，不懂得在男性中心的社会中劳动妇女掌握知识是生死攸关的大事。表面上，富有的女同学、有学问的女校长比王亚明整洁、美丽；实质上，她们缺乏的恰恰是王亚明那坚决地为改变生活而奋斗的可贵精神。当王亚明被女校长以不可能考试及格的理由推出校门时，王亚明仍满怀信心地说："回家把书好好读读，再来。"多么铿锵的语言，萧红为王亚明安排了一个虽然迷濛却是意味深远的结尾："出了大栅门，她们（王亚明和接她回家的父亲）就向着远方，向着迷濛朝阳的方向走去。"

萧红在民族存亡的抗战大时代里，把她家乡挣扎在生活底层的芸芸众生推向读者，重点叙述了女人的痛苦。那众多体现着中华传统美德——威武不屈、富贵不淫——的人们，似乎仍在我们耳畔呼唤：呼唤着温饱、呼唤着自由、呼唤着女性的尊严。

感谢萧红，为历史留下了这力透纸背的强音。

梅娘，写在萧红纪念会之前
1996 年 11 月

我与张爱玲

原刊北京《中华读书报》
1997 年 4 月 2 日

1942 年，当社会上把"南玲北梅"并称的时候，我读了张爱玲的《金锁记》。为她的深刻、浓艳所倾倒，而且暗自惭愧，无资格与她并列。

我当时正沉迷于只有共产主义能够救中国的崇高理想之中，因此，倾倒之余，不免有种难以分说的遗憾，遗憾没能在《金锁记》中悟出战胜金钱的亮色，这情愫当然是出自我对文学理解的莽撞。

正是那年的夏初，北京市有一个在中南海招待名人的赏太平花的游园会。有人说：张爱玲从上海来了。原本不打算游园的我，兴冲冲地赶了去，为的是一睹这位才女的风采。又是一次难以分说的遗憾：在众多的仕女之间，千寻万觅，找到了一位似乎是张的女士，那人穿着绛红配有大绿云头的清式半长上衣，长发垂肩，被男士们簇拥着，从太平花甜香的行列中走来，衣着色彩的炫目，衬得白花极其淡雅。因为在众人的簇拥之中，我不愿插足进去，因此未能搭话。

1944 年的冬天，上海飘着冷雨，兰心大戏院正在排练张爱玲亲自改编的话剧《倾城之恋》。朋友们劝我去看看，就便结识张爱玲。我捡出来《倾城之恋》小说，看到了张爱玲为女主角流苏定位的描写："怯怯的身材……幽咽的眼，微风振箫样的声音……"多么传神！活脱脱一个中国古典美人，一个中国男士赏识的诱人的女性。一种难以分说的遗憾又袭上心来。我们当时，已经知道了日本侵略的败相，我暗自想：张爱玲若能为将再度濒临巨变的上海写一出《倾城之恋》那该多好。

我们赶到兰心，排练已经结束，在众人簇拥中走向台下的张爱玲，长发披肩，一件绛红的旗袍，直觉：正是她为流苏界定的怯怯的身材。因为她在众多的名艺人中间，我不便上前搭话。

岁月如流，世事沧桑。1995 年初夏，我有机会在美国逗留，托《中国时报》的朋友帮我联系张爱玲，很想跟她侃侃诸如女儿心等等的话题，得到的回答非常干脆："陌生人一律不见！"我当然是陌生人了，难以分说的遗憾又一次袭上心来。

再也没有料到，她那么快就仙去了。朋友打电话告诉我这个噩耗时，我一时怔在那里，说不尽的惋惜。她去了，去得那么寂寞，我却仍然滞留人间，体味着无尽的女人情思。我仍然十分惭愧，因为至今，我尚未达到她的高度，我愧对并称。

梅娘 1996 年初冬

云南之旅

收入《梅娘小说散文集》
北京出版社 1997 年 9 月

一　原始热带雨林初窥

我们被引去看原始热带雨林，林冠以 "原始"，是因为这里的许多树种都是史前期的产物。由开气候和地理位置的独特，这些树木在适合它生存的那个阶段上滞停了，一直把当时的风貌保留到现在。同行的植物学家们如获至宝，观察、测量、抚摸，甚至摘下一片叶子嗅一嗅呀！互相议论个不休，兴奋之情真是难以状述。

对我们这些外行人来说，只看出树木的群落结构不同于一般。仔细观察，发现它们是一层层地排列起来的。最上层的是望天树，最高的树身竟高达 90 米以上，为了看清它的林冠，脖子都仰酸了。第二层是番龙眼树、千里榄仁树等，再下是灌木，灌木之下是羊齿和蕨，而在肥美的蕨类之间，中药的当家品种——砂仁俏然而立。一种被人们爱称为小功劳的灌木，真真的是其貌不扬，它却是止泻良药，又偏爱生在龙脑香树下。这是一种千古的互生之缘吧！

这些高大的乔木像傣家姑娘一样，修长婀娜、玉立婷婷，你偎我依，齐齐伸向晴空，而附生在乔木巨干上的——北方罕见的兰花，什么虎头兰，贝母兰等等，奇芳异葩，色彩绚烂，仿佛洒向天际，看得人眼花缭乱，真真的是此景只应天上有了。

多汁的绿叶结成了绿色穹窿，阻挡了风，林间的空气像是绿色的碧羹，只有我们之间哪位莽撞汉不小心碰上了粗枝，才洒下一层雾滴来。脚下的路，宽不盈尺，盘结着不同状态的树根。绿得滴翠的蕨类千姿百态，有的像巧手姑娘的绣工一样，在尖尖俏俏的叶缘缀着淡色的叶边。这太精致了，以至使得你不忍心把脚踏上去。

当我们到达一块稍稍开阔的地段时，被一根特殊的树干吸引住了。这完全是根生长中的树干，但它不是长在地上，而是横空跨越，长在两棵乔木之间，茁茁壮壮地伸展着躯体。这当然得穷干索根了。原来这是一根藤，母根比树干又瘦又软，是那种非得凭借高耸的乔木才能升入高空的软体植物。只有缠牢奇主才能获取阳光雨露，寄主被它缠绕得窒息了，它却纳光饮露，活得十分开心。从这棵寄主到另一棵寄主以抛物线的姿态抛出柔软的长须。新生的嫩叶闪着油光，炫耀着新碧，妖娆玲珑十分妖媚。这可真是魔鬼的假面！当地人叫它过江龙，我却宁愿叫它恶霸。后来我才知道，植物学家已经给它取了个十分确切的名字——绞杀者植物。

这非凡的原始热带雨林，使我坠入沉思。停滞在史前期的植物，成为现代人类生活中的珍品，它有助于我们了解负载我们的大地，有助于我们了解宇宙的沧桑之变，以便我们更好地和自然和谐相处。对今日仍滞留在刀耕火种的基诺族同胞，这该是一个十分艰巨的跨跃吧！

② 宝树——三叶橡胶

恐怕无人不知橡胶在近代文明中所占的位置吧! 连我们那一直封闭在云南腹地哀牢山中的基诺族同胞, 也要想方设法购买一辆自行车。你看! 他们穿着本世纪以来都没有些许变异的、自染的黑布着装, 骑着自行车, 奔驰在浴着霞光的怪石嶙峋的山路上, 那柔韧的, 富有弹力的小轮胎转动得多么带劲儿! 而由这骑车人和莽莽群山所构成的景观, 又是一幅多么耐人寻味的入画素材。

西双版纳大勐龙的砖红土壤和那里独特的气候温差, 据说是最适宜橡胶的生长了。我们去看农垦战士培育的橡胶园, 达到割胶树龄的胶树, 鳞次栉比, 一行行、一列列、一般高矮、同样粗细, 像出操士兵那样整齐好看。这祖籍南美洲亚马逊河的宝树, 看起来, 已经习惯了我们的风霜雨露, 接受了战士们的辛勤培育。正在为我们的各种轮胎、各种绝缘用品、各种军用机械滴流着白血——胶乳。

这奇树是如何跨过浩渺的大洋来到了我们土地之上的呢? 难道它有神魔的填海之术? 是一颗涌流着中华碧血的华工心, 倾注了毕生精力, 为它捣筑了一钵飞天越海的营养土, 万般呵护地把它带到了中华大地之上。早在上个世纪末, 在马尼拉荷兰殖民者的橡胶场里做苦工的李某人 (名字已被崇敬者湮没, 尊称李老), 目睹了荷兰大亨因将胶树引进东南亚而获得滚滚财流, 目睹了橡胶如何为马尼拉的各种制造业带来的文明, 决心为祖国培植这样的宝树。他三下南美, 七进东南亚腹地, 倾家荡产, 买下了比同等体积的黄金还要昂贵的橡胶良种, 几经调理养护, 终于在家乡橄榄坝的三间茅屋之前, 栽活了七棵三叶胶树。这便是浸着爱国至诚的我国橡胶的始祖。

我们去看新扩植的橡胶园，登上了九百公尺的山巅，山腹、山脚、一片嫩绿，放眼望去，春意盎然，难道这是挺拔的三叶胶的童年？仔细观察才看清楚，原来这惹人情思的绿色条带，是为胶树引种的绿肥。这种含羞草科的小植物，紫色的柔枝上，生着对对丛生的绿叶，一经触摸，便轻轻合拢，低下柔枝俯伏在地。远处，拖拉机正把她们犁倒，翻入泥下。这少女一样质朴羞怯的小灌木，把躯体还给了生长自己的土地，供给橡胶最佳的天然营养。

绽发了赭红色新叶的童年胶树，银灰色的小树身，裹着细嫩的，有暗色树纹的树皮，叶片上凝聚着早雾清冷的水滴，反射着早霞的绚丽七彩，像童话中的魔树棒一样，轻灵挺拔，正俏悄地孕育着"白血"吧！

仰望着三叶编织的橡胶穹窿，我怎样也抑止不住一种自豪之感，这是基于一种从无到有的创造性的自豪。颇负盛名的哲学家奥·赫胥黎曾经说过："追求舒适已经成为一种心理习惯、一种风气、一种本身就值得追求的理想。"我为苗生在我国土地上的三叶橡胶所产生的自豪正是来源于此。我为橡胶带给我们的一切舒适礼赞，如果没有橡胶，怕我们也像前辈的先祖一样，要到这里来，少不得要好好地体会一下马背上的颠簸吧！感谢三叶胶带给芸芸众生的方便舒适，如要论功行赏，我以为：那位毁家育树的李老先生，应该获得特级爱国勋章。

三 橄榄坝

　　我们从云南景洪乘小汽艇沿澜沧江去橄榄坝。澜沧江的水碧绿得出奇，连小汽艇分起的两股水浪，也是白中泛碧，真真的是一种袭上心来的苍碧。没有其他河流惯见的沙滩，临水的全部是形状突兀的大小石块，因为激水，石块呈现着湿漉漉的苍黑色。石块的隙缝间，长着蕨，长着灌木，还长着各异的乔木。中途靠岸，人们就攀着礁石上去。南国特有的榕树，竟把树根伸向水里。远望，蛇龙般多姿的枝枝完全像是生在石上，绿叶层垒，苍翠欲滴，江面上流淌着它的嫩绿。沿岸的傣家竹楼，很多都换上了瓦顶，在芭蕉长叶的掩映下，绿叶红瓦，十分悦目。据说只有橄榄坝才有的非常非常俏丽的小鸡，不时跃上礁石长鸣。向导要我们倾听那脆生生的鸣声——茶花朵朵、茶——花——朵朵。这当然是汉语的声音模拟。又据说，小鸡因吃茶花花蕊蜜中附生的小虫而具有茶花香。这是当地的一宝，过往人等，如不带上一两只这具有茶花香气的鸡儿，将会成为一大憾事。

　　橄榄坝寨以她的整洁惊震了我们。无论大路、小路、林间隙路，都扫得一干二净。竹楼脚下的猪娃家，黄牛、水牛的栏圈，垫着新土洒着新剪下的蕨草。这里习惯是白日任猪们牛们自由自在地在林间觅食，路上没有一星粪便。保持着传统持家美德的女孩儿们就不要说了，就是那些欢蹦乱跳的小男孩儿也一样，只要看见路上有粪，立即用手头的各种工具拾掇到附近的沤肥池里去。嗡嗡地飞来飞去的几乎全都是采花蜂。家家的庭院里都种有菠萝、香蕉、木瓜什么的。粗壮的柚子树，花开得正盛，一片白霞，一树甜香。那香清淡却隽永，似乎拂也拂不开，能够一直香到你的神经末梢。

我们登上吱吱作响的竹楼，竹楼里和竹楼外一样整洁。好客的傣家人削好甘蔗、切开木瓜、旋好菠萝招待客人。一般的中青年男人都会讲云南方言，孩子们用灵巧的小舌头说普通话，欢迎北京来的叔叔阿姨，为我们高声朗读语文课本，用端端正正的汉字写下自己的名字。好几个小男孩还在名字旁边，注上傣语的发音。他们的爸爸妈妈骄傲地注视着自己的宝贝，看他们在远道客人面前是不是得体。看起来，这寨子里的纯朴之美不仅仅是表现在利利落落的街巷上，而更显示在竹楼那和谐的家中。

我们去早市观光。这是地地道道的农家早市，水果蔬菜多得令你目不暇接。挑着担子来赶早市的买主、卖主百分之九十是女人。她们穿着桶裙，绝大多数穿着塑料鞋——这凉鞋是市上最受青睐的应时商品。女人们嘻嘻哈哈，我注意到，她们最喜爱的似乎是那种闪着莹光的新品种。一个人选中了一双，女伴们便来品评，把头上簪着的带露花朵拿下来和鞋子比颜色。那垂着玲珑长耳环的头偏来偏去，笑语盈盈。体形之美，几乎人人可以入画。特别是她们把两头挂着短耳竹萝的小竹扁担往肩头一塔，行进在槟榔树下时，妖娆的体态，连那秀丽的槟榔树也要逊色三分。据说：傣家的小姑娘，七八岁起便开始束腰，以期身材修长婀娜，且不说束腰的事是否属实，傣族女人躯体之美是普遍的，在黑压压的早市上，没看见一位肩腰一统的女人。

我们在早市上买了香燕、木瓜和柚子，准备大啖南国风情。老景洪人警告我买柚子时不要挑外形，结果我仍然选了又圆又光润的柚子，因为那柚子实在可爱得很，浑圆的果身就透着清香。当然，我上当了，光润果皮不过是一层又一层的白絮，终于剥到果肉了，酸涩得难以对牙。这并不是柚子没有成熟，而是品种退化的恶果。这就再雄辩不过地说明，植物即使生成在这最适宜生息的土地上，如果不管理任其自生，甜就会逐渐退为酸，并且加涩。

柚子在呼唤科学管理。

四 阿诗玛峰

举世闻名的云南小石林的阿诗玛峰，据说原来当地人叫她望夫石。不管称她为阿诗玛，或是称她为望夫石，都十分形象地点出了这个石峰独特的造型。这个酷似阿细族美女的石峰，亭亭玉立，翘首云天，椭圆形的硬质头饰，在后发根下结起。她双肩平展，双手低垂，说不尽的等待情思。无论从那个角度看，你都不能不感觉到：她确确实实是在等待。特别是有朵朵白云飘过她的身边，有行行大雁掠过她的头顶的时候，你也会情不自禁地向她翘首的方向望去，和她一样企盼着心上的人儿早日归来。

由于电影的传播，更由于以"阿诗玛"命名的优质云烟的远销，这个坚贞不屈的阿诗玛，不仅在阿细本族，已经成了我们国土上老幼皆知的人物。阿诗玛之所以得到人们的如此青睐，我以为，是因为她苦难的一生体现了我们中华民族威武不屈、富贵不淫、贫贱不移的美德的缘故。

我们带着极其强烈的追思去看昔日头人囚禁阿诗玛的石窟。窟里阴暗得很，深邃得骇人。脚下忽然踩着一种又冰又粘又滑的东西，总以为那准是啮人即见血封喉的毒蛇。而小小年纪的阿诗玛，就曾经无日无夜地和自然界、和人世间的毒蛇作着斗争。只有执著地追求真、善、美的人才会有如此的无畏、如此的毅力。这是多么悲惨壮丽的人生！

夕阳溶入彩光绚烂的晚霞，上山打柴的阿细族姑娘们连袂下山而来，她们互相招呼着、笑语着，似乎叠翠的群山都在回响着她们青春的旋律。很可能，她们的母辈就曾和阿诗玛共过命运。今天，头人掌握生杀大权的时代一去不复返了，但是落后生产力所导致的愚昧仍然未能摆脱。她们的硬质头饰上积着尘埃，显然，她们还没意识到应该用清洁来装扮青春。繁重的原始劳动摧残着身体，匮乏的物质紧锢着文明。更可以断定，她们完全不懂得：这一捆捆松柴，燃起来烧饭取暖，为她们延续着生命，都是在摧毁哺育着她们的群山。赤裸的群山一旦忍无可忍，便会抛出狂泄的山洪、推出撞毁一切的泥石之流。这个与自然和谐相处的道理怎样渗进这背着山柴的姑娘们的心，那可真是一堂大课！谁来为她们搬开无知，谁来为她们送上文明，这真是一篇最好的记实文学。群山在呼唤呵护，阿诗玛在企盼科学，她翘首云天的情思，岂止仅仅是希冀着爱情？

〈五〉 一顶小绣帽

一位白族大嫂，在石林公园的入口处，摆上了一个细竹篾编就的浅笸。把用提袋提来的柿子，像叠花纹一样一个个齐齐正正地摆在浅笸之上。设置了这小小的售货摊位，她便盘膝在浅笸后侧坐好，飞针走线，做起女红来。

柿子是种鲜艳艳的红色，比北方的圆柿子略高，浓浓的果汁仿佛要胀破薄薄的果皮逆流出来一样。这对石林倦游的远客来说，确实具有生津止渴且又实惠的魅力。因此，不断有人来买。我却注意到了大嫂手中的女红。

她做的是顶娃娃的小帽，已经接近完工。额头正中的帽片上，绣的是一朵绛红的复瓣茶花，花儿开得正盛，浅深两色的黄丝线作为分披的花蕊，衬着黛绿的叶片。这朵绣在蓝布帽片上的茶花，饱满艳丽，仿佛刚刚摘自枝头。

有意思的是，大嫂把一枚花生仁大小的小银铃嵌在花蕊中作为花心，这就和缀在茶花下面的三个大不盈寸的银质小罗汉互相辉映起来。罗汉踏的是用淡绿彩线挑就的绮云，还垂着同样的绿色流苏。这又和衬着茶花的黛绿叶片构成十分悦目的对等图形。因此，这顶小绣帽不仅乡土气息浓郁、色调明丽，且含有动静有致的韵感。你能想象得出，当绣帽戴在娃娃头上，随着调皮的头儿转动，小银铃会轻盈作响，似那溅在石上的泉水水滴，淙淙、淙——淙……

你怎样也想不起该把这位打着赤脚，蓝布罩衫上遗有松针（这是刚刚背过山柴的见证）的白族农妇称作哲学家或美学家吧！她却用灵巧的手把自然界中最绚丽的生命——花朵，移到了娃儿的额头之上。她是这样准确地掌握了构图，运用了色彩，如此准确地再现了疏与密、静与动的辩证统一的关系。

这顶高原上最常见的小绣帽，揭示了艺术的本质，反映出人们对美的不懈追求，反映出生活的辩证法如此质朴、如此深深地植根于众生之中。这顶高原上常见的小绣帽，是物化了的劳动，是人们为自己生活得更美好而付出的自觉的劳动，体现了使生活向更高的阶层发展的一种向往。

1981，昆明，农业厅招待所

赵树理与我

收入《梅娘小说散文集》
第 554—555 页（1997 年 9 月）

出于对赵树理的深深怀念，当我看见日本学者釜屋修有关赵的论文集时，辗转托人借了一本，且迫不及待地翻译起来。

那翻译，不仅是词句上的准确转换，而且是每一组遣词，都缠绕着我的苛求：我苛求所有的词语都是最最恰当的，不仅符合原意，而且潜含着原书的神采。

赵树理是我的楷模，他那一片为民为党的深情，没有半点矫饰，真正的一片丹心。这实实在在地震撼了我。50 年代，当我虔诚地相信斯大林说的"共产党人是特殊材料制成的"名句时，我以为，赵树理是在现身说法。当时我们一群被改造的旧文人，承受着被改造的重压，受到某些人的冷眼时，刚好刘雁声贫困交加，晕倒在学习桌上。这时赵树理把刚刚收到的一叠稿费，悄悄地掖到了刘雁声的怀里，这个悄无声息的暗暗相助，蕴含着多么丰富的潜台词！

那时我们共同在贫困的山西省平顺县川底村体验生活，同吃着掺糠的粗粮，他那津津有味的吃相，总是使我心动不已。生活中他总是处处特意呵护我们，绝无半点以改造者自居的态势。当他用自己的工资为川底社买了一台缝纫机，以减轻下地劳动的女社员们的家务时，他说："嘉瑞同志，我给你做顶八角帽吧！"

戴八角帽，是当时女干部最最应时的装束。我之所以没有戴（其实我有），是因为我心中藏着个隐秘：我以为男女不应一样装束。男女一样装束，不等于就是男女真正平等，而是对两性审美的冒犯。女人就该有不同于男性的独特的女人着装，当然不仅仅限于衣着。这种思想当时是绝不能公开宣扬的，连我自己也要加以批评。我甚至妥协地想，他真的给我做了，我也要戴出女性的风采来。

可我却仍然禁不住流露出了我的思想，有次我说："我戴上八角帽，也戴不出共产党员的风采。"老赵听了，愕然了一刹那，他立刻敏感地意识到了我们背景的差异。之后，他再也没有触及过这类话题。

怎么说呢？不是为了扬名，不是为了稿酬，我字字斟酌地译了釜屋的文章，只是为了偿还思念。釜屋在题词中说："非难的死！"这非难用中国话来说，是不该有的、不正常的、横来的、强加的等等，等等，总之是不该发生的。釜屋认为不该发生的是出于对人才毁灭的惋惜。我却从"非难"中读出了愚蠢。愚昧的施暴者是种盲目的炫耀，自以为是维护了真理，别有用心操纵施暴的人则是卖身求荣的卑微，是历史中所有的残害忠良、为一己之欲驱使的恶人再现。这是赵树理的真正悲剧，是历史的真正悲剧。

1983 年夏日

献给"时代姐妹"

刊长春《时代姐妹》
1997 年第十期

北京市文艺学会 稿纸

献给"时代姐妹"

　　吉林籍女作家杜宝玉，从故土长春寄给我她的大作《女人无归路》，她在扉页上写着："一篇'珠儒'，使我也为自己是长春人而自豪。"这当然是对我的褒扬。其实，是'珠儒'篇中被践踏的女性缠绕了作家的情思，不值褒扬的是我。不过，这却使我更加魂牵东北大地。这种割捨不断的乡情真是难以分说。颇有些李清照吟咏的"才下眉头、又上心头"的滋味。感谢东北大地那雄劲的拓荒之风、感谢那治炼人的挟春凛冽的严寒、更感谢那被沙俄、日帝、还有那个扮演帮衬角色的大不列颠老牌英国，感谢他们轮

（梅娘原稿手迹）

　　吉林籍女作家杜宝平，从故土长春寄给我她的大作："女人无归路"，她在扉页上写着：一篇"侏儒"，使我也为自己是长春人而自豪。这当然是对我的褒扬，其实，是"侏儒"篇中被践踏的女性缱绻了作家的情思，不值褒扬的是我。不过，这却使我更加魂牵东北大地。这种割舍不断的乡情真是难以分说。颇有些李清照吟咏的"才下眉头，又上心头"的滋味。感谢东北大地那雄劲的拓荒之风，感谢那冶炼人的夹着冻雪的严寒，更感谢那被沙俄、日帝、还有那个扮演帮衬角色的大不列颠老牌英国，感谢他们轮番在东北大地上投下的民族仇恨，使得我们东北人长就了一身硬骨，傲霜凌雪全无惧意。作为我们这一代人的大姐姐萧红，曾不无心酸的慨叹："女性的天空是低的。"和我同龄的但娣、吴瑛也以多篇佳作道出了女人遭受欺凌的无限愤懑。如今，杜宝平来了。描绘了形形色色的当代人之后，像萧红一样心酸的慨叹了："女人没有归路！"

　　究竟什么是女人的归路，我以为，这是个上下求索的老话题。我们的前辈凌淑华、丁玲、冰莹等才女，都为女人的归路画出了时代的轨迹，多情的以"安迪和马华"再现了东北大地风貌的但娣，直到仙去也没能找到自己满意的答案。被花城出版社誉为上海两才女的苏青和张爱玲则使我迷惘。苏青说："没有女人不羡慕虚荣"，这当然是当时十里洋场的孤岛上海所呈现的生活实相。我以为，这实相只不过是生活的表面掠影，不爱虚荣的女人确实存在。和苏青、张爱玲同时空生活在上海的关露，就是那位为电影"十字街头"谱写主题歌词的女诗人关露，请听听她的引吭高歌："成败不是从天降，生铁久炼也成钢，只要努力向前进，哪怕高山把路挡！"听听！这那里有些许向虚荣屈膝的意味？上溯历史，被誉为女侠的秋瑾，不是甘愿抛却荣华投身于拯民救国之路的吗。再上溯，大词家李清照的心迹是："生当为人杰，死亦为鬼雄"。我以为，她们体现的确是女人的精髓。

当代作家杜宝平所以慨叹女人没有归路，乃是对仍未褪尽男性中心意识的现实的抗争，更是对女人的不要蹈爱虚荣死路的呼唤。这是有史以来女人一直为之觉醒、为之拼搏、为之实践的求索之路。

"时代姐妹"涵盖的读者群可能大部分是风华正茂的女性吧！请听听我这个东北大地的女儿，这个被时代风云翻卷的上上下下的女人，请掂量掂量我的肺腑之言：要有自己的主心骨，为创造女人的合理位置而拼搏，永不丧失对创造性劳动的热爱，这当然是老妪常谈了。

张爱玲在"有女同车"的一篇散文中说："女人……女人一辈子讲的是男人，念的是男人，怨的是男人，永远永远……"她的话是不是可以这样引申：女人应该争取男人与她们共进，为美好的未来，为真情实意的两性生活做出贡献。因为如果世界上没有了男人，相对来说，也就无所谓女人。杜宝平响往的女人的归路，该是合乎生理、合乎社会的男女并驾的生命之车吧！

一位颇有造诣的作家说过这样的一句话："作一个打心底希望女人比男人生活的更好的男人……"身为女人，我是被这则衷心的表白深深地打动了。但愿现实生活中有更多这样的男士。那时候，杜宝平会写一部"女人的归路"吧。

1997 年 6 月 16 日 梅娘

三个二十七的轮回

初刊武汉《今日名流》
1998 年 2 期

　　一位颇负盛名的记者来找我，和我谈天说地，谈的很有韵味，临了，他要求看看我的照相簿。浏览之余，向我提出了一个建议：建议我按时代（我、女儿、女儿的女儿）拣几幅不同的照片，组合成章，印制成册。理由是：这貌似轮回的轨迹，确是一部形象的现、当代史。我拒绝了，理由也很简单：我们三代凡人，经历的都是悲悲苦苦、恩恩怨怨的凡人小事，不值得公诸于世。

　　记者首先哂笑了我写历史必写伟人的陈腐观念。他说：在时代风云中，你们三代中华女儿贯穿着一条红线，那就是对神州大地的缕缕柔情，这是根本，他重重地重复了一句："这是根本，你应该意识到。"

　　这句话真正地戳进了我的心窝子，女儿和女儿的女儿会不会认同这个评价，我不想推测。对我，这句话席卷的冻雨骤风，岂是一言能尽？

半个世纪前，我失去了与之共同跋涉的丈夫

半个世纪前，当我接到丈夫乘坐的轮船在海上遇难人已沉入冥冥碧海之中的消息时，我站在冷雨中的台湾海峡岸边，腿冰膝冷；胸膛里归与不归的狂涛搅得我眼离心颤。身边4岁的女儿用童稚的清音呜咽着、呼唤着："妈妈！回家吧！我冷呀！妈妈！回家吧！"

失去了共同跋涉的丈夫，我一个人的家，将在哪里？能是我儿时那外表雕梁画栋、内里我虞尔诈的大富之家吗？这比较简单，我这个标致的小寡妇，只要愿意委身给向我提出许诺的任何一位富绅，都不难解决，过起我娘、我大姐那拴在男人裤带上的荣华岁月。

不能，这完全是我的自我否定！不能。或者，我可以留在台北，以女作家的身份进入官府，和我的同学一起，作为流亡的吉林籍国大代表逍遥下去吗？不能，这从来不是我追求的道路！不能。再或者，我可以接受大阪外国语学院的聘请，去他们学院里教中国文学，以独立女性的姿态出现，不仰赖男人。可是，那是日本人的日本，不是我的祖国。何况被日本人歧视的历史在我记忆犹新。女儿要回的家，更是我要回归的家，只能是我的故土、我的祖国。这缕思乡的柔情，绢丝一样，看似轻柔，却丝丝缕缕地绕缠着我，缠得很紧、很紧、很紧。我27岁的女儿心，按着当时理想青年的走向，回归了共产党领导的祖国。

新中国用满天朝霞接纳了我。我意气风发，心中的柔情缕缕伸展，我衷心歌颂着我感到的一切新生。取缔妓院的壮举，更使得我热泪盈眶，甚至于手舞足蹈起来。我执拗地相信，有政权倡导，女人受凌辱

的历史必然很快结束，女人再不会拴在男人的腰带上过那种屈辱的日子了。事实证明，我尽管年齿有加，仍然没有脱却我的书生甲壳。白学了政治经济学，天真得忘却了贫匮的经济基础，长时期的封建文化积淀还有令人悚然的反弹能量。

女儿入学了，戴上了红领巾，而且千挑百选，选上去演电影《祖国的花朵》去了。她们这一代，本是祖国的花朵嘛！我心安神驰，这正是我和丈夫梦寐以求的社会，这顺乎我诀别大富之家的初衷矢志，这圆了我和丈夫青年的梦。

L 政治运动来了，一次比一次沉重，压得我晕头转向

政治运动来了，一次比一次沉重，压得我晕头转向。我为革命投身的热情，被判定为伪装；根据很简单，我们这种生在绮罗丛中的人不可能革什么命，很可能是怀揣二心来的，是那种人在曹营心在汉的阶级敌对分子。我被戴上了右派帽子，清洗出了国家机关。尚未成年的孩子，归在了"黑五类"项下。

"文化大革命"席卷神州大地的时候，早就有着狗崽子类型的原罪感的女儿，加上"红五类"丈夫的钳制，在27岁下放劳动的时日里，坚决走革命的道路，和我划清界限，断绝来往了。我开始过着没有亲人，站在人前比革命群众矮半截的艰辛日子。

历史就这样流淌着，到我重返工作岗位，已经是 27 加 27 的暮年门槛了。对着积霜的两鬓，我欣慰的是：我对社会的"复杂"总算有了些许认识。

忽然，一件无法立时决定的麻烦罩定了我们这个单亲相依的小家（"文革"后，女儿和"红五类"的丈夫分了手）。1989 年，女儿的单位为了对外宣传，为了向海外介绍中国，同意女儿去美国考察。结果，到美国后的女儿因故不能按时回国，她的单位不直接召唤她，而是找到了我，说她的地址不定不好找。让我传话，限定她在 9 月 1 日回到单位报到，否则，以自动离职论处。

他们找我的日子是 8 月 15 日，限定的回归日是 8 月 31 日。远隔重洋，这真是个不容喘息的时间。无奈之余，我用了半月的工资，给女儿打了个越洋电话。她听了后，沉吟了一分钟之久（这一分钟的越洋电话费当年是 29 元人民币）说："妈妈，会不会重复您的遭遇呢？我想想吧！"就这样，她留在美国了，靠打工果腹。先是到一家缝纫工厂做包件，后又给餐厅刷盘子，后又给人家看小孩，凭着中国人的坚毅，熬到站住了脚，把自己的女儿接出去上了学。女儿现受聘为加拿大电视台拍部分专题片，向北美介绍中国，她 1989 年的梦这时圆了。

┗ 1995 年世界妇女代表大会，女儿和孙女母女双双报效祖国来了

1995 年世界妇女代表大会期间，已经在加拿大西北大学获得学

士学位的孙女，作为加拿大妇女代表团的中文翻译，被加拿大电视台雇用，做中文翻译，母女双双报效祖国来了。

孙女站在朝霞满天的天安门前，莺声呖呖地向加拿大的妇女代表介绍了中国多彩、多难的历史。我说莺声，是加拿大代表团对她流畅的英语评价。那位代表团的领班人说：你孙女的声音像鸟儿歌唱那样美妙。

这姑娘称得起雄心不小，她游说她供职的公司老板，硬是愿意投资拍一部公司的运作规范、无偿送给中国电视台播放。我问起缘由，她说只是我曾说给她的一句话："他山之石，可以攻玉。"她一心想为她开放的祖国做些什么。

我不无苍凉地注意到妇女大会召开的1995年5月，这年，正是孙女迈进了27岁的门槛，这是女人跨过花季后最为灿烂的时光。三代人3个27，如此巧合，难道真如那位记者所说，是貌似轮回？还是真有轮回？

人间事哪能这么简单

署名：邢小群 梅娘

初刊长沙《书屋》
1998 年 6 期

　　有的人你一和她接触，就有阅读她的愿望。是她的声音、相貌透着一种气质？还是因为她的谈吐很有个性？梅娘给我的最初感觉就是这样，尽管她已七十五岁。在和梅娘的交往中，我读了她送给我的《梅娘小说散文集》（北京出版社 1997 年版）、北京社科院张泉先生著的《沦陷时期北京文学八年》和有关介绍梅娘的文章，于是也就有了我与这位四十年代被冠为"南玲北梅"之一的女作家——解放后却一直湮没了的"右派"知识分子的交谈。

　　邢：您的小说大体上是二十四岁以前写的。我觉得，您的创作起点一开始就比较高。比如，您对封建大家庭人物关系的表现，对女性性心理的描写，都让人感到不像是二十多岁的人的手笔。您的小说中所表现的性心理层面，很多是我年过不惑才明白的事。进步的文化秩序是您创作的理性背景，所以您的作品保持着对世事人性的理想追求，笔触清隽、温婉中透着冷静和刚毅。而张爱玲把人看得太透，谈人论事有一种抹不去的尖刻，小说的表达也很怪，同样一件事，让她那么一说，你觉得既很特别又很到位。您说她深刻、浓艳，我比较认同。

只是觉得她的深刻缺少对社会历史思考的内涵，她对人情世故过于剔透的眼光，让人觉得她对生活很冷漠。

梅：张爱玲可能对生活很绝望。

邢：这也许和她在一种寂寞中长大有关。她的父亲无视她的存在，母亲也不能给她更多的关爱。

请原谅，有一个问题，可能问得唐突。过去看张爱玲的小说，我就产生过这种想法，今天忍不住还是想问问。就是您怎么看待在沦陷区的、有日伪色彩的报刊杂志上发表的作品。而且您的丈夫也是那时在北京很活跃的文化名人。

梅：你真是有意思。还是受"不是白就是黑"这种教育比较深。"日伪时期"（或称"汪伪时期"）是日本投降后我们对那段时期的一种说法。日本侵略时期，汉奸是有明显所指的。我们生活在沦陷区的人当时并没有"日伪时期"这个概念，只知道什么样的人是汉奸。日本人占领了我的家乡，侵犯我们的民族，这是由不得我们的。我们不知道这种侵略的时间要过多久，但一个基本的意识是明确的：绝不给日本人做狗，做事不能违背民族良心。你这样提问题，是用后来的字面知识来套指那段历史时期。那时我们只是二十几岁普通的青年学生，对社会、政治懂得很少，想得十分简单。后来知道共产党主张抗日，很多人去找共产党，但是我们并不认为爱国青年只有这一条路。依我们那时的认识，还认为文学不是政治，文学就是说人间事。我们只是做我们能做的事。并且认为我们参与其中的四十年代的文学也是五四新文学的继续。生活是复杂的，历史也是复杂的，是由各种具体的存在组成的。那个时候怎么会有在沦陷区就怎么怎么样，到大后方就怎么怎么样，到解放区又怎么怎么样这种想法？这些政治意识都是以后强加给老百姓的。当时要知道后来是这样看问题，我们也不会有那种选择。人间的事哪能这么简单的评判！我丈夫死时才二十九岁。他原来在辅仁大学学数学，那时就接触了共产党。后来辅仁不念了，跑到日本早稻田大学学经济，还给共产党做外围工作。又考到《大阪每日新闻》做记者，接着还给共产党做工作，比如在日本给新四军购买药品。我们和不少日本人认识，知道日本人不是铁板一块。比如介绍我丈夫柳龙光回国办杂志、报纸的日本人龟谷就是反战同盟的，后来被日本驻华北军法处押回了日本。当然，在日本人统治下，我们也不能发表直露的抗日的东西。

邢：我看您写的多是反封建的内容。您在"东北沦陷时期文学国际学术研讨会"上有个简短的发言，您说："我只想约略地说说我们当时的处境是多么复杂与艰难，这其中的酸甜苦辣，岂是汉奸文人那纸糊的冤旒所能涵盖得了的？这是一种锲而不舍的民族之魂。"您的意思，我明白了。我之所以提这个问题，是觉得如果没有看到这些资料，很多与我受同样教育的人都会产生这样的疑问。

梅：我写小说，是说自己心里想说的话，更多地表现的是封建社会女性地位、境遇的悲惨并折射着沦陷区人民的苦难。日本方面给我发奖，我就不去领。写电影《归心似箭》的李克异，也曾两次被评上"大东亚文学赏"，也没去领嘛。关露曾是"大东亚文学者大会"的代表，但却是中共地下工作者。张中行先生在《梅娘小说散文集》的序中说："沦陷，不光彩，诚然，但是也可以问一问，这样的黑灰应该往什么人脸上抹？有守土之责的肉食者不争气，逃之夭夭，依刑不上大夫的传统，把'气节'留给不能逃之夭夭的，这担子也太重了吧？……所以肯拿笔呐喊几声，为不平之鸣，终归是值得赞扬的。"他说得多好！老百姓已经承受了那么多的苦难，还要承担那么多的民族责任和历史责任吗？

邢：有人也提出过诘问：当时评选得奖的作品就没有为"大东亚共荣圈"服务的作品？就没有属于"大东亚文学"范围的作品？而多年来研究这个问题的张泉先生说："我的回答是，限于学力，我无从判断日本等国的全部作品；参加过大会的中国代表的作品还没有读完，不便妄下结论；但华北地区的得奖作品中，没有。"他在一篇文章中还说：在沦陷区的文学舞台上："有认贼作父的钻营者，有丧失民族气节的愚氓，也有头脑清晰、创作态度认真的作家，他们由于各种不同的原因或主动或被动地陷入这个泥潭。""就沦陷区人民的主体而言，他们一直以人的良知行事，在灵与肉的磨难中，在自责与忧愤的煎熬中，苦苦等待着抗日胜利的一天。他们从来就是中华民族不可分割的组成部分。"他认为：当时和所谓"大东亚文学"有牵连的作品，有的"至今还在被人们重读，有的甚至已经纳入中国现代文学经典"。他这样分析，比较中肯。《中国现代文学补遗书系》《1939—1949中国新文学大系》都收有您的作品。

邢：您的丈夫是怎么死的？

梅：还不是因为给共产党办事！他都是单线联系，我也不知道他是和谁联系。只有一个人我们一块见过，就是刘仁。当时刘仁在西北旺——中共北方局的城市工作部。我丈夫做的最后一件事，就是刘仁派他去说服内蒙的参谋总长起义。这个参谋总长是内蒙的一个王爷，在日本时，曾与我丈夫住在一个公寓里，感情非常好。当时参谋总长在台湾，他派他弟弟与我丈夫一块回大陆见刘仁，在返回台湾的水路中船沉了，我丈夫遇了难。他究竟办的是什么事，我也不知道。

邢：您同他们一块去台湾了吗？那是哪一年？

梅：一九四八年。主要是那个王爷想在台湾做生意。一些蒙古亲王被抄了家，共产党把他们吓坏了；国民党容不容他，也是疑问，他们就想在生意上找出路，拉老柳一块去看看，我们就去了。老柳想趁此机会说服他起义。他遇难是一九四九年一月。

邢：张泉在评价您的文章中提到，梅娘在一九五二年的忠诚老实运动中被认定有资产阶级腐朽思想遭批判，一九五五年的"肃反"因经历复杂被审查，一九五七年反右运动被打成"右派"，并按"右派"的一级条款处理：开除公职，进了劳教所，一个十三岁的女儿病死……把您打成"右派"，有什么说得上的理由吗？

梅：你们这代人的思想已经被规范了。那时领导定你是什么就是什么，还要什么理由可讲？当时我在农业电影制片厂。农业部主办展览会，调我去编展览会会刊。今天还在编报，晚上告诉我明天回厂里上班，回去就宣布我是"右派"。我是一言没发啊。那时，不在乎你说了什么，或没说什么。如果你平常在厂里对新事情敏感，或对一些做法有意见，你就有点与众不同了。

邢：能不能举个例子？

梅：有一次，我们采访农业劳动模范吕鸿宾。吕鸿宾说农业社要这样搞下去，明年还能吃带麸的麦子，后年就只能吃到麦壳了。为什么他要这样说？我明白，他主要说的是管理不善。回来写材料，我就提出农业社应该怎么管理的问题。而领导说不能提缺点，这是给农业社抹黑。并提出应该怎么怎么写，我不同意。这不是就对你有了看法？讲一个笑话，说了你可能不信。我在教养所时认识一个女子，她说，她的领导追求她，她看不上那领导，结果就把她给教养了。这当然是领导对她的报复。她说了句话我至今记得很清楚。她说，家鸡你打它，它也围着你团团转；野鸡不打却满天飞。她形容得很清楚：在那些领导人眼里，知识分子是野鸡是外人。再举个例子。一次，我和一位领导干部到河南出差，人家招待我们看了一场豫剧《桃花庵》。剧情大意是：女主角被人糟蹋了，生了儿子。她不能见容于官宦之家，就在庵里苦度了一生。儿子长大后，要给母亲正名立牌坊。我心说这不是宣传封建道德、封建的忠孝观吗？那领导看了高兴得什么似的，问我：你看怎么样？我说，演得不错，但内容还是老的一套。他却认为很好，女的守节，儿子孝顺。我什么也没说。我觉得这是被封建道德扭曲了的人性。我和我的领导认识差得非常远。当时我想，这些共产党人怎么是这种思想？我是深受封建之害，才向往革命的，我不愿意那些封建东西复活。中国传统的东西我不比他们读得多，怎么封建的文化积淀都集中到他们身上了？其实，就我所接触的基层领导看，他们当中的一些人从本质上看还是农民，他们在知识分子面前有一种本能的自卑和天然的敌视心理。那时基层的各级领导确实这样看问题，这也是比较普遍的作风。

那时的领导，总认为你和他们不是一条心。于是，你和谁谈得来，就说你们是反党小集团。我为什么反党？我参加革命是反党？谁让你这个人平常不那么信服领导，妨碍他做官。人家何必留你这根刺？于是，我对他们的价值观就明白了。这其中文化背景的差异很大。什么是"右派"，这就是"右派"。我们一群"右派"在一起分析为什么会成为"右派"，有什么理由？说不清的理由！

邢：您一下子沦落到教养所，当时是怎么想的？

梅：主要还是想孩子，没有工资怎么养他们？

邢：那孩子谁来看管？

梅：我的一个朋友把孩子们接去了，替我照顾。可是我没有钱了啊（说到这儿，梅娘心酸得声音变了）。小女儿从小身体不好，得了难治的病，过去有钱可以维持，我一进教养所，她是非死不可了。小儿子"文革"大串连染上肝炎，那时我又是黑五类，也是因为没有钱治，死了，真是家破人亡啊。怎么说呢？唉，生活就是这个样子。

邢：解放初，您是来自沦陷区的作家，您感到那些来自国统区、解放区的作家对您怎么看？您觉得他们又怎样呢？

梅：北京市文联当时有个大众文学创作研究会，我在研究会的小说组，康濯是组长，马烽是副组长。我们在一起开了两年多的会。没有工资，就是文艺团体性质，还编刊物。当时我的实际工作是在三十六中教书。康濯对我很好。张恨水一直感到很难受，非常压抑。解放区来的人十分看不起他。他算是一口气都没出就死了。其实，我也不好受，人家都是老革命，我们是被改造的。康濯比较爱才，他老觉得我们这些人受到的待遇不公平。"文革"后，康濯见到我。说：你受罪了，说着眼圈湿了，我非常感动。他从湖南回北京后，住在鲁迅文学院。我和朋友去看他，他对我说，执行左的路线，他也是其中之一。还让我谈谈东北作家的情况，看他们需要什么帮助，让我搜集一些材料告诉他，并说，他只想尽力做些工作，很诚恳。前几年要出我的作品集，我请康濯给我写序，他说：您的序我是一定要写的。后来他病重了，没有写成。他和刘绍棠发起要给我们这些三四十年代的作家出一套丛书。他们相继去世了，丛书也没出来。在小说组时，马烽和我们不多说话。我想还是文化背景差别比较大。八几年我翻译了一本赵树理评传，曾请马烽帮助在国内刊物发表，后经他介绍，在山西《批评家》杂志发了两章，除此之外交往不多。我们小组还有老舍。老舍写了《春华秋实》后就当了官，被政府养起来了。在帮助《说说唱唱》编稿子时，和赵树理接触较多。赵树理对这些人都非常好，他认为这些人都很有才。他很理解这些人。

邢：我看了您的关于和赵树理交往的散文。您提到，五十年代初与赵树理一同下乡体验生活。赵树理用自己的工资给那里的合作社买了台缝纫机，还说要给您做顶八角帽。您说："我戴上八角帽，也戴不出共产党员的风采。"赵树理当时愕然了一刹那，之后，再也没有触及这个话题。我看到这里，感到赵树理确实善解人意。从您的那篇《一段往事中》可以看到你们之间文化背景的差异，但是无论从党的干部的角度还是从知识分子的角度看，赵树理都是很尊重人的，所以您很信服他。可惜过去这样的干部太少了。文学是表现人的，对人性的深层次理解本来是作家的长项。但是意识形态方面的导向，也会极大地扭曲人的文化意识。而恰恰从这方面，可以看到赵树理的率性与真诚。那时您还和哪些作家有接触？

梅：和陈企霞也有些接触。有一次我到杭州出差，在杭州街上碰上了陈企霞，他当时受批判还没有公开。他请我晚上去划船，我就去了。哎哟，从此就说不清了。

邢：都是文艺界的朋友，在异地见面，划划船有什么？

梅：那时我们都年轻，我还挺漂亮，又是小寡妇，还能没有闲话？还有李克。

邢：写《我们夫妇之间》的李克？

梅：是的。我从台湾回来，给刘仁写了封信，说希望工作。刘仁就派李克找到我，让我先到大众文艺创作研究会参与工作。后来农业部有一个宣传处长叫吕平，是柳龙光的朋友，他筹建农业电影制片厂时，说需要在文字上把关的人，一定让我去，我就调去了。

邢：丁陈反党集团，您受牵连了吗？

梅：受了影响。打我"右派"时，这也是一条。

邢：在您一生中，有没有从思想到精神给您最大支持和帮助的人？

梅：没有。我觉得，还是靠自己活下来的。只是赵树理、康濯让我觉得知识分子在党内也还是知识分子。而那些根正苗红、只会整人的人，一看见他们我就心里难受。共产党的高级干部要都是这个样子，还得了？这个国家该成什么样子？八八年，有朋友要给我找个老伴，介绍的是某学院的一个退下来的党委书记。一谈，他说，你的这思想……反革命啊！都什么时候了还这样看问题！

我这一生，两个政治后遗症：一是婚姻，一是身体。在教养所得了肺结核，之后得不到治疗和较好地康复，现在是肺心病。一恢复工作，我就快六十岁，人家让我退休，我说，我二十多年没工作了，为什么不给我一点工作机会？吵了半天，才让我工作。八四年非退不可了，又没轮上评职称。出国时，护照上只是个编辑。日本朋友说，你这个职称让我无法接待。我和单位说，能不能给我一个高级职称，让我出国方便？回答是没有政策，不行。其实和外界交往，我用不着职称，我只是想老了，以后住院看病，可以少些不方便。

　　梅娘觉得与我交谈，总有些"代沟"。其实一个人的命运，何尝不是一个民族、一个国家的一段活的历史？所以阅读她不是件容易的事。历史还在被叙述，还在被解释。

1997 年 10 月

我忘记了，我是女人

初刊辽宁《统战月刊》
1998 年 7 期

　　九十年代初，我去我的故乡长春，去开东北沦陷区文学国际研讨会。拿着宾馆那份烫金的请柬和夹在里面的地形图，我沉湎在儿时的情景之中。地图上的街名、巷名我有记忆，那就是我旧家的一带。记得在几座连脊的大瓦房院落之间，还夹有一小块洼地，长着狗尾巴一样的野高粱。我曾拨开那带有芒刺的宽高粱叶去寻找过蝈蝈。随着新生活的推进，洼地筑起了宾馆，正是顺理成章的事，蝈蝈当然不会再栖息在混凝土当中了。可悲的是：我过早地丧失了寻觅蝈蝈的童心，这熟悉的街名、巷名牵引出一串情思，一时理不出个头绪。有一点我很清醒，这是解放以来，七弯八折，第一次有了这样一个国际研讨会，而且开在我的故乡，开在那片曾长过野高粱的洼地之上。

　　大会选定的可能是家高档的宾馆，那精致的请柬可以佐证。我那愁柴愁米压榨过的心境，竟为使用会场的高额租费担忧了，我又自己解脱着自己。牵头的吉林省社会科学院肯定获得了支持，不然也兴不起这样大的举动，何况还有辽宁、黑龙江两省共同参与，既然是国际研讨，肯定有外宾与会，驻地寒碜，说不过去。

　　会场布置得隆重高雅，那个张在彩灯之间的红横幅，使我恍如隔世。一向以灰黑相衬的汉奸文学，不仅没有汉奸两字，连惯用的赋以特定意义的括号也不见了。东北沦陷区文学，白字红衬，欢快以极，看着看着，我竟涌出了喜涩之泪，我一向少哭，此刻，却按捺不住。

一位配有大会主持人缎条的男士向我铿锵走来，不晓得是他的皮鞋底子太硬还是我的耳朵出了毛病，我竟被那急促的鞋声惊怔了。那是老友梁山丁，是他，他的黑发里夹杂着过多的银线，他……他老了。

山丁穿得特漂亮，那身笔挺的浅色套装，使他看起来又隆重又潇洒，那条完全是超现实图条的花领带，颇有些公子气味，我正想像往昔那样调侃他一句："沐猴而冠，真把自己当人了。"我话还没出口便被他拥向身旁，箍着我的双手，倾心低声说："熬过来了，我们熬过来了。"这沉甸甸的话，涵盖了多少酸甜苦辣啊！

吉林省社科院的李春燕女士（据说，她为这次盛会做了出色的斡旋）陪着日本早稻田大学的第一位女教授岸阳子（据说，岸是以她渊博的学识闯进了早大那没有女教授的禁区的）向我姗姗走近。岸穿着淡青的丝质长裙、考究的绣花上衣，好不娉婷！再加上她那春风拂面的神色，使我立即感觉到了她对这个国际盛会的重视。握着岸的纤手，我尴尬地笑了。我的家常穿着，在她的盛装映衬下，使我十分局促。我完全不是要在衣着上与她比拼，而是在对待大会的心态上。她只是朋友，而我是大会为之正名的"汉奸文人"之一。我应该比她还要精心地打扮自己，才能与这历史的盛会相称。遗憾的是，我匆匆而来，穿着我那经风过雨的衣裳，那双适宜劳动老少男女咸宜的旅游鞋。无奈之余，找机会悄悄地逃离了会场，急于改换穿着，女人天赋的欲美情愫在我胸中汹涌起来了。

我的旅行袋里，有一件虽然勉强带了来却没想到应该穿起的长衣。是女儿从世界的另一端送给我的生日礼物，那是一件十分考究的丝质长衣，闪着银光，应该说还有着女性的柔美。我拿出来比了比，又丢回袋里，意识到这是不是太奢侈了，和我的收入不相符。我还不能立即从"工蚁式着装"的习惯心态中突出来。虽然我早就明白，被西方人讥笑的大陆的"工蚁着装"并不等于就是男女的真正平等，那只不过是物质匮乏时的一种权宜。禁锢我的是人们曾有过的飞短流长的什么资产阶级出身，就知道打扮啦！什么不能安于朴素的资产阶级小寡妇啦，等等等等。这当然是我又偏离了时代的脚步，纵观会上，那盛装的美国教授、盛装的日本学者、盛装的台湾地区文士，以及那些活跃的女记者们，哪个不是漂漂亮亮地包装了自己？时代在呼唤女人们打扮起来，为世界增添情趣和色彩。虽然漫长的历史曾把女人从主宰降为臣属，女人与美却从未剥离，也是任何力量无能剥离的天赋。可悲的是：我忘记了我是女人，这才是我真正的自我丧失。

我勇敢地穿上了我的丝质长衣，伴随着穿衣的动作，细小的窸窣声流溢出来，这窸窣声可以说是富裕的潜台词。我不是为了追求祖国的富裕才投身到被西方讥笑为"工蚁着装"的热土上来的吗？如今，故乡已经艰难地开始把贫穷抛向身后，那曾长过狗尾巴高粱的洼地筑起了宾馆。我有什么障碍不敢恢复我的女性之美呢。

我在银色的长衣上，饰上了那朵珍藏已久的绒质玫瑰，那是父亲当年送我的生日礼物。时间已经使玫瑰的朱红黯淡了，不过那只是一种迷蒙的黯淡。看上去，朱红的颜色仍然诱人，这恰合我的心境。我总是有种拂拭不去的忧伤，一种难以分说的悲怆之感；因为我不时尖刻地感觉到：尽管已经有了各式各样的男女平等的世相，有些女人仍然处在被男人消遣的境地。痛心的是：容忍男人消遣，是她们的自愿选择。这种世相，媒体给了一个颇具辛辣的界定："包二奶"，这个"包"字，你能漠视它的"臣"属属性吗？

我带着父亲和女儿的双重祝愿出现在研讨会上，立刻被一片赞美声包围了。来自东方小巴黎哈尔滨的女记者们（她们的眼光是很挑剔的）说我比白杨等老牌明星还有派，大难未死的旧友说我风姿不减当年，那位被我们暗地里蔑称为"色鬼"的昔日才子竟打诨说："你是不是偷了王母娘娘的不老丹？"我想回答：可以说是。因为所谓的不老对女人来说，就是高扬的女性、母性。生命赋给女性的天职就是要把美播散到她所在的任何角落。高扬的女性、母性是那种执著于创造性劳动的不懈。只有葆有对生命的热爱，女性、母性才能闪光。更不能只单单地赞美青春，青春只是生命的一段流程，正像花蕾必定化为果实一样。持久不衰的是女性的宽宏与深邃，是母仪天下的风范。

竟有人要借我的衣裳作样子去剪裁新装了，这真是个无可奈何的差错。其实，使我引起注目的并不完全由于我的衣裳，衣着只不过是生命彩光的衬景。我把我高扬的生命愉悦与服饰融为一体，选择了最相宜的颜色搭配，这种体现了宇宙的和谐，才使我令人惊叹！

我为我复归为女人心颤不已，我曾为使女人不受欺凌呐喊过、痛哭过。我相信，这个无数代女人上下求索的古老话题必将在富裕的社会中一步步实现，因为这是文明的归循，是时代的归循。

我拣回了自我，我是女人。

梅娘之言

收入杨志鹏主编《中国作家 3000 言》下册
北京：新华出版社第 921 页，1998 年

梅娘本名孙嘉瑞，我是在故乡长春上的小学，在吉林市上的中学。在日本上的大学。在我还是小学生的时候，日帝的铁蹄便踏遍了东北大地。我们这一代是在日帝的高压政策下活过来的。有幸，祖国深厚的文化土壤托着我们，心怀祖国的师长导引着我们，使得我们艰难地成长为一代文艺青年。用自己的笔，曲折地反映了我们渴望祖国追求真善美的孺子之心。尽管作品并不成熟，但那是中华儿女的拳拳之情，这份留在历史上的苦涩的真诚，盼望得到理解。

"忘记过去就意味着背叛"——并非对文学家"忆苦思甜"。

梅娘

遥致友人

初刊《长春日报》1999 年 1 月 28 日
本文据王瑞起：《独自行走》为该书"代序"录入，
辽宁少年儿童出版社，2001 年

1991 年金秋，长春市有个东北沦陷区文学国际研讨会，我参加了。会后回北京，在从长春到沈阳的短短车程中，和与会者之一的辽宁少年儿童出版社的王瑞起同座。当然，话匣子是随意拉开了；没想到，海阔天空，越说越对劲儿，越对劲儿就越说个没完。车进沈阳站，他到家了，我仍然前行。一种惜别的依依之情一路上都在缭绕着我。

通信带着思念展开了，他告诉我，春雨涤荡了沈阳的工业飘尘，春花比往日艳了。我告诉他，金秋覆盖了北京的碧野，霜叶红过二月春花。他告诉我，出版社搞名额有限的职称评定，怕又是一场人际摩擦的战斗，烦人得很。我告诉他，电影成本太高，我们将转产电视。这个换马行动，怕是有人要落马坠尘。这之间，他寄给我一篇散文，说是一个散文精选集的编余，编辑说，这篇东西，算不得美文。因为出版的是套美文丛书。散文标题《危楼纪事》。

《危楼纪事》是篇历史的独自，记述了作为个人的他，在文化大革命中被扫出家门，住进危楼的一段遭遇。

他描写的危楼，是名副其实的危楼。这危楼由于风雨肆虐，地已无复为地，顶更无复为顶。那只有一线之牵的楼梯，时时欲坠；踏上七拼八凑的碎木条地板，比履薄冰还令人心酸心悸，楼梯更是七步一颤，五步一颠，脚踏过去，带起一片幽咽……

他说：我是在人生最鲜亮的年龄住进这时代最破败的危楼的。我痛哭、我彷徨、我挣扎，我分分秒秒地苦苦求索……正是这苦苦的思索，我才保住了这个躯壳，才流通着血液，正是这里的冷寂，思维才没有颠乱。

为什么被赶进危楼，因为那个时代有个不成文的法律，走白专道路的狗崽子，必须住进狗窝，才能知罪思过。

今日的年轻一代，对"白专道路"、"狗崽子"等这样的罪由，可能大惑不解。因为你完全无法界定其致咎的内容。随意一挥就改变了人家的生存之路，更是一种侵犯人权的无政府行为。可是，这在文化大革命中风行一时，根红苗正的组织想以之处理谁就处理谁，名之曰"革命行动"。

正因为危楼记述的是这样的荒唐事件，囿于正统观念的丛书主编，怕被人误会有给社会主义抹黑之嫌，所以没有选入王瑞起的这篇散文吧！

我读危楼，引发的是长久的凝眸，我感到了危楼中那种对生命的执著，那种执著凸现了灵魂的清明。

我们的哲人祖先，曾一代又一代地阐述过置于死地而后生的真理，危楼是死地，却是精神升腾的圣地。藉助革命口号打击异己的个体，其实是小生产者攫取权势满足私欲的动物体现，是小农经济目光短浅的必然衍生物；拉大旗作虎皮，自以为可以为自身获得高一层次的享受，能够将卑微转化；其实是灵魂的自我扭曲，那卑微的满足，只不过为文明蒙上了又一层积垢，完全无法溶入社会前进的主流。

危楼中的觉醒，是大沉迷中的火焰，是鲁迅式的孤独与悲怆。这火焰必将烧却那不合时代的卑微，人必须得到尊重，是人是狗，革命口号无权判定。

也许我是太冲动了，品读危楼，思绪万千，这使我联想起大诗人苏轼的名句："老夫聊发少年狂……"苏夫子的少年狂，抒发的是愿为祖国戍边的壮志；我这狂，寄托着我的全部期望。但愿危楼记述的土腥岁月，是真正地翻了过去，不再以各种乔装出现，能够如梦最好。苏诗人的这首词里，还有这样温情脉脉的语句："鬓微霜，又何妨。"屈指算来，王瑞起也进入了"鬓微霜"的年龄段，我衷心祝愿他在危楼中获得的清明灵魂永驻。

春已过半，轻寒翦翦，套用一句老话，诸请珍重！

1998 年春分

音在弦外
在《我家》发行座谈会上的发言

初刊北京《博览群书》
2000 年第 8 期

《我家》的作者遇罗文①打电话给我说：有个《我家》的恳谈会，您去吧！我去接您。电话匆匆，既没说由谁主持，也没有说开会地点。我自忖：对我来说，这不仅仅是去谈《我家》这本书，这是我对故人的义务，用不着知道什么，就是得去。如此，我来到了座谈会的现场。

原来这不是个简单的恳谈会，刊书的社会科学出版社隆重推出，社内一级领导亲临，请了诸多媒体，济济一堂，气氛热烈。这场合对我来说似曾相识，我只担心退居边缘的我，会不会给大会带来不和谐的音符。幸亏我稍稍打扮了自己，穿上了那条平时嫌它鲜艳的红地花裙，在黑上衣上配上了珊瑚胸针。我是隆重地来参加恳谈会的，我盼望能够与开会的主旨相合、能够从容地品读《我家》所反映的，一直令我和我的同辈人暗暗饮泣的那段历史。喜庆和悲怆交替缠绕着我，我竭力使自己平静、平静。谁知，一看见罗勉②，我的心便乱了。

罗勉正低头摆弄着照相机，那个侧脸跟我同在政治学习班上他父

---

① 遇罗文，遇罗克胞弟。
② 罗勉，遇罗克胞弟。

亲遇崇基的脸相一模一样。我和遇崇基相遇的时候，他也就四十刚过。父子在不同时空的这个年龄段上的巧合，涵盖的岂止是通常的悲欢离合。我控制着自己，为亲眼目睹的遇家父子在完全相异的场合中的亮相，欣喜、悲怆，说不清是种什么滋味。

我和遇家的交往，源起于我和遇崇基同在（北京）东四派出所的政治学习班上。我俩的罪由也大同小异——都曾是日本名牌大学的大学生，都曾有过沦陷区生活的短暂经历。遇崇基比我的名声大，他是土木建筑工程师，主持过营造公司，还盖过什么竹筋楼。我曾在文坛上舞文弄墨，写过小说、当过杂志的编辑。我们回国时都是风华正茂，都是放弃了日本的优厚生活条件，志在参加新中国的建设。这就带来了真革命或是假革命的猜想。虽然劳动教养期间，左查右查并没找到我们作为日本间谍的真赃实据，有人依然不放心，将我们交由街道实施群众专政。我们同在东四地区住家，便成了学习班的同学。

《我家》中涉及的遇罗克^①，当时是工厂的学徒工，这个书生气的小青年很喜欢我，只要看见我跨进他家的门槛，便会溜出去买几块熏干加在大锅熬白菜中招待我。他含笑向着我："孙姨，您感觉怎样，熏干熬白菜，真是一等一的好菜，您说呢？"这一等一的好菜我几乎是含泪咽下的。我清楚，这几块熏干是罗克在寒风里奔波一个小时的车钱。于是，我便尽量不在吃饭的钟点到他家去。却拒绝不了老遇的劝诱。学习班下课，老遇说，顺路到我家去坐一会儿吧！罗克喜欢和你"争论"。老遇用日文说的"争论"，用的是现在时的进行式。我懂得那邀请的诚挚。

①遇罗克，"文革"中因书写《出身论》被逮捕镇压。

少言寡语的遇崇基用了个吓得我双腿发软的冒险办法传给我一份已经流传得急风骤雨似的《出身论》。当时，居委会派给我一项赎罪的任务：一定及时、准确地把领袖的最新指示写在黑板报上，单写不行，还得加花加框，以示隆重。板报旁边居委会的门洞里，有个旧牛奶箱。我被允许把彩粉笔、彩纸条等用具放在牛奶箱里。想想吧！当我在一片大好形势的剪报下看见了《出身论》的当儿，岂止惊骇万状，简直是手足无措了。谁传给我的？这是货真价实的反革命串连，我怎么办？我毕竟已经饱餐风雨，首先清醒地断定：这是朋友送来的。当时，给我的信件要先送到居委会经过审查之后才能给我。不利用邮递而利用牛奶箱，这是胆大心细的人出的绝招儿，肯定是遇崇基干的，他熟悉我办报的细节。虽然胆战心惊，我仍然从容地在板报上画上了个光芒被掩的半个太阳，寄托了我的难言之情。

深夜，捧读《出身论》，读得热血沸腾，兴奋得手舞足蹈。连赖以维生的绣花架子都碰翻了。怕惊动芳邻，扶起架子跌坐在木椅上，索性关掉了为深夜绣花装上的白亮亮的管灯，沉入黑暗之中，嘴里叨咕着：论得好！论得真好。一细想，恐惧便来了，意识到，这文章怕要捅大漏子，可我完完全全的无能为力。立时果断决定，再不能到遇家去，绝不能给遇罗克增加一条与日本特务勾搭的罪状。

领袖号召深挖洞之后，派出所的学习班解散，受管制的人在各自居委会的监督下，投入挖洞的义务劳动。老遇和我不在一个居民组，天赐绝面良机，可却难以放下对罗克处境的忧心。

一天，趁着黄昏暮霭，罗克突然来到我家，背着那个我给他补过的旧帆布书包，从书包中拿出一包东西来放在桌上，向我从容一笑，说："爸爸请你分享希望！"说了这句含意模糊的话便转身走了，我还没从他突然的出现中缓过劲来，他已经消失在胡同深处了。

那是一小包白米，包在那条我熟悉的遇崇基劳动时擦汗的旧毛巾里，连看带琢磨，才把老遇那龙飞凤舞的日文草篆理顺看明白。写的是：陈总①给我翻译围棋谱的机会，得了一点想都不敢想的稿费。

米到我手里，是挥汗的炎夏，直到春节，那米一粒也没动。罗克已经进去了②，我看见白米便想哭，完全不忍用它来填补饥饿。那是一握真情，我一定要在希望实现之时才吃，那才能吃出香甜。当时，我靠绣花糊口，吃了上顿愁下顿。遇家六口人，只有遇妈妈的六十多元工资，白米对我们的肠胃来说，是过于奢侈了。

耽读《我家》，心潮激荡，我完全没有料到当年那个半大小子遇罗文，会如此精明地梳理了那段岁月，用平实自强的生活反击了荒谬的时代。遇崇基要我分享的希望，由他的儿子送来了。出版社的白米饭我是和老遇、罗克共享的，我吃得分外香甜。

罗克生前，愿意听我讲《楚辞》。当问及我为什么要回祖国时，我把一直激励自己的屈原的警句："亦余心之所善兮，虽九死其犹未悔"写在他的笔记本上。我以为这个心之所善，是人、是民族的精魂。《我家》潜含了这点。我为《我家》祝福。

这篇短文，不是评书，是对故人的怀念，请原谅我的音在弦外。

---

① 陈总，指时任国务院副总理陈毅。
② 指遇罗克已被公安抓铺。

一代故人

初刊北京《博览群书》
2000 年 9 期

加拿大温哥华大学历史系博士生诺尔曼·司密斯立意研究中国三四十年代的东北女性文学，他在阅读了若干部东北女作家的作品之后，写信给我说："我在深思一个主要的论题，我想那两个字'忍耐'是正好。我觉得您们满洲女作家特别了解忍耐，也许比别的中国人深沉的……我真的不知道您在那里找到了怎么庞大的忍耐。"（此信是用中文写的，见后文）

这位碧睛褐发的西方青年，用西方的思维方式，理解了东方女性的苦难，挖掘出来东北女作家的忍耐，且是庞大的忍耐。设如作为东西方文化沟通之点之线，可以说是起点不凡。

使司密斯困惑的、不知道东北女作家从那里找到的"忍耐"，对生长在东北大地上的女作家（包括我在内）来说，既简单又明晰。我们这一代人，几乎是从有记忆的一天起，便是"满洲国""康德皇帝"的臣民了。这个"康德"，除了他在"诏书"上使用的"传国御玺"之外，我们对他一无所知。当时，老百姓的柴米油盐，由"满洲国"的"厚生省"（相当于民政部）管。"厚生省"的主管是日本人，取暖的煤、果腹的米，统统支援"大东亚圣战"去了。就是我们这些能读得起中学、属于上层社会的仕女，三餐中也有两餐半是高粱米，那半餐是苞米子、苞米面。幸而肥沃的黑土地能够收获土豆、萝卜，才免得我们吃草。白米，一般是朝鲜人种的，黑市价格高得吓死人。我一个同学的妈妈得了肠癌，渴望喝上一碗白米粥，却直到闭眼，也未能获得一撮白米。这种严酷的生存环境，"忍耐"伴着生命存在。

我高中毕业后，曾在《大同报》短暂工作过，与女作家吴瑛同事。我俩是省女中的先后同学，她大我几岁，当时已是小有名气的女记者了。她在《青年文化》（"康德"10年10月号）杂志上发表的小说《鸣》中有这样一段话："你是一条狗，你夺去并占有了我的一切，你还想污辱我的肉体，你想用你慢性杀人的手段制服和剥夺我，我已经是一无所有了，我只剩下了一条命，我就用生命同你斗争吧！"

就是这样一篇以家庭财产分割引起冲突为主线的小说，也上了日伪整肃的黑名单。在解放后公开了的日伪档案里查到了对《鸣》的剖析，结语是：文章暗示"满洲"人民已为日本剥夺了。当时东北社会的主流意识，仍是延续千年的男性中心。日帝进占以后，他们武士道的大男子神魂对此更是助纣为虐，雪上加霜。广大妇女成为男人发泄肉欲、发泄愤懑的弱势群体，苦不堪言。吴瑛刊登在文选第一辑（1940年）的小说《翠红》，就鲜明地揭示了这个残酷的现实。这个以肉体换取生存的底层妓女，理直气壮地向调笑她的男人又讽又骂："听着！都是为了吃饭呀！我同你们一样是人，叫我疯娘们，我骑上你们的祖宗板，你们才是疯子呢……你们不也是低声下气地从人的脚底板下讨饭吃的吗？女人要是管嘛都牺牲了，一宿就能赚上你们好几天的工钱……"

1986年，沈阳的春风文艺出版社出版了女作家的专辑《长夜萤火》（收录了吴瑛的三篇作品）。当代作家陈放读了之后，写下了这样几句意韵深长的话："面对这些女性灵魂的自我发现：寻找、挣扎、困惑、抗争、呐喊，血一样的吻和冰一样的柔情……我们仿佛听到了九天玄女和女娲从另一个世界送来的歌声……"（1987《追求》三期）

推算起来，陈放怕也有五十岁了，在当代青年人眼中，是老陈了。当代青年看我们，怕更是朦胧了吧！我们盼望的只是理解。尽管我们的文字还没运用得十分得体、妥帖，思想、感情也没表达得淋漓尽致，我们反映的是一段历史，一段我们民族承受的苦涩、难堪、头悬杀身之祸的历史。和我们同一时空生活过的日本当时的《每日新闻》的记者（中园英助），在回忆、忏悔的名著《在北京饭店旧馆》（1992年一版，1993年四版，东京，筑摩书房，获读卖文学奖）中，用套红的大字书标写的是："历史不容忘记"。

1945年日帝投降，吴瑛为了逃脱汉奸之罪，悄悄离开了生于斯、长于斯的长春，隐姓埋名，在长江之滨一个小城谋到了一个图书馆员的糊口之所，背负着汉奸之枷，在有为之年黯然病逝。

康濯同志主管"1937—1949新文学大系"的工作时，亲口告诉我，吴瑛的作品选进了大系。我欣喜之余便千方百计地寻找吴瑛亲人的下落。渴望把"历史承认了吴瑛，吴瑛不是汉奸"这一特大喜讯告诉他们。可是我没有找到他们，一点音讯也无，历史淹没了吴瑛和她的一家。我能做的，只有怅望冥冥九天了。

附录："一代故人"的回声

[加拿大] Norman Smith

初刊北京《博览群书》
2001 年 1 期

读过了梅娘写的"一代故人"（2000 年《博览群书》9 月号），令我惊奇。我是梅娘文中提到的那个加拿大温哥华大学历史系博士生诺尔曼·司密斯。我研究东北后沦陷期（1923—1945）妇女作家：左蒂（1920—1976）、朱媞（1923—）、杨絮（1918—）、吴瑛（1915—1961）、但娣（1916—1992）、梅娘（1920—）和蓝苓（1918—）。去年我给梅娘写过信，问她关于当时那些妇女作家的"忍耐"。她们的生活、写作、忍受都反映了她们的性格。那个黑暗的旧殖民地社会反衬出了那个时代的中国妇女的性格，她们的作品展现了她们是爱国的，勇敢的，坚韧的。以前有的人说：她们是"汉奸"。她们的作品是历史所造成，汉奸之说不符合历史，我完全不赞成。她们是中国精神的一部分。加拿大的民主积极分子 Nellie Mclung （1873—1951）说过："国家的前途依靠于妇女的社会地位。"今昔对比，以上作家们的作品仍有重要意义。

左蒂从她处女作《柳琦》（1942）到《不屈的人民》（1946），暴露了那个时代的殖民地压迫。《不屈的人民》描述当时的"残酷而罪恶的巨手"追赶着作家群体与其他东北人民，作家的责任是暴露真实，那个流血的手隐喻的是当时的伪政府。

朱媞写的《大黑龙江的忧郁》反映了那个时代人民对土地、家乡亲热的爱，特别是在《渡渤海》（1944）中，一位妇女在满洲受到了那样残酷的严刑，并且被不公正地判有罪，然而，正是在被流放到农田劳动时，她使自己的精神得到了解放。土地的情况，人民和乡土的关系决定着老百姓的存在。

杨絮用散文、诗来反抗那个时代的日本所谓的"贤妻良母"。在《我的日记》（1944）里边，她写过这样的问题和回答："作贤妻良母型的女性，不赞成吗？""我这野马似的性格，怕一时作不来。"她愤怒的言词证明东北人民不会被日本驯化，仍然在争取自由。

吴瑛写的《浮沉的心语》（1942）描绘她因"袭击"而烦恼；那个时代的艰难使她心碎。作为评论家来分析东北妇女作家们的社会觉悟，她1944写的《满洲女性文学的人与作品》，表示了作家关怀群众的福利，吴瑛真正代表了作家进步的思想。

但娣写得特别好，在《戒》（1942）中这样写道："真理总会有的，什么也不要怕，拿出生命反抗一切损害我们的仇敌。坚强，自信……胜利一定是我们的。"这是对妇女压迫的反抗，当然也是热爱中国，反抗日本帝国主义的声音，反映了东北人民受尽折磨，仍然不屈的性格。

梅娘的《第二代》（1940）和《蟹》（1941）揭露了殖民主义社会的黑暗，殖民社会毁坏了东北，给以它罪恶，尤其是关于金钱和贪婪。在一个平衡的中国，《蟹》里的小翠就不会遭遇那样悲惨的将来，"落在早就张好的网里"。沦陷时期的乱世完全破坏了社会、家庭、个人。

蓝苓也许在《夜航》（1942）里写得最好："被生活摈弃的，是那些摈弃了生活的人们，艰辛的夜航者呵，紧握着生命之桨，你该坚强的划向前面，毗连着黑夜的，是那白昼的边缘。"在当时，日本帝国主义快被打败了，中国人民要重建自己的政权，互相帮助克服所有的困难。

东北富饶的土地，滔滔的江水，冬天凛冽的风暴，养育了"不屈的人民"，这些女作家热爱自己的祖国，在那个黑暗时代，虽然身处险境，特别是 1941 年 3 月文艺"纲要"出版以后（禁止作家触及揭露"黑暗"的题材），她们继续用"笔当刀枪"，大都经过日本人的批判，受到查问，还有几位入狱。她们思想并不一样，但是"同心"反映了那个时代的矛盾，她们在困难之前能维持公民道德；这七位作家坚守描写和守望东北人民的责任，她们的作品反映了黑暗社会中人民的力量和坚贞不屈的精神。现在中国很强了，没有什么大的问题，但是以上在三十和四十年代的妇女作家们，和她们的作品，至今还有重要意义。

（此文是作者直接用中文写成，有些文字不符合我们的阅读习惯，我们作了必要的修改，以便使读者更好地了解作者的原意。）

两个女人和一份妇女杂志

初刊北京《新文学史料》
2001 年 1 期

两个女人：一个是中国的关露，一个是日本的田村俊子；一份妇女杂志，是 1942 年 5 月在上海创刊、1945 年 7 月终刊的《女声》杂志。

关露和田村俊子，分别是当时的中国文坛和日本文坛受到瞩目的女作家，又是演艺界的活跃分子。两个人的遭遇同样是毁誉交错、悲喜相叠，道不尽的风光和说不清的烦恼。如果定要挖掘两个人的共通之处的话，应该说，支撑她俩面对纷纭世事而能自立自决的是一种信念——那种为实现理想而付出的坚韧。

民国初年，生在作县官父亲家里的关露，随着父亲官场上的失意，目睹的是父亲日甚一日对母亲的作践。小小的心灵里，铭刻的是母亲遭受的凌辱，是封建家庭中的多种残暴。是坚韧的母亲庇护了她，想方设法为她谋划了受教育的机会。当她有机会进入大学，接触了马克思主义之后，明白了中国要铲除封建，只有在共产党掌握的政权中才能实现，那些和母亲同样受欺凌的女人才能以一个独立的人生活在社会中时，便一心一意地投靠了共产党，一心一意冒着各种危险，为共产党夺取政权进行各种斗争。在卅年代的上海，她和她的左联同志们，到工人夜校教书、参加纱厂女工的集会、参加要求全面抗日的群众示威游行。她以她特有的机智，在险象环生的境况中，一次次完成了党交付的任务。她生活得很实在很愉快。

一次，由上海去南京，碰巧遇上下关车站临时大搜查。她的手提箱中有份党的秘密文件，隐藏是来不及了，逃更不可能。关露急中生智，打开手提箱，把文件掖进大衣的敞口衣袋，像掖进一份看过的画报那样从容自然。随即把箱子推向宪警主动配合搜查。搜查者对这位落落大方的女士没产生半点怀疑。看了看，箱中是女人用的小物件、化妆品和换洗衣衫，便顺利放行了。关露可是把心提到了嗓子眼上，思谋着如果不测，怎样消灭文件。

日帝占领上海之后，文化人纷纷出走。左联的成员更以投笔从戎为荣，相继秘密奔赴延安。关露接到了地下党的指令，不但令她留在上海，而且要她打入《女声》去做编辑。党说：这是另一条非常重要的抗日战线，她是党的一双伶俐的眼睛，可以窥见汉奸的内幕。

理解关露的左联人，为关露惋惜。说她不该踏上《女声》这片烂泥塘污了手脚。不甚了解关露的人，说她原本就是只精致的花瓶，正可以摆在汉奸的厅堂里，作为点缀。对这些来自各方的蜚论，关露以一个共产党员的责任感，默默承受。因为她脑中汹涌的是为新中国催生的激情。进入《女声》，整日忙碌之余，回到自己的小巢，用来排遣孤独的是左联好友林楚君送给她的海涅的诗："我来到莱茵河畔，我歌唱。我歌唱爱，我歌唱爱中的恨，我歌唱着牺牲。"

关露也不时写下自己的诗。

是谁织就了江山的锦绣；

谁就该占有锦绣的江山！

……

黑暗的夜，我们不向你哀号，

也不惧怕你的凄厉：

我们的明日要来

夜将要逝去！

　　生于 1884 年的俊子，在 27 岁的 1911 年，发表小说《鲜血》、1912 年发表小说《誓言》、1913 年发表小说《木乃伊的口红》、1914 年发表小说《炮烙之刑》、1915 年发表小说《她的生活》，以每年一部名篇的速度跃登日本文坛。同时，这位女作家还以佐藤露英、花房露子的艺名活跃在演艺舞台上。这样一位多才多艺的丽人引起社会的关注，自然是不言而喻的事。1916 年以降，俊子却从人们的视野中消失了。人们不禁要问：这是怎么回事？

　　席卷二十世纪初叶的马克思主义涌到了日本，俊子被强烈地吸引着了。在当时的日本，这是桩不合时宜的信仰，俊子由此和丈夫田村松鱼产生龃龉并导致婚姻破裂，苦恋起献身工人运动的铃木悦来。1918 年追踪铃木悦到了加拿大。在温哥华一住就是一十八载。铃木悦突然急疾谢世，痛定之余，俊子也就告别了冲动的青春年华。但是已融入血液的妇女解放思想反更炽烈。环顾亚洲，特别是祖国日本，男性中心的社会形态并未改善，姐妹们时时受到欺凌。归去吧！去为妇女的合理地位拼搏一番，能做几件实事最好。

当时的日共领袖宫本显治和夫人百合子接纳了俊子，俊子又得到了同是女权主义者的女作家窪川稻子的深厚友谊。俊子安顿下来，准备为社会主义事业竭尽才智。不久，多情的俊子坠入了新的爱河，千不该万不该，热恋的对方竟是知友窪川稻子的丈夫窪川鹤次郎。鹤次郎沉湎在这种如妻如母的狂恋之中。面对小于自己廿岁的鹤次郎，俊子无时不在痛苦的自责之中。尽管她用自己是在反抗"老夫可以少妻、老女却碍难纳男"的旧习俗以自慰，却无法脱却背叛知友的负罪之感。俊子毕竟是俊子，她毅然脱却这个情羁，逃离出日本。

1938 年 12 月，俊子以日本权威杂志《中央公论》特派记者的身份到了上海。原计划只停留三两个月，却直到 1945 年 4 月再没踏上归国之途，在上海住了七年又半。

俊子在上海由暂住到长留，其中的曲折耐人寻味，不过有一点可以排除，那不是物质原因，因为俊子舍却的是远比上海为高的日本环境。也没有发现又有新的爱情产生，只能从精神生活中寻找答案了。

从一跃登文坛就以咄咄逼人的女权主义者姿态问世的俊子，七弯八折，萦记心头的仍是受男人欺凌的女性。既然在故乡有那么多的生活尴尬，作为社会主义者，就为中国姐妹拼搏一番吧！这个推断符合俊子性格。日本名作家阿部知二就说过："俊子对中国女性有着极富同情心的爱。"俊子的行为，印证了阿部知二的话，她努力学习汉语，改穿中国旗袍，住进中国人杂居的公寓，以左俊芝的中国姓名出入在上海的文化圈内。她曾不止一次向她的日本朋友说：中国女性的社会地位太低了。她们没有文化，知识太浅，我一定帮助她们，提高她们的素质，使她们的处境逐渐改善起来。

俊子对中国女性的这份泛爱，是因为那个特殊时期为她提供了方便条件才得以转化为现实。当时的上海，和其他几个被日帝占领的中国大城市一样：战事已然掀过，相对稳定的社会生活运转着，物质生活和精神生活都在呼唤延续。君临者的日本当局，表面上战功赫赫，实际上被神州大地此伏彼起的抗日游击战争搞得捉襟见肘，又正在密谋进攻太平洋的美军，以图圆下大东亚帝国的美梦，因此很愿意有人出面来缓和缓和中国人的抗日情绪。伴随战争衍生的吹鼓手行列，已经明显地遭到了中国人的唾弃，需要的是"朋友"。

应运出现的田村俊子就是这样一位合适的朋友，她准备为中国妇女创办的妇女杂志，三条创刊宗旨：一、妇女呼声。二、为妇女而声。三、由妇女发声。一派家常里短的家园派的温馨。于是军事当局批给命名为《女声》的妇女杂志平价纸，驻沪日本使馆给予相应的补贴，早已在上海开设多年的日本资本的太平洋印刷公司承担了印制。《女声》具备了问世的条件。这些条件在当时的中国人是很难得到的。首先汪伪政权不敢批准这样一份不以颂扬为主的杂志，更要紧的是：没有平价纸，你休想印杂志。

为《女声》奠定物质基础的这几项，是《女声》胎带来的缺陷。这个不三不四的出身，使中国人侧目相看敬而远之。这不仅是日后左派人士判定《女声》为汉奸杂志的有力依据，更是《女声》获取读者的疑点。为《女声》问世跑来奔去使尽浑身解数的田村俊子明不明白这个"死结"，没有资料可查。能够确认的是，《女声》一直贯穿着她的办刊宗旨，始终沿着家长里短为妇女而声的轨迹前进，每期都有探讨妇女问题的文章刊出，如创刊号的《妇女职业问题的再检讨》、一卷四期的《中国的家庭制度与妇女》、三卷十期的《新女性中心改进说》。《女声》的其他栏目也都是围绕妇女而设：儿童栏、家政栏、卫生栏、所见所闻栏。最能体现主编俊子衷情的是编后记。俊子在编后记里以日本女性特有的温存与作者谈心、与读者谈心；回答咨询、剖析妇女窘境。这位日本朋友踏踏实实真心诚意地在和中国广大妇女交朋友。

这里就有个非提不可的问题了。《女声》既然拿了人家的补贴，完全抛开占领这个真实能行吗？俊子在这一点上，可能是颇费苦心做了相应的安排。《女声》设有"国际新闻栏"，把当时的政治动向时事述评一概以新闻报道的形式出现而不加评说，如"东条首相访华，乃是对汪（兆铭）主席访日的礼仪性回访"，如"大东亚二周年的光荣，日本人以东亚之兄的本职为东亚人的东亚而努力"。这个国际新闻栏，在众多婆婆妈妈的栏目中，是个不合旋律的浊音。

还有一个不能不加以照顾的是向大使馆的补贴回应的有关日中文化交流的问题。《女声》刊出的是当时日本名作家的新作。武者小路的小说《爱与死》、小泉八云的女性论文《女性心中的蚂蚁》、小宫长孝的小品《稻和螟虫》等。表现当时交流动态的有："久米正雄参观刘海粟画展"、"听久保田谈戏剧"，等等。

《女声》一期接一期按时出刊，写编后记的俊子一期接一期地忙个不停。这使得她不断地在渍满了痰渍的楼梯上跑上跑下。忙得顾不上烧饭时，和中国的老百姓一样，就是一碗阳春面。其实，她最奢侈的晚餐也不过是牛肉炖萝卜。日本知名作家草野心平目睹俊子用冻得红肿的手奋力地切着冻萝卜的情景，曾心痛得慨叹良久。但俊子觉得幸福，《女声》的销售额不断上升，证明《女声》赢得了读者的喜爱和信任。更使俊子可心的是：很多读者把她视作知心姐姐，向她倾述衷情。

正是这根信任的纽带，支撑着《女声》在越来越微不足道的补贴中站定了脚跟。除了平价纸，《女声》已没有任何资助，而上海的物价却在日趋上涨。根据当时的"日本东洋经济新闻"的调查，假如把1941年的上海物价指数定为100的话：1942年为206、1943年为671、1944年为707，到日帝投降前夕的1945年8月，指数攀升到7250。《女声》坚持出刊到1945年7月，是读者认定了它。《女声》不仅在它的诞生地上海，在整个华东、远至北方的天津和北京，都有它的代销处。总代销处是上海知名的中央书报发行所、五洲书报社、文汇书报社。

正像俊子逃离日本时蜚论缠身一样，日本舆论又找到了她，说她又老又穷又没地位，荡尽了昔日芳华。

关露进入《女声》后，协助左俊芝——田村俊子，把握着《女声》一直沿着为妇女的轨道前进。俊子十分满意这个得力助手。1943年，当第二届大东亚文学工作者大会在日本东京召开之际，俊子为关露搞到了一个代表名额。俊子说："你是搞文学的，去日本看看增加些感性知识吧！你可以从日本本土来看看日本。"

大会指派给关露的发言题目是"东亚共荣"，关露强调自己是搞妇女问题的，只想谈谈日中妇女间的交流体会，如此闪过了这个难关。当她和俊子介绍给她的日本左翼人士座谈时，与会的人士问她："上海过去是文化中心，现在是什么？"关露幽默地回答："现在是黑市中心。"这一语道破上海实态的语言，令与会者震惊，为之折服。

1945 年 4 月 15 日，《女声》3 卷 4 期的清样出厂，俊子像往常一样去工厂看校清样。路上突发脑溢血，昏迷中，从乘坐的黄包车上跌下，倒在了北四川路和昆山路的交叉路口。

被中国老百姓从马路上救起送进医院的俊子一直没有苏醒，关露守护着她。望着这位朝夕相处穿着中国衣衫的日本朋友，幕幕往事清晰闪过。仿佛俊子又在温情絮语："关露，你屋子冷吗？从我这里挟几块炭去吧？""关露，你有开水吗？从我这里拎一壶去吧！""关露，舟山群岛那篇渔妇生活的报道，尽快发出吧！"那座她俩共同踏上踏下满是中国人乱吐痰渍的楼梯，俊子曾多次慨叹！可贵的是：她不是嫌弃鄙视，而是想得更远。她和关露商量：用什么样的语言促使中国妈妈从小就养成儿童良好的卫生习惯。这位异国朋友，付出的是多么诚挚的爱心啊！

俊子就这样去了，倒在了她用心血培养的《女声》岗位上。应了日本俗话所说："成了客死他乡的孤魂。"

电视连续剧《潘汉年》的播出，为潘汉年洗冤正名的同时，也在世人面前点染了关露。遗憾的是关露只是潘剧中的一个配角，一个淡出的过客。剧作者和导演不可能给予她充分的展现。她真的像一只精致的花瓶，摆在画面中，娉娉婷婷，一派文人的雅致形象。完全看不出她为经典电影《十字街头》所作歌词中那种昂首奋进的情怀！更看不出她为《女声》杂志所作论文中高呼妇女必须自求解放的苦心。俊子去世后，她继续主持《女声》，直到日帝投降《女声》终刊，完成了党交给她的另一只眼睛的任务。

这项功德圆满的任务，进入新中国后，却误假为真。关露戴着"汉奸"的帽子住进了自家的监狱。《十字街头》中赵丹唱的那首主题歌："贫富不是从天降，生铁久炼也成钢。只要努力向前进，哪怕高山把路挡！"多么情溢歌外的坚韧情怀！人们记住了赵丹高歌时那热嘲尘世的倜傥形象，却不知道写歌词的诗人关露。关露就是怀着这种坚韧不拔的意志无怨无悔地走上了党指给的艰难旅程。在旅程的终点，压垮她的却是自家人布下的高山路障，关露冤噎难伸，她的心碎了。

政治平反后的关露，已是沉疴缠身。过去的一切像是烟、像是雾，或者是云。她丧失了情思的心曲，已经无从分辨什么是喜、什么是悲。她孤独地走了，没有亲人。因为她把青春献给了革命，没来得及锁住爱情构筑家庭。不知道是否有位知音守护着她的弥留，像当年她守护俊子的弥留一样。生活就是这样不容铺排，为你留下各式各样的遗憾，有的甚至遗恨终生。

中国老百姓最倾心的神仙是那位救苦救难的观世音菩萨。这位总是被描绘为女性宝相的神仙，据说她手中的净瓶盛的是惩恶扬善的圣水甘露。是不是可以这样说：每个平凡的女人捧给世界的真诚都是一滴圣水甘露，虽然不过是一滴。

读渡边澄子教授《田村俊子传》，萧阳、广群《一个女作家的一生》后。

1998 年金秋

为司密斯^①鼓掌

初刊北京《博览群书》
2001 年 1 期

　　诺尔曼·司密斯，这位加拿大温哥华历史系的博士生，在我去温哥华大学访问期间，硬是把他所能找到的温大（U.B.C.）的可以讲中文的教授和研究生都请来和我交流、座谈。对只讲英文的，他便作义务翻译。在知识产权尊贵如黄金的北美社会，他如此做，在西中文化交流方面，完完全全地是种志士献身行为，体现了他对追求的执着，更凸现了文化在人生中的魅力。

　　当问及他为什么要学中文，为什么选定了东北沦陷期的女性文学时，他摊开双手、耸了耸肩（这可是典型的西方肢体语言）腼腆一笑说："我生长在加拿大的落基山脚下，蓝色的山和她雪白的山顶，使我感到了异乎寻常的冷峻之美，我找到了和落基山相似的气候区，那便是你们的长白山，我喜欢白雪皑皑的大地。我是学历史的，知道东北有过被压迫的历史。我亲爱的妈妈给我养成了一种信念：'母亲是家庭的支柱。'我就是想了解东北的中国母亲们怎样支撑并带领家人度过了那段悲惨的岁月，我找到了东北的女性文学。"

---

① 原文将英文姓氏 Smith 写作司密斯，依惯例，此姓氏翻译为史密斯。文集中出现的史密斯是为同一人。——编者按

　　这可是个十足的浪漫情怀的决定，司密斯就这样孜孜不倦地行走在他选定的课题之上。

　　他的一位导师，北美著名的亚洲历史学家史恺悌（这是她的中文姓名，这是位真正的"老外"，在温大讲授中国明史），批评诺尔曼的汉字写得不规范，诺尔曼仍是腼腆一笑，悄悄向我说："汉字很美，可以从中觅到灵魂的深邃，我正在苦练书法。"

　　我回中国时，他来送我，手里拿着一本装订得十分考究的文集，我以为是他要送给我的礼物。他说："这是温大图书馆的馆藏本，只能给你看看。"

　　那是 1944 年北京出版的《蟹》的原版本，枯黄的纸页临风欲碎。我一下子怔得缓不过神儿来，一旁的女儿柳青也惊了。完全没有想到，在那美丽如画的温大校园里，竟还有本恍如隔世的《蟹》。考究的外包装，包住的是历史的一瞬，这不是对《蟹》的作者我，而是在呵护历史。

　　诺尔曼把他赶写的一篇短文交给我，又是腼腆的一笑说："希望能在中国刊出，虽然很幼稚，但希望与中国读者见面。"

　　我找到了《博览群书》杂志社的主编，希望满足诺尔曼诚挚的愿望，他在读《博览群书》，踏踏实实地博览着中国的群书，以西方人的执着送来了跨洋的情谊，我由衷为他欢呼。

小桥流水人家

初刊《北京青年报》
2001 年 2 月 13 日

北京的鼓楼大街，商贾云集，是个热闹去处。老百姓有个顺口溜，说的是东四、西单、鼓楼前，可见繁华之状。沿大街由北向南到后门桥，那是座石桥，大块厚石板拼装的桥身，有水汽托着，车辆碾过时，不同质地的车轮便会擦出不同的音响来，重浊又空灵，是进入这个地段的独特伴奏。桥旁道路的西侧，有个卖爆肚的名店，叫爆肚满。羊肚、牛肚，选料之精细，是京都一最。要有人提议吃爆肚，接话茬的人必定说：去后门桥。可见爆肚满的人气。桥下的水，属于三海汇向什刹海的水系。这水由后门桥下斜插向西，水势不大，潺潺缓缓的一条小河，流到了有名的银锭桥。要看银锭桥可不能循着水走，小河两岸是自然的土堤，长着湿地的芦苇、旱地的狗尾巴花等等，湿湿干干，不好下脚。

通往银锭桥的小街，距鼓楼不过百多米，叫烟袋斜街。街口路旁有个泥塑的大旱烟袋，跟电视剧《铁齿铜牙纪晓岚》中纪晓岚那不离手的大烟袋一模一样，可比电视剧中那个道具大得多多。这是条专卖烟品的小街，店店有特色：有以卖华贵的烟袋嘴出名的，石头的、玉的、玛瑙的甚至还有翡翠的；有以卖镟工精巧的烟袋锅称奇的，白铜的、黄铜的打磨得锃亮。就是没有铁的，说铁烟袋锅上不了档次。烟袋杆更是使用了多种木料，乌木的、枣木的、松木的，长长短短，一律漆得光光亮亮，握在手里，暖融融的。卖烟叶的、卖烟丝的小店已经排列到了小街的深处，接上银锭桥了。

银锭桥横跨在小河之上，也是座石桥，没有护栏，远远望去，尘迹斑斑的桥形，很像一双倒扣着的银锭，小小的拱身，十步八步便能跨将过去。总之十分平常，想不出这个貌不惊人的小桥为什么会被人津津乐道。

偶然一次，我体会到了小桥所包容的意境。

那是个夕阳欲坠的傍晚，淡蓝的晴空上，红一条、金一条的彩云无声游弋，风轻拂着苇叶，娇艳的红蜻蜓不动地伫停在轻颤的苇叶上，河浅处小蝌蚪在互相追逐，时而溅出水花。空中飞着鸽子，那是拴着鸽哨的群鸽，风灌鸽笛，时而嘹亮时而低吟。站在桥上，眼界开阔，看着什刹海如烟的暮霭上升，看着西山顶上的白云聚散，恬恬然，懒慵慵，北京的况味渗心渗肺。

你可以在这里思乡，在这里冥想，更可以约上知音一诉衷肠，不会遭遇干扰。岸上栉比的家屋，街门半开半掩，似乎在劝诱你："在这里落户吧，你会住得踏实，很踏实。"这是闹市里的田园，小桥流水人家么！

嘴馋了，可以到这条小街的另一个名处——烤肉季去撮上一顿，虽是名店，价格并不贵。烤肉季用来烤肉的烤撑，是祖传的木制的烤铛，年深日久，铛的木条被肉油渗润，便有了独特的功能，烤出肉来不温不燥，嫩得汪出汁来，连老奶奶都嚼得顺口。季掌柜说，他家用的肉，是骆驼队由口（张家口）外驮进来的羔羊，羔羊吃的是坝上的丰草，没有羊膻气。

　　无论是后门桥边的爆肚满，还是银锭桥旁的烤肉季，汉字招牌之外，还有一块回文招牌。这两种文字的配合，为古都容纳五方杂处的悠长历史作了注脚，溢散的是北京独具的宽容风情。

牙行博士

初刊《世界日报》
2001 年 7 月 20 日

　　也许是洛基山上那常年不溶的白雪精灵吧！渴想看看山脚下开得恣肆的朵朵山茶、簇簇杜鹃，随风扬进了这如画的城市。时令已过了立夏，大地用羞怯的夏热迎接着白雪，冷热交融，雨便滂沱而来了。当然，这不是对气象的解释，只是我的一片遐想。我们坐在一辆中级的轿车里，蜿蜒在雨中的盘山路上，为的是去相看几间出售的住宅。

　　雨下得真大啊！打得车顶爆珠似的连串作响，路滑得流油，会不会滑坡？这可是高了又低，低了又高的盘山路。我们的司机灵敏地掌握着方向盘，一脸的自信，显然，雨并没有给她任何压力。约定是三天前说好的，没有料到会有这样一场盛夏才有的大雨。司机在约定时间开了自己的车子来接我们，她有一个工作网，每幢要看的房子，都有人在准时开锁。雨不能打乱工作中的信用，这是发达社会的常规。

　　雨在车窗上制造了雨瀑，路两侧的参天绿树，在雨瀑中幻化成绿的锦带，似乎要缠上身来，带着新绿清香的空气，清爽得润心润肺，难怪日本环保志士，再再地倡导着绿化，这绿，绿得多么美妙。

　　司机是位 Agent，用老北京的方言说，是个拉房纤的，用痞话说是个房虫儿，属于牙行。按中华文化对此的诠释："车船店脚牙，无罪也该杀。"干这行的人可不是善良之辈，可眼前的这位房虫儿，却怎样也和歹徒拼不到一块儿。

　　当然，她是刻意打扮了的，这是职业习惯，也是女人生命的需要。看似很淡，其实是精心地铺陈了脂粉。使她看上去，不仅庄重大方，完全的西方职业白领，而且还有些青春光影，那是种柔光，并不夺人，却很耐看。

　　她的名片上印着：能熟练运用的语言有广东语、国语、法语、日语，作为母语的英语是用不着列上了。根据她为这次看房所做的安排，我相信她的国语不但够用还会有富余。在加拿大这个移民国家里，极想安家入住的新移民，遇上的是说家乡话的介绍人，听起来该多么舒服，准会升起他乡遇故知的亲切之感，这可真是位博士级的经纪人了。

　　女士随路介绍地名，介绍景观，说的是国语，发音很纯正，个别的副词用在了主词的前面，泄露了香港人的说话习惯。她说，我有看见，而不是说，我看见过，但这并没使她的淙淙细语减色，说得很有分寸。

　　当我们相看一幢临水倚坡、风光万千的家宅时，她像日本女儿一样屈膝跪在长长的落地窗前，一面眺望着雨中的碧水云天，一边精精细细地报上了房屋构件的市场价格。着重指出，售价公平，物有所值，显露了她职业上的老到。

　　"有这样一个家该多好啊！"她总结说，这既是说给她的客户，也可能是说给她自己，因为语调中有种渴想的幽怨。

　　这么个迟暮的女士，这么个掌握了多种语言的牙行经纪人，无意中流泻出来的对家的渴望，令人心动。她说的家，当然不仅仅是幢房屋，必然有着家的一切内涵：一个称心的对象，一两个哇哇叫着的娃儿，或还有个絮絮叨叨的老母亲。

　　我真想问问她是否已经结婚，这在西方习俗里属于个人隐私，不好动问。我却不能不为她的迟暮唏嘘了。她脸上的那缕柔光，标志着她已经在自立的进程中踟蹰了太久。在这开满鲜花的移民土地上，种族的、地域的、品位的、习惯的种种隔阂太多太多，找个知心人真真得是上下求索。事情就是这样清清明明，别管你是立足于地球的哪个地方，"家"就是女人的千古归依，成为主妇，进而成为母亲，这才是完成了女人的天职。

　　我在悄悄地为我的牙行博士构想：有典雅但不奢华的摆设，有方便随手的日用器物，有馋人的饭香菜香。当她要去为某个按铃人开门时，那个柔软的娃儿缠住她的腿，她既是娇妻，又是慈母。但愿如此！但愿如此！

北梅说给南玲的话

初刊北京《北京青年报》
2001 年 11 月 27 日

1942 年末，北平的马德增书店和上海的《宇宙风》杂志联合筹办了一项读者调查"谁是最受欢迎的女作家"。结果，张爱玲和我双双名列榜首，从此，就有了"南玲北梅"之说。

张爱玲的童年是在锈痕斑驳的铜香炉旁度过的，是在尔诈我虞的大家庭中长大了的，学得了冷眼看人。把对爱抚的渴望深深地埋在心里，目睹着被财富扭曲了的各种人相，创造了曹七巧那个一心只有复仇的恶女精灵，使你读时，仿佛面对的是一条喷着毒液的盘蛇，冷隽、深邃得令你全身打颤。这种剔肉刮骨似的对旧社会的铺陈，我做不到，我没有那样的生活体验，也没有她那样的磅礴才气。

我的女人画廊里只不过是几个想获得幸福爱情的小女人，评论家们把她们提升了，说从她们的抗争中，隐藏着人对人性的觉醒，这实在是过誉。我写她们的当时，并没有完全觉察到封建意识在我们日常生活中所占的巨大比重。那个宝爱我的慈父，使我铭记在心的教诲是前进，是如何民富国强。在他主宰的大家庭中，在东北大地吹拂的拓荒风中，我家里的尔诈我虞不是主流。因此，我没能体验过更甚的扭曲，我感觉到的只是浮光掠影。我所塑造的女人，跟着我的感觉走，只不过是表达了表层的控诉。

　　不过，说心里话，在"南玲北梅"并称的时间段，我并不欣赏张爱玲。

　　我这个二十岁的小女人，愣是把自己和祖国的命运捆在了一起。谁说怎样怎样抗敌，我便心向往之，竭尽全力以赴；谁说怎样怎样救国，我便心向往之，竭全力以赴。我盼望能在张爱玲那如椽的大笔中，看见奋发图强的女侠，看见女人们在新的主义中获得新生。可她让我看到的是曹七巧、是流苏。我一点也不喜欢流苏，更憎恶曹七巧。流苏是我熟习的拴在男人裤腰带上享受荣华富贵的我的大姐们，而曹七巧是比逼走我生母的掌家夫人更泯灭了人性的恶婆。张爱玲铺陈的使女对话、男女调情，我在钦佩她的独特风格之余，便是惋惜，惋惜她没有写出更轰轰烈烈的"倾城之恋"。其实，我当时渴望的轰轰烈烈，是连我自己也说不清的一种少年痴情。

　　现在经过几十年人生阅历，我才稍稍懂得了财富在人类社会中的基础作用，才明白了张爱玲笔下的社会是托出了缠绕我们民族的痼疾，她笔下的那些只会消耗的诸种人等多么鲜明，你能指望那些渣滓来为祖国舒贫解困吗？她提供的是应该下刀的救治点。捧读之余，我再次为她的深邃叫起好来。

　　而今，张爱玲带着她的冷隽之爱走了，并称的我却仍滞留在这恩恩怨怨的人世之间。我渴望与她对谈，说说姐妹之间才有的悄悄话。甚至狂想，能把一位倜傥的男士推荐给她，免得她在汽车旅馆里，独自伴着流徙，与孤寂相随、与跳蚤相斗。

　　望着纯净的蓝天，望着携带遐思的行云，我这个"北梅"说给"南玲"的心里话是："女人的环境在逐渐改善，你放心吧！"

我的大学生活

收入季羡林等著《大学往事：一个世纪的追忆》
北京昆仑出版社 2002 年 1 月，第 80—89 页

　　说起来惭愧，我的大学不是读过来而是混过来的。因此面对编辑的殷殷相邀我十分不安。我名义上是在读大学，其实，不是按规定的读什么，研究什么；而是按自己的选择，读了一些，研究了一些，一直混到校方宣布我毕业，我的大学生涯就画下了一个不具实质性的句号。我只盼望我的这份直白，能够获得读者的理解，因为这不仅仅是我一个人的心态，而是当年我们一批青年的处境。

　　1936 年，我从吉林省立女子师范的高中部毕业，面临的形势，对 16 岁的我来说，是压力重重，难以分解。如果我继续在"满洲"上大学，只能上女子高等师范。那个年代，那个地区，大学还没对女生开禁，延续上千年的重男轻女的习俗捆绑着社会。"满洲"，这块被日本人侵占了的沃土，在继续忽视女人。我不想学成之后当老师（我认为当老师最没出息。这个想法很狂妄，当时确实这样认为），虽然我很敬佩我中学的老师们（他们多半来自关内的北平、天津的大学）。我总有种说不清的疑惑，我不相信那个派驻了日本管理人员的女高师会有什么新知识给我。我渴望到北平或天津去上大学，找回不是"满洲国"而是中国的感觉。可是，当时泰山压顶的政治态势，我找不出抗争之路。

　　从家里来说，逝去慈父的家，对我是个不折不扣的金丝笼，恪守传统妇道的继母，认为女孩儿家书读到我这个份儿上是够可以的了，她的职责是：把我嫁到名门望族的大家去，做个锦衣玉食的少奶奶，她也就算是尽到心了。这个现实，我也无可奈何。

　　父亲金兰之交的张鸿鹄七叔，及时引导我走出了迷津。他说服继母，更得到了父亲去世后主持我家公司业务的侯尧雪伯伯的首肯，送我们姐弟四人一律去日本上学。他的理由简单明了，不容置辩。他说：由于父亲一直不肯就任满洲中央银行副总裁的官职，和日本的关系很僵。如送子女一律去日本读书，可以使这种僵直的关系缓上一闸；上关内读大学，"满洲国"币不能与中国货币兑换，学费不好解决。"满洲国"币能与日本国币自由兑换，生活水平也相差不多，家里负担得起。他用深沉的目光盯视着我，静静地说：日本比中国先进，你们可以学到很多知识。他建议，大弟、四弟去工业学校学电机，继承父亲实业振国的遗志，我和四妹去学医或学制药，学上一门自立于世的本领。

　　我们的这位张鸿鹄七叔，当时是哈尔滨市的电业局长，是我心目中和父亲一样的智者。这位毕业于日本东京帝大的留学生，和父亲亲密得很，在我家有很高的威望。他是和周恩来总理同时留日的好友，总理那首《大江东去》的绝句就是送给他的。其实，他是打入"满洲国"高官阶层的异己分子，是为中共工作的，这个情况，是我以后才知道的。

　　如此，我们去日本留学的事就定下来了。父亲青年时在日本正金银行的同事，当时是"满洲国"主管经济的藤本，这位一直作为说客请父亲就任"满洲国"高官的藤本，知道我们四人要去日本读书，立时派人送来了介绍入学的各种关卡，当时，"满洲国"的学制向日本看齐，我进大学，弟妹进中学都很方便。

另外一封来自我母校的推荐信，加速了我们去日本的日程。信是吉林女师的日籍副校长村田琴写来的。这位被同学们背地里叫做穆老太，举止高雅、礼貌周全的典型的日本知识女性，殷殷切切地劝我就去她的母校——日本东京女子大学就读。她之所以这样赏识我，是因为我表现并做到了她所渴想塑造的"满洲淑女"的形象。其实，这不过是出滑稽戏，我只是玩了个简单的遮眼法而已。那年，正逢"满洲国"的"康德皇帝"去日本认亲，回来后发表了《访日回銮训民诏书》，说什么皇帝他也是天照大神（日本大和民族的始祖）的子孙，以之佐证日满是真正的兄弟之邦。对这份"诏书"，"满洲"老百姓以不睬对之。事情是明摆着的，几千年来乃是炎黄子孙的认祖情怀是流淌在老百姓的碧血之中。硬扯什么天照大神岂不是天大的笑话，狗肉怎么贴也粘不到羊身上呀！可我们村田琴老师，却命令我们默写皇帝的"回銮训民诏书"以示忠诚；且规定，不及格者不予毕业。这可真真正正的是道难题，我们连看都没仔细看过那篇亦文亦白、咬牙嚼字的"诏书"，如何默写得出来？同学们一筹莫展之际，身为班长的我出了个鬼主意，我去向村田请示：为了表示对皇上恭敬，我们愿意用宣纸与毛笔来恭默诏书，她欣然同意。我们备好了宣纸，备好了墨汁，为怕墨汁洇纸，还备了一张衬纸。点子就出在衬纸上，我们用铅笔，淡淡地用ㄅㄆㄇㄈ在衬纸上拼写了"诏书"。村田不认识ㄅㄆㄇㄈ，也没想到这里有鬼。当她拿到我们全班一致默写得整整齐齐的"诏书"考卷时，开心地微笑着，这是她的最佳的工作业绩，她为"日满一体"作出了贡献，她为"满洲国"培养了一批高标准的淑女。

1937年初春，日本的新学年开始之时，我们四个"满洲"少年，便踏上了那美丽的岛国，樱花如云如霞地迎接了我们。

　　我去东京女大报到，村田的推荐信早就来了，女大招生的老师简单地问了问我的情况，便录取我为历史系的一年级新生，试读期半年。我的大学生活就这样轻易地揭开了序幕。

　　东京的景象，引发了我这个殖民地中长大的女儿的万千思绪。按照当时日本社会上的惯例：老百姓把部分房屋租给留学生下榻（叫做贷家），于是我住进了名叫吉野的一个日本住友公司的小职员之家。吉野太太对我们非常友好，招呼得十分周到，她叫弟弟们为学生仔、叫我和妹妹为闺女们。这个宛如家人的称呼，使我们丢掉了诸多疑惑和不安。吉野一家人的面目和君临"满洲"的日本人相差实在是太大了。住熟了之后，我才明白，日本的媒体宣扬的是用日本的先进技术帮助技术落后的"满洲"开发资源，以达到两国的共同富裕。没见过殖民者烧杀抢掠真面目的日本老百姓，真诚地相信这个美丽的谎言。因为日本确实资源匮乏，"满洲"又确实没有先进技术。而且，从明治维新以来，媒体一直着重渲染的是白种人对黄种人的歧视，同是黑头发黄皮肤的日本人和"满洲"人必须通力合作，改变白种人垄断世界的局势。这个渲染，很合表面谦虚其实自视极高的大和民族的胃口。

　　接触了日本本土，我体认到，我在"满洲"学的那点点日语只不过是个皮毛，要在日本住下去必须把日语学通。

　　经过思虑，我没正式去女大上学，而是进了东亚日本语学校的高级班。留学生的前辈告诉我们，创办东亚日语学校的松本老人，是个中国通，他一直反对政府侵略中国，是中国人的真朋友。

　　那时，松本老人已经退休了，他不时地到学校里来巡视。碰见他，他了解了我的情况之后，不是向我说什么兄弟之邦、日满一体的鬼话，而是给我讲了个民间故事。他说：日本人进"满洲"，是趁菩萨瞌睡，小鬼偷吃了供奉给菩萨的油豆腐。他的这个比喻，把我惊呆了。我开始思索起战争，渴望知道战争的诸多内涵，十多岁的一个女娃，狂妄地把民族兴亡的重大课题和自己搅在了一起，从心底感谢松本老人给我上了一堂意味深长的战争课。

我们这一代在东北大地上长起来的青少年，最迫切的愿望就是想知道关内，也就是中国大陆上的各种情况。"满洲国"成立以后，关内的书籍一律不准进境。中学虽然学的仍是中华书局和商务印书馆刊行的课本（"满洲国"还没来得及做出自己的课本，1938年以后便全改了），但那都是过去式。我们需要了解现时，需要明白自己的处境，需要探究未来，我们东北的年轻人，是背负着几代人的被侵略的苦难长大的。我的那个富有的家族，我的那个一心想振兴实业的父亲，是在不断地跟租界的洋老爷们打交道，拼搏过来的；他的发家史，步步伴随着难耐。具体到女人身上，悲惨到凄绝人寰。我的祖姑姑据说是美甲一方，日俄战争后，横行在东北大地上的沙俄军仓皇溃退，他们用来购粮强塞给老百姓的沙俄纸币——羌帖，一夜之间成了废纸；祖爷爷在家无隔宿粮的情况下，把祖姑姑聘给一位土地主的病儿子换回来果腹的高粱。祖姑姑在备受欺凌的情况下，二十岁上便郁郁而死。我的姑姑用那花花绿绿的纸币给我们折叠偶人游戏，告诉我们老百姓是怎样受羌帖的跌宕而家破人亡，就是这位姑姑也因为姑父吸食鸦片夭折而年轻守寡，不得不依靠娘家度日。

英国人强送给中国人民的鸦片，"满洲国"成立以后，成了公开的娱乐品，我的堂兄，二十岁不到便陷入了吸鸦片的毒坑而一蹶不振。

侵略者造成的各种伤害，是嵌在我们的骨髓之中的，我们无法回避身陷水火的处境。松本老人给我的启迪，至今难忘。

卅年代的东京，中国留日的学生有个组织——中华同学会，人们告诫我，去那里，会受到"满洲"特务的监视。我没有被吓倒，终于打听到了，我们吉林女师的一个叫颜毓荷的同学，初中毕业后去北平读了民国大学，常在中华同学会出入。于是，在颜毓荷那响着风铃的贷家小屋里，我见到了一群颜的朋友。他们悄悄地为我唱起了东北流亡学生的歌曲："我的家在东北松花江上"；指引我去内山书店看中国大后方的书，指引我去逛神田街的书市……那是些什么样的书啊！朱光潜的《论美学》、郭沫若的《屈原》、何其芳的《画梦录》……还有萧红的《商市街》、萧军的《八月的乡村》。我的视野扩展到了中华大地，我的同胞在我的眼前活生生地站立起来，我找到了中国人的感觉。民族的温暖使我心潮激荡，我忘记了我的东京女大，我在上着中国人的大学，在日本帝国的心脏——东京。

神田街的书市拓宽了我的思维，我看到了日本人重视文化的一面，那结晶着人类智慧的书带着馨香溶入了我的躯体，书摊旁的盏盏小灯，合着夜的深邃向我述说着世事沧桑，向我介绍了马列主义，给我说明什么是剥削，什么是剩余价值，我浮沉在书海中，上着真正的大学。

这时我结识了我的丈夫柳，他在北平辅仁大学学数学，中途来到日本的早稻田大学学经济，他说中国的落后，病根在于没有现代的经济。他是个非常非常好学的人，正着迷于早大的早期毕业生、当时是名记者的石桥湛山关于中日两国国情的论述，他说，石桥的论述说尽了中日战争的不可避免性。卢沟桥的炮声，证明了石桥论断的准确。给我上了关于故乡沦陷的主课。

丈夫考进日本大阪《每日新闻》社做记者后，我转学到了神户女子大学，那间私立的，由东京女大早期毕业生主持的大学是培养贵妇人的温床，日本很多女名人、很多外交官的夫人都出自该校。我选择了家事课，只因为家事课的功课比较轻松，我要腾出时间来读我自己选定的课业。

当时的日本，把席卷二十世纪的马列主义作为学术研究对待。他们也抓共产党，但不禁书，就说列宁的《国家与革命》吧，就有两三种不同的由俄文、德文译成的日文版本。当时在京都帝国大学读经济的于明仁，在奈良女高师学历史的田琳，同是大阪《每日新闻》记者的鲁凡、雪萤和我及丈夫成立了自发学习的小团体，像吞食食粮一样地猎食着这些红色书籍。想起那时的热忱，至今仍然心动。一位哲学家曾总结说：二十世纪初期的青年，不信仰共产主义是没有心，真是一语中的。

随着华北的王克敏傀儡政权的建立，南京汪精卫的伪政权建立，我对国民党政府的腐败无能有如目睹，我完全丧失了对国民党可以抗日取胜的信心。我在中华同学会看到过的资料证明，是蒋介石命令张学良不抵抗日军而丢失了东北的。张学良在我的心中有一定的威望，父亲当年的创业是张学良的改良政策支持的……

我们如饥似渴地寻觅着救国之路，究竟一个什么样的政权才能打败侵略者，我们互相辩论，互相启发，度过了无数个不眠之夜。在日本的古都奈良，凌晨走出夜读的田琳的小屋，奈良温婉的小鹿呦呦地叫着走过来接受人们的抚摸时，我总是泪在眼眶里转，把自己的宵夜——白薯干送到小鹿的唇边。那时，日本人果腹的白米已经短缺了。我们学校里也有了所谓的"勤劳奉仕"，不定期地到被服厂去协助缝制军衣。庞大的军服需要，说明战争的激烈化程度，被媒体煽起来陷入战争泥淖的日本百姓也朦胧地觉察到了大东亚帝国很可能是个难圆的梦。

神户女大家事系的主课是古文学、美学、茶道、花道及外国语（英语、法语还有德语）。茶道所营造的人生气氛，对我影响很深，那是个洗涤灵魂的场所。学校里的茶道教室，围在一丛绿竹之中，我们按照茶道祖师千利修的规则，洗盏、泡茶、静心、修身，把世俗尘声锁定在翠竹之外，意静神驰地享受茶香中的恬淡人生。彼此奉茶时，我注意到了忧愁已经悄悄地爬上了这群淑女的眉梢，她们中的亲人——哥哥或弟弟，甚至是未婚夫、丈夫，出征后已经做了他乡之鬼。再恬淡，也无法脱开这种亲人遽亡的伤楚。

花道是个酬答天籁的课业，是再现自然和谐的美育课，我把黄玫瑰插在凸花的暗色玻璃瓶里，配上新生柳枝那白茸茸的毛毛狗，就感觉到春天在轻轻走近。如果换上褐色的芦荻来配黄玫瑰，那感觉便是秋天主管了人间。我们的花道老师，一个名叫美智子的高雅女士，对我在插花中的创意很为欣赏，但我们总是不欢而散。课业之后，她常常说："这种课业，满洲没有吧！"我很想回答一句"满洲的蔷薇是泡在血泊里的"，来刺刺她那把大和民族看得高于人类的傲慢，却几次都忍了下来。因为随着战争残酷的具体显现，我已经脱却了姑娘的鲁莽，我明白这种情绪的发泄，只能招致灾难。我只能保持我这个"满洲"淑女的形象才能顺利地学完课业。

神户女大的古文学课，以紫式部的《源氏物语》为重点，是必修课。我好不容易弄懂了日语古文语中的句式，才啃读了日本的这部关于两性爱情的千古绝唱。书里讲述的爱情坚贞得肝肠寸断，和我们中国的帝王一样，帝王可以移爱多方，皇妃和姬却总是忠于一身，非常非常的缠绵悱恻，非常非常的男性中心，我不喜欢书中那些仪态万方的女人，因为她们距离现实太远了，这当然是我对古文学的无知。其实是那个悲情时代，使我们这群背负着国恨家愁的热血青年无法接受爱情至上的信念了！

珍珠港的炮声，媒体吹嘘到了歇斯底里的境地，老百姓的反应却很淡，勿须说已经有人越来越明白战争怕是要赌不赢了。我们居住的小镇上，贴着出征之家标志的门户似乎一下子就冒出了很多，背负着婴儿的小母亲，手持"千人针"伫立街头，请你为她缀上祈福一针的景象是那样地令人心酸（"千人针"一条长布，上面画了一千个针点。日本的母亲们相信，只要一千个不相识的人都缝上祝福的一针，这条长布便具有了保护战场上兵士的神奇力量）。

女大的课业结束了，我得到了同学们的惜别礼物，不但是我们，连这些日本的淑女也不再提什么日满一体了。她们和我一样，悄悄地品味着民族的苦难。在这美丽的岛国里，尽管很多绿地都改种了水稻，果腹的稻米的配给量在减少、减少。而我，这个被共产主义洗涤了的头脑里，已经灌满了这样的思维：只有共产党才能拯救我的祖国。这是我的大学中最为紧要的一课。

柳辗转地接受了一项工作，我们想方设法不露痕迹地在我们居住的小镇上，在奈良、在京都、在大阪每次买上三日份的磺胺制剂留存起来，抗日战场上极缺这种新药留存。我们融入了抗战的外围，我们筹措着返回祖国，我的远离硝烟中的大学怕是要移地而上了。

电在我的故乡

收入郑重等著《另一个太阳》
上海文汇出版社 2002 年第 37—38 页

说起电的历史，一段尘封的往事，便鲜明地凸现出来。

我的故乡吉林省长春县（就是后来成为"满洲国"的首都叫"新京市"，现今是吉林省的长春市），在我有记忆的二十世纪二十年代，电的街灯是有了，但那只不过是几条大马路，小的街，疏疏落落，点的是长方形有玻璃罩子的煤油灯。老百姓家，富裕的用煤油灯；日子过得俭省的拮据人家，用的还是老祖宗留下的竖着两三根灯草棍的油灯。记忆中，几乎所有的左邻右舍的大姑娘小媳妇，一到傍晚，便都有个不变的工作——擦灯罩。那个吹成球形的玻璃灯罩，一头是个出烟的短筒，一头是个嵌在油灯座上的小圆口，那口不大，只有女人们的纤手才伸得进。劣质的煤油是不用说了，就是当时号称一等一的德士古煤油，燃烧起来，也会在灯罩的内壁，渍留下细细的煤烟灰。不伸进手去擦，就擦不掉。玻璃很薄，稍一不小心，就会把灯罩捅漏。我的同学因捅漏灯罩挨打挨骂的都有，灯罩很贵，因为不愿擦灯罩不做功课的也有。长春那地方，冬季很长，天黑得早，没有电灯做功课，是我们最大的苦恼。

当时的日租界，不但街上是电灯，人家用的也都是电灯。我们从老师的讲述里，知道那是中日战争后清政府划给日本人的租界地，租界地不归中国管。

　　好像是张学良挂起了青天白日旗的前后，市面上兴旺起来，小街上也出现了这样那样的商号。听爸爸说，人们要求政府建发电厂，政府没钱。人们又要求商会出面，从租界地的发电厂里拉出几条线来，先装上街灯。

　　为了这事，爸爸带上我去拜会王大爷，王大爷是裕昌源实业制粉公司的财东，和爸爸是老相识。王大爷的小女儿王文瑞是我在长春县立女子小学的同班同学。

　　那天晚上，爸爸和王大爷谈事，我和王文瑞玩偶人，那是几个哥萨克骑兵，是王家的老毛子（流亡的沙俄）马夫从俄国带来送给王文瑞的，很稀有。我俩摆弄着偶人：出操、正步走、列队走，不小心把他们军帽上的军徽碰落，便端上煤油灯爬到地板上去找。我俯在灯罩上面的额发，被灯焰燎着冒出烟来，吓得王文瑞一劲儿地尖叫。大人们忙来抚慰我们，王大娘说："可得小心，若是燎着了眉毛，可就找不着婆家了！"王大爷也笑着说："为了姑娘们，也得早日用上电灯。"

　　这确实是件无可奈何的事，号称长春县首富的王家和我家，也用煤油灯照明，虽然我们两家都有自备的小发电机，她家用来磨面，我家用来锯木榨油，可那是在工厂里，据说是发电机的功率小，用的燃油又很贵。

　　商会筹钱拉线的事好像过了很久很久，我问王文瑞，她说："爸爸说了，日本人要价太高，拉线不划算，还不如中国人自建一座电厂好。"于是，我们两个小女娃，竟为点电灯这样的民生大事唏嘘起来。不知道哪一天父辈们才能筹足款项建起电厂，让老百姓用上电灯，我们能在电灯下作功课。

　　一天，工厂打杂的王顺笑吟吟地走进家里，把一袋米撂在了厨师老高眼前，吩咐说："东家说了，就用这米焖饭，上上下下都吃。"

　　那仍然是袋高粱米，东北大地最适合生长高粱，几乎家家都吃高粱米饭，碾高粱的手段，也绝大多数是石磨，只碾去粗皮，没有碾掉的高粱内皮很涩，吃起来噎嗓子。作为德昌实业公司财东的爸爸，很早就有用电机舂高粱的想法，他说："必须用功率大的舂米机才行。"

　　王顺撂到厨房里的那袋米，是爸爸从日本引进了先进舂米机碾出来的新产品，高粱苦涩的内皮碾掉了，米粒的颜色不是暗红而是粉白，焖的饭，又香又经嚼。这得来不易的成果，是爸爸这般志士们不知费了多少周折，才建起来电厂，长春的百姓才用上了电，点上了电灯。

　　我小学的校长和老师吃了爸爸送去尝新的白高粱米后，那位头发斑白，拐着一双解放脚（曾经缠足），曾是长春有声望的进步女性之一的老女校长，热泪盈眶，柔声地说："孙先生，你为东北子民作了件好事，这是文化啊！"

　　爸爸受了启发，便把这个新产品命名为文化米。

　　文化米在东北大地上不胫而走，邻家的老光棍周爷爷，弥留前喝了两口文化米粥便心满意足的场景，极大地震撼了我那不谙世事的幼小心灵。我体味到了，那是他吃了一辈子涩高粱后的盛宴，是电带给他的恩物。

听歌小记

初刊《北京青年报》
2002 年 7 月 23 日

    我被一位同行带着去聆听刘索拉女士的独唱音乐会。对这位名声显赫的女作家、歌人来说，我几乎是怀着一种仰视的心情去的。因为同行说，她的人气很旺，她的歌和书已经在全世界不胫而走了。

    音乐会的地点"奢侈"，之所以这样说，因为地点曾经是清朝王爷的府邸，曾经是民国时期大资本家的豪宅，而今定名为中关村的桃花源——白家大宅门食府。

    由大门至正厅的通路上，两排红纱灯夹道，身着仆从式长衫、头戴清式红缨帽的侍者趋前致意。这个对来客的礼遇，不知是否是在印证昔日王府的雍容。引听众进入歌场的侍者换成了姑娘，她们穿着现代化了的唐装，色调凝重，与红缨帽相对应，这或者是又一种怀古幽情吧！

    演歌台设置在一个山石错落叠就的平台上，后面是倚丘而建的三间精舍。红漆黄瓦、绿窗茜纱，树冠掩映下，平台上只摆放着一架钢琴。据说，这位歌者要求的伴奏十分苛刻，要弹奏出能随着她恣意高扬的韵律相应、相对的和声，这可真是个考验素质的难题。

刘女士出场，一袭有魅力的黑色时装，衬得她挺拔潇洒。她曼声轻吟了，琴也相伴琮琤而起。刘女士的歌不配歌词，又是据说：她歌遍世界皆无歌词，都应该是种吟哦吧！吟哦出心声来。刘女士介绍说，她献上的这首曼歌叫《爸爸椅》，创意是椅子腿和椅子座的对话。我思忖：椅子腿是立着的，是竖的。椅子座是平着的，是横的，这是种相对，又是种相持。腿和座的对话当然不会完全是竖与横的纠缠，能是支撑与被支撑的相争吗？没有歌词的借助来领悟其中的奥秘，只有靠那有时温婉有时铿锵的吟唱来捕捉意境了。伴奏的琴音听得出来是在为那原嗓儿的吟唱润色，这是种架构式的合作吧！

这是一出张扬个性的吟唱，声调之多啭有大珠小珠落玉盘的丁咚，有微风戏水的潺潺，也有突发的一声裂帛。总之是一条精心构置的声之流，极尽起承转合之能事。如果说每一组和声都是一种人生态度的话，那就看你怎样领悟了。

刘女士是行遍世界的歌人，那种沉甸甸的以男性为中心的社会态相可能早已被她穿透。她在挥洒着女人的轻柔、女人的细致，更多的是一种生活在富裕平台上才可能有的抒情。如果，女人、众多的女人，都能有一个自己抒情的平台，那该是个多么祥和的境界，那才是真正意义上的现代化吧！因为就是在我们亲爱的首都北京——电视里热播的是女人受摧残的千古悲剧——《不要和陌生人说话》；中央电视台的社会经纬栏目里，在讨论防止家庭暴力的议题。街头巷尾，也仍然不时爆出包二奶的拜金行事。

听众中，靓女不少，不知道她们听了这组和声，会不会引发思索。这组既挑战男人又妥协男人的如簧之声，至少标明了女人正在前进，正在大力驶往"自由女人"的彼岸。这无疑是好事。加拿大的民主积极分子 Nellie · Mclung 说："国家的前途依靠于妇女的社会地位。"刘女士的歌声标明了她已经到达了"自由女人"的彼岸，众家姐妹，随之则个。核心是：必须像索拉一样紧握坚韧。

赏花·读书

初刊上海《文汇读书周报》
2003 年 6 月 6 日

同事小田为我贺岁送我漳州水仙。这两株饱满的水仙，一朵接着一朵，在我的案头怒放。香啊！轻幽幽的甜香漫过来，宁静恬适，我享受着人情、花情。

有两只小虹虫，在花间旋飞，它们那么小，小到你看不清它们躯体的形态；它们却旋飞得十分轻盈，我不由得低吟起英国诗人、版画家威·布莱克的诗句："如若思想是生命、是呼吸也是力量，思想的贫乏，便是死亡。那么，我就是个快活的虹虫，无论我是死去，或是我生存。"

这位在时间上与我们相距三百多年，地域上远隔千山万水的诗人说给我们的知心话多么实在。我这个小"虹虫"正因为有了思想的力量，才倾听到了水仙的幽幽密语，才感觉到了小虹虫旋飞得那么轻盈。

这是杨苡大姐送给我的新年祝福，她把经历了希望、湮灭、再希望过程的《天真与经验之歌》送给我，让我和她同享这本译作出版的不易与幸福。这位以《呼啸山庄》等精美译作献给文坛的女翻译家，很欣赏布莱克幸福且酸涩的情怀，她在译后记中说："这人间每天不知有多少莽撞的手掸掉了'虹虫'的翅膀……"

布莱克的诗道尽了他非凡的个性，伴随着他独具一格的版画，使得这本《天真与经验之歌》超越了时空，向我们昭示着善与恶的分界。他纯朴的天真是如此可爱，他在诗中写道："月亮像一朵花，高高地挂在天上。"多么快乐浪漫的心态！他又说："玛丽和苏珊还有一个艾米莉，用她们圆圆的小嘴唱着哈哈嘻！"多么欢喜的意韵。这些是诗人用乡土味的笔，蘸满了清清的水写下了画下了的永恒欢乐。

版画配诗、诗配版画、诗画交融，布莱克把三百年前的英国庶民用他特有的构思与艺术手段贴贴切切地留给了我们。版画中一再现身的母亲总是絮语着家的温馨，而牧童、牧羊人，还有那夸张了的牧笛又吟唱得多么和谐。

在叙述人类繁衍的两性故事时，画家创刻了这样的图画。那个人类传代的器官，被处理得笔直又松弛，顶端分裂，摇晃着小小的带翅膀的快乐人形，还有个稳坐的穿着绿袍的母亲。

布莱克把人世间的愚昧、自私、嫉妒等恶习的源起归罪于贫穷，这是真正的真知灼见。在第三十三幅版画中，看见的是冷酷的礁石，是无叶的光秃秃的树，是阴湿的海岸，绝望的母亲凝望着婴儿的尸体。悲怆道尽，诗人在述说着炙心的痛楚。

杨苡大姐为出版这本译作，经受了虮虫般的无奈。她说："我终于又能将这个小小的译作奉献出来，也可以说我这个'虮虫'是幸运的。因此也是快活的。布莱克字字珠玑的诗和他独特的版画将与世永存。"

《天真与经验之歌》的封面，用的是布莱克制造的一条蛇，花纹斑驳。蛇身有力又柔软，长长的蛇信在垂涎着什么，而小却明亮的眼睛，闪着狡黠的光。说不清是善、是恶、是贪求还是选择，这是版画家留给我们读者的思索吧！

2003 年羊年新春

芥川龙之介的寓言《金蛛之丝》

初刊呼和浩特《清泉》第 8 期
2003 年 7 月 1 日

日本现实主义大师芥川龙之介写过一则寓言《金蛛之丝》，说的是佛祖释迦和一个江洋大盗的故事，寓意颇深。

寓言是这样起始的：佛祖在天堂的极乐池边散步，看着婷婷开放的池中白莲，兴起了救人的念头。他从白莲花的缝隙间，向极乐池的底层地狱望去，地狱的血海中，恶人们在里面浮沉、跌扑，佛祖看见了垂死挣扎的江洋大盗坎老大。

坎老大有过一个极小极小的善举，在一次行路中，曾不忍心踩死一只脚下的小蜘蛛。坎老大向自己说："好歹这也是一条命啊，不能无端踩杀！"

佛祖顺手拈起来正在极乐池畔结网的金蛛，向血海抛去。金蛛闪着希望的光芒。把长长的蛛丝飘向血海。坎老大看见了这条救命的金蛛之丝，试探着捉牢，便向上攀登起来。当他的身子真正地浮出了血海，他狂喜了，放开喉咙大喊："救命的金蛛，万岁！万岁！"

当他俯首回望血海时，见血海中的恶人你推我搡，互相殴打，也攀着金蛛之丝向上爬，坎老大怒从心头起，厉声吼道："混蛋！下去，下去！这金蛛之丝是我的，是我坎老大的！"

语音方竟，咯嘣一声巨响，金蛛之丝断成了两截，坎老大重坠血海。

寓言结尾是：佛祖仍然闲步在极乐池边，白莲婷婷开放，散着清香。

有一丝向善之举，便可搭手挽救，哪怕他曾是江洋大盗，这是佛祖心肠。

这一则寓言故事，是日本讲谈社出版的名作系列之一，芥川龙之介撰文，朝仓摄配图，二十世纪七十年代发行后，风行一时。

读金庸

初刊北京《群言》
2003 年 8 期

　　为金庸的《侠客行》，去拜访美国华盛顿大学的查尔斯副教授。介绍人说：教授正在把《侠客行》译为英文。女儿想去会会他，看看这项译作进行到了什么程度，为她的出版社，拿到英译作的版权。在美丽的西雅图近郊，女儿按图索骥，终于找到了教授居住的小镇。那是北美最佳的气候区之一：不冷不热，蓝天白云，轻风冉冉吹拂，绿树婆娑弄影，一种说不出的恬静。

　　教授的家是一座掩藏在绿荫中的平房，短短的铁艺墙，矮矮的小铁门，墙上、门上缠满了盛开的蔷薇，甜香袭人，一色纯白，衬得屋间那簇高高的红杜鹃，红得像在燃烧。那屋顶使我惊诧不已，怎么竟是茅草覆盖？定睛望去，才看清了那是一种现代化的屋瓦，波纹粗犷，弄影的树荫，使它泛出老茅一样的褚黄来。这个错觉，很可能基于我的联想：拜访教授之前，介绍人告诉我们，教授的中文造诣非同一般，曾在晚会上，当场口译过杜甫的《茅屋为秋风所破歌》。他还加了一句：译的就算不错了，该传达的意思都说到了，只是少了些杜圣的苍凉韵味。

　　教授是不是真的有一次这样的当场献艺，我很想证实一下。无奈，他和女儿的对谈稠密，我没有抓到插嘴的机会。

拜访教授之前，和女儿就《侠客行》中武功招式作了析读。因为研究金庸的智者们说：金庸是靠排比式的文学语境来阐述武功的。看来是这么回事。比如，他设置的进招是风沙莽莽，应招是大海沉沙。以滚滚而上的巨浪压下莽莽而至的尘沙，可以悟出这是两股力量的较量。又如进招是月色黄昏，应招是赤日炎炎。月色黄昏是意境是体会，赤日炎炎也是意境加体会，勉强测悟出这是冷热对应。可冷热是感觉，什么样的形体动作能在交手的一瞬间表现出冷热的相克呢？把这样的汉语语境化作腾、挪、踢、打的武功招式已经很困难了，语序结构相异的英文又如何能够道出个中三昧？看惯了舞台上的武功作秀，完全想象不出这样的语境可以化成武功。而这武功正是侠客的看家本领，是金庸人物的亮点，也是金庸结构的人物的心情脾性。

聆听女儿与教授的对谈，即使是已把美式英语说得潺潺溪流似的自如，女儿也不时卡壳，蹦出莽莽、炎炎这样的中文形容词来。教授的应对同样是汉语不时出现。可能因为拘于对讲的刹那瞬间吧，教授流露出的英式思维的汉语，把动词摆在了名词的前面。

我自忖，教授选择了一份多么艰难的作业。

随着电影《卧虎藏龙》在北美大地上铺开，中国武功带起来的中国热，悄悄走进了北美华裔青年的价值取向。在加拿大温哥华市一号街一间小巧的理发屋里，一位完全不谙汉语的黑发黄皮肤姑娘——这个小屋的第三代传人，向我展示她们创办的杂志：《Banana》，封面是一根丰丰满满的香蕉，掀开一角黄皮，裸露出白色的肉体。姑娘指指香蕉又指指自己，我们俩都会心地笑了起来。姑娘告诉我，是"卧"片唤醒了他们这一代人的中国心。也许，查尔斯教授也因为这个"中国热"才关注到《侠客行》的吧。

教授有位华裔夫人，还有个未能完全站稳的娃儿。这个黑发碧睛的小男儿一摔倒便呼叫妈咪。教授趋前呵护，他便摇着小胖手"No，No"地加以拒绝。这是个英中合璧的家庭，中西文化交汇，人们期待的是双赢格局。但愿教授在夫人的陶冶下，能够体会到中华儿女那与生俱来的沉重感，体会到杜诗中蕴含的苍凉。我以为这苍凉是中华儿女对历史的叩问，这叩问督促着我们去创造更多的自主和自信。只有在洋溢着自主、自信的环境中，我们的侠客才能像行走在西方大地上的大侠佐罗一样，在路见不平拔刀相助的当儿，开怀地仰天长笑。

再次给司密斯鼓掌

初刊沈阳《统战月刊》
2003 年第 8 期

　　1997 年，加拿大温哥华哥伦比亚大学历史系的诺尔曼·司密斯，在不经意间闯进了我的生活。当时他是读博士课程的学子。6 年来，他和我反复切磋学问，成了跨国学友。2002 年他的研究东北沦陷区女性文学创新之作的博士论文通过了答辩。他数次来中国，为他的课题孜孜不倦，我被他的精神带动，也写了两篇有关东北沦陷区女作家的文章。我的小文之《一代故人》在北京《博览群书》上发表后，立即得到了诺尔曼的回声。我求助于《博览群书》的常大林主编，希望把这位博士用中文写就的文章予以刊出，意在传播，更为了鼓励。我有个小心眼，因为东北沦陷区文学被相对冷落，这也算是个亮点吧！

　　如今，这个诺尔曼更是意气风发了，加拿大政府颁给他奖金，使他有能力去美国的斯坦福、华盛顿（2003 年）、英国的牛津（2004 年）等名校作进一步的考察研究，充实他对在中国东北沦陷区高压政策下敢于迂回抗争的女作家的论述，从而索引出不同时段、不同地区在女性作家作品中体现出的女性、母性，这种女性、母性被诺尔曼界定为人类不屈的感情之源。

我女儿柳青把中国东北沦陷区女作家蓝苓逝世的事告诉诺尔曼之后，诺尔曼用中文写了怀念文章，他还为文章制作了一个画页，这画页有蓝苓文章《日出》的复印件，有蓝苓送给他的画幅，还有诺尔曼他们母子与蓝苓的合影。这次，我思虑再三，渴望它能在东北大地露面，于是便求助于东北的文坛权威、我们的全国人大常委——张毓茂①先生，盼望经他推荐，诺尔曼的情愫能在东北大地落地，蓝苓能够含笑九天。殷切之情，我在翘首以待。

2003 年 5 月

---

① 张毓茂（1935 年 6 月—2019 年 2 月 3 日）主编《东北现代文学大系》。

灵魂的蹭蹬
——观光神秘之家浮想

初刊辽宁《统战月刊》
2003 年 12 期

被定位为美国加州 868 号历史性建筑物的莎拉·温彻斯特夫人庄园，是幢占地 24000 平方英尺，拥有 160 个房间、三又四层楼台错落的巨型邸宅。这个维多利亚式的古建筑，巨树掩映，花坛纷呈，喷泉淙淙潺潺，很是幽深静谧。更因为它被标定为神秘之家或怪异之家，使得这幢坐落在旧金山市圣荷西镇的观光景点，很难不令人浮想联翩。

英文导游图的封面，温彻斯特名号和神秘之家两行字，是用一枝现在看起来古旧、当年却是最先进、最锐利、最应手的杀人利器——温彻斯特步枪托起：挺拔的枪管，姣美的枪身，看上去十分轻便，甚至可爱，而日文导游图的封面，挺拔的枪管直刺晴空，枪托下面，才是邸宅的剪影，直刺晴空的枪管两侧各绘有一个幽灵头形，表情暧昧，是神是鬼，无从判断。

这两份说明的构思都很清楚，这幢神秘庄园的房主是温彻斯特步枪。

第一次世界大战中，温彻斯特步枪被交战双方争相使用，也就是说，不同国籍、不同肤色的万千士兵以及庶民饮其利弹而死，成了无从归依的孤魂野鬼，而制枪公司的利润却滚滚而来。

这笔天文数字的财富落在了莎拉·温彻斯特夫人头上，以日计算，扣除税金，每日仍有一千美元的进账（这可是一百多年前的美元），真正是日进斗金，而莎拉夫人也就成了当年独步世界的富婆。

这幢邸宅，原本只不过是有几间主屋、两间棚屋的农家小院。1882年莎拉买进后，在她居住的三十八年间，每年、每月、每天、每时不停地修建、扩展、扩展、修建，达到了如此规模。遗憾的是，这幢邸宅并未完全竣工，留有一些半拉子工程，比如观众看到的、被莎拉认为最称心的第十三号浴室，开了十三扇窗，其中六扇装有昂贵的宝石云朵，花苞一样的喷头，还没接上水源。又如，神秘的十三号楼梯，开启的门还没安上把手等等。

莎拉在丈夫和幼子不幸骤亡之后，伤心之余，向预言家请示前途。预言家警告她，死于温彻斯特步枪的众多冤魂，时时窥伺着向温彻斯特家族作出报复，只有施工的音响，才能摒退它们。

莎拉相信这项警示。

为了祈求死魂灵放过自己，莎拉在这个农家小院的基地上，修建、扩展、扩展、修建。她日常雇佣着十三个大工（手艺人），临时工随用随叫，十个家政妇、八个园艺师、两个车夫。她要求，所有的雇佣人等，必须时刻听候差遣。因此，她付出的工资是普通工资的三倍，且提供全部食宿。因为，她需要的不仅仅是日常生活的侍应，更是为了安抚灵魂。她在她的大起居室里，装了二百五十扇窗，很多窗装在天花板上，又装上了玻璃地板，以便监视雇佣人等。其实这是个再愚蠢不过的设计，她往玻璃地板上一站，透过不同角度的窗户，她便纤微毕现，不是她监视别人，而是别人监视着她。

邸宅中，仅仅留有一幅莎拉的肖像照。这位身高一点四七米、体重四十五公斤的女人，是西方人中少见的小个头。她长裙拽地、娇小婀娜，表情矜持，看不出有什么常人的喜怒之情。是不是可以这样猜想：因为有如渊的财富托拥着她，她可以想干什么就干什么，可她却失去了惬意的感觉。

西方人嫌弃的十三，成了邸宅的特色。首先是门庭，这门庭是用混凝土特制的角石排成十三列而成，十分隐蔽幽深。莎拉外出时，车子要开到门庭深处，她才上车。传闻说莎拉刻意避免与陌生人相遇，这是多么戒备的人生！

最具标志性的是莎拉的"降神术间"，这是只有莎拉一个人可以进入的房间，房间里空空荡荡，壁上却依次挂有十三件外套，这是为暗夜中来访的幽灵准备的。莎拉本身惧冷，这显示了莎拉也有如常人的知人冷暖。在这个降神术间，设置了三个出口，一个开在天花板上，一个开在窗户上，一个是门却不能直接开启，也许这是莎拉在和来访者们斗智吧！

晚年的莎拉，为关节炎所苦，她几乎全部时间都待在暖房里，她心爱的一间暖房，有七个暖炉，三个烧木炭，四个烧瓦斯，一向全部起火。适合莎拉身量的洗漱器，有一个进水口，排水口倒有 13 个，不知莎拉想排出的是水，还是疑惧。

邸宅在穷奢极侈上，可以说是世界独一。莎拉的大会客室全部用非洲樫木手雕而成。装饰暖炉的柱子，雕有樱的花纹，而这样一个柱子，一个细木工要雕上一年，可见工程之精致。莎拉几乎没有客人，大会客室接待的是流走的岁月。

同样奢华精美的是莎拉的大舞蹈室，它的音响优美动听，连使用的粘合剂和小钉都是特别的。室内的吸音装置一律用十三块轻型质板拼接而成。用瓦斯作能源的枝形花灯一律是十三枝，用彩色玻璃镶嵌的窗扉上，刻有一句据说是莎士比亚的戏剧台词，出处、含意，尚无人找到和解出。

莎拉很喜欢带有茸茸毛边的白色云朵。她立意把这个自然奇景搬进室内。她命令制作了一扇窗、一扇门，用白玉和各色宝石镶就（价值世界第一），摆放在无法开启的位置上，玉和宝石闪出的冷光变幻奇异，不知道这能不能使莎拉感觉到云朵是她灵魂的一个庇护所。

莎拉为她仅有的一个内亲——她的侄子修建了一个东洋风格的住所，不仅建筑用的壁纸、瓷砖等材料来自日本，连有日本特色的细竹也是远涉重洋而来。她为这个日式住室配备了玩具式的楼梯，七阶下、十一阶上，总高只有三英尺。莎拉与亲人相处时，也用这种迷离的措施。

建于四层楼上的一座凉台，是鸟瞰邸宅的最佳观赏点。纵目望去，用十三种彩色玻璃镶就的圆屋顶是莎拉命名的绿屋，里面养植着奇花异草。而外形是教堂的屋宇，是莎拉的洗车库，附有最先进的洗车设备。与车库相邻的是钟塔，塔中之钟是为呼叫园中干活儿的工人所设。无论是绿屋、无论是洗车库，还是钟塔，单个看上去都很精美，纵观之后，个个突兀很不协调。据邻居说，这塔中之钟，午夜鸣响，负有呼唤莎拉灵魂的任务。莎拉可能没顾及到，这午夜呼唤灵魂的钟声，对她在宽敞的家中饲养的珍禽是不是一种干扰。鸟儿也是夜宿的，这突然轰响的金属之声，会不会使它们扑啦啦惊惧而起，为寂静的夜添加混乱。

莎拉的家当常人无法想象。她的材料库，由原来的农家棚屋改建而成。里面的手制玻璃，是纽约名牌厂家达芙尼所特制，木料是贵重的桃花心木等等，壁纸来自北美的两家名厂。这个材料库，估价两万五千美元以上。那个为莎拉制作服装、为各式房间制作窗帷、为各式沙发制作靠垫的叫做缝纫间小屋，简直就是个绸布店，呢绒、丝绸、棉布、麻布，还有尼龙，琳琅满目，应有尽有。

1906 年的大地震，对莎拉震动很大。仆人们在她命名为延寿菊的寝室里发现她时，她全身颤抖，手足无措。她认定：她命中的灾难，还远远没有酬解，这是她努力的方向不对，她下令关闭了前部采光充分的三十个房间，包括她最得意的已经使用了六年的厨房。那间厨房全部木结构，连洗涤池也是细木嵌成，大地震对这个厨房丝毫无损。她不认为这是奇迹，而是蹊跷。她下令堵死了那座她为了迎合潮流，为她量身定做，她命名为嬉皮士的楼梯。那楼梯常人侧身而行时，仍有行不得的感觉，只有她可以姗姗而过。

改变了主意的莎拉，倾全力对邸宅后部加以修整，于是在邸宅深处，建筑之声，声声入耳，修改与扩展并举，哪儿不顺眼，哪儿便被推倒，哪儿顺眼，哪儿便突兀而立，摧毁与重建的施工声响，伴随着莎拉夫人的日日夜夜。

1922 年 9 月 5 日，享年八十二岁的莎拉夫人寿终正寝，从未停歇的施工音响随着莎拉的最后一息戛然而止。截至这一天，这幢巨宅，共拥有一万个窗，两千个门，五十二个天窗，四十七个暖炉（其中一个完全由手工制作），四十个楼梯，六十个居室，六个厨房，三部电梯，三个地下室，还有未完成的浴室及莎拉自己设计的一个安乐椅等等。

莎拉惟一的亲人——她的内侄，将她的财产进行拍卖，每天用八台卡车运了六周才运完，按照莎拉的遗嘱，这笔资金散给了莎拉的亲友和她的贴身佣人。

当地政府为了保存这段斑驳的历史，按莎拉生前的原貌做了修复，成为一个观光景点。

莎拉的一生，成为历史现象的现代遗存。虚拟和现实编织了莎拉的生命。作为一个人，尽管莎拉有挥洒不尽的财富，赋予她可以随心所欲差遣别人的权力。她想抗衡，想逃避，想卸掉却终生未能卸掉的是对善的负疚感，什么规模的财富也救助不了这个。神秘之家的所有举措，以共振的声波向观众证明了这一点，尽管触目皆是不祥的十三，莎拉并没有获得"祥"的惬意。是不是可以这样说，莎拉以她特有的方式对"善"进行了不懈的赎买。

诗人与我

初刊上海《文汇读书周报》
2004 年 3 月 15 日

《幸存的一粟》（山东画报版）作者成幼殊走进我的生活，我惊喜参半。她那不一般的家世、圣约翰大学的学历、显赫的外交官生涯，都使我产生了距离感。这是因为我心中有个挥之又来的阴影，我曾被划为"敌人"的定位，捆缚着我的神经，总是不知不觉间，对"官"兴不起亲近感。这当然既可笑又可悲，我正在极力洗涤，成幼殊的信和诗，给我的是一帖清洗剂。

我和成幼殊，算得上是同一年龄段的人。那个时间段，积弱的国家在探索，青年在选择，中华民族传统的士子情怀，使得我们都怀有报国的激情，选定了马列主义，走过了跌宕的大半生。相对来说，她是幸运的，她生命中的挫折，是涟漪。而我遭遇的却是惊涛骇浪。如今细想起来这其实也是一种幸运，它使得我这个自小锦衣玉食的女儿接触到了民族的苦难，懂得了脚下的大地是负荷着多么沉重的过往，而我当年又是个多么莽撞的黄口孺子。

幼殊的诗印证了我的世界，她说：

声声的小妹，是在呼唤着谁家的小女儿？

我认为，这也是对我的呼唤，是时代是祖国呼唤着幼小者的我们进入社会。她在《羚羊篇》中写道：

年青的岁月，是一匹羚羊，沾满残露和草香的蹄声，从远远的谷底走过来。

这是群非常单纯的小生命，残露和草香滋养着他们成长，诗人接着问了：

小羚羊，你怎么办？
小羚羊摇着毛茸茸的长耳——哪里去呢？

这完全是幅怡眼的画图，小羚羊在思索，在选择。诗人说：

父母赋予我的生命之火，春风将它吹燃！

这春风是思想的力量，小羚羊找到了理想哺育的队伍，唱出了雄壮的队列之歌，请听：

像狂风吹过死寂的森林，我们的脚踏过荒野，枯草便会笑着变青。

多么意气风发，能使枯草笑着变青的队伍，具有改天换地的力量。摇着毛茸茸长耳的小羚羊，成长为革命的斗士，圣约翰大学的民主、自由的气息，拓宽了她的思维广度，小羚羊得到了读书的自由，得到了时代的恩赐，而亲爱的姐妹们却仍然生活在桎梏之中，姑娘极想呼唤，极想高歌。于是，写出了这样的歌词：

打断我们的锁链，抛下几千年的悲哀，我们要争取妇女的彻底解放，为建设新的社会贡献力量。

在太阳还埋在阴霾之中的时候，诗人把这首歌献给纪念"三·八"国际妇女节的大会。这深情的呼唤，这铿锵的誓言，为大家广泛传唱，诗人站在使枯草变青的队伍中，引吭高歌。

而我，由于生长在沦为殖民地的大东北，不仅是强敌压顶，那尚未完全接受民主洗礼的土地，被统治者日本那大男人意识加以纵容，继续摧残着女人，环境的窒息，我找寻不到使枯草变青的队伍，我是生于衰草的一只草萤，尽管誓以自己的微光，灼亮黑暗的一点，我却只能哀呼："落在网里的鱼，只有自己找窟窿钻出去。"

红旗招展的时刻来临之后，幼殊凭着她的学历、经历，成为新中国人人称羡的外交官之一，更获得了如意郎君，一篇《赠》道尽了理想和爱情的双双莅临；而我，却因为丈夫那无法交代的死亡，更因为我那抛弃奢华投身革命难为世俗相信的激情，被定为另类，失去了自由的生活，更悲惨的是失去了我叙述心声的笔。

幼殊的女儿给周总理献花的瞬间，留在了历史的档案之中，也留在了幼殊的诗集之中，小姑娘那娇憨的微笑，证明了她生活得多么欢畅；而我那漂亮的女儿，却因为和反动的家庭划不清阶级界线，全部5分的学业成绩不准给予金质奖章，成了少女心中重如磐石的硬块，委屈得无从化解。

当然，这一切都由时间做了验证，我那过激的革命热情恢复了本原，笔回到了我的手中，惆怅的是：韶华东流入海，两鬓华发频添，岁月不饶人，我已经老了，老了。幼殊的诗抚慰了我，使我豁达了许多。我看到，她也因为政治层面的原因，几十年远离卓越的报人父亲；

而她的母亲，我们女人中的先驱者之一，也长久、长久地迷失了真挚的两情。沉甸甸的国情，同样折磨了不同的我们。

我非常欣赏幼殊的《雪之歌》，这首诗总能使我激动的心情平和，请听：

> 我是雪，我是喜悦，我飞舞，天上人间。
>
> 我是雪，我是喜悦，我弥漫，无际无边。
>
> ……
>
> 落在哪里，溶在哪里，化做春水，潺潺涓涓。
>
> 潺潺涓涓，无终无绝，上天成云，下降成雪，
>
> 我永在天上人间……

幼殊也将她的诗集送给了画家窦明娅，明娅来我家取书时，正是伊拉克遭受美机地毯式轰炸之时，我们同读着《雪之歌》，明娅苦笑着说："布什若有雪的情怀，伊拉克的人民也就不会遭难了。"

确实，潺潺涓涓无终无绝，这是大智大勇的情怀，是能使万物复苏的奇美，这心愫，是幼殊与众家姐妹、众家兄弟的灵犀一点。

多么好的一场独舞

初刊《北京青年报》
2004 年 4 月 16 日

题名为《那场雪》的独舞者出场了，他略略地低着头，轻轻悄悄地滑着双脚，似乎要和飞临的雪花同步。他穿的是白衣，也是白裤，是那种夸张了的唐服、那种绸质的霓裳，垂垂的，十分倜傥。这霓裳随着缓缓的碎步在缓缓摇曳。

舞者用十分隽美的姿势抱着一柄合着的小红伞，是那种令爱为自己添加色彩的姑娘们中意的小红伞，我却感到了一丝遗憾。这小红伞很青春，但显得飘浮，递减了舞者那凝重身形辐射出的中华儿女与生俱来的苍凉意韵。如果他抱着的是柄老百姓常有的油布伞，可能会更好吧！当然这是对舞台审美只是小学生水平的我的一项偏见。

这是个稳稳当当的男人，他用渴望的眼神凝望太空，天空阴阴的，似乎有迷离的光点在闪动。雪来了，他环顾四周，撑开了伞。顿了顿，感觉到了灵气，把伞抛开了；于是，用优美的滑步、颤步、跳步、腾身一跃的舞蹈词语，继而又用快速飞旋凌空跌扑等大动作，显示他在接受雪、承受雪，感觉到了雪赋给他的清新与滋润，为雪的降临而欢快，欢快牵引出了生命的愉悦，抒发了人在自然中捕捉到的天人合一的舒畅。

那个被抛掉的小红伞，张在地上，为灰蒙蒙的雨空增加了缤纷，看得出这是编舞的人企盼的为舞台增加活力的一个亮点。可我却仍然感觉这个小道具的分量不够，没有帮衬出应有的凝重，我这个观众，够挑剔的吧！

这雪是老祖宗杜甫衷心赞叹的"润物细无声"的春雨，是诗人毛泽东欣赏的"银装素裹"的妖娆，更是当代诗人成幼殊吟哦的"我是雪，我无际无垠"的博大。

感谢青年舞人、总政歌舞团的小伙刘辉，贴切地用到位的舞蹈语言，阐释了雪的情怀，阐释了宽容、汇聚、润泽的向善之美，使观众体味到了作为人的向善向美的一项情感诉求。

《博览群书》与我

初刊《博览群书》
2005 年 2 期

康濯同志病重的时候，从医院里打电话给我，说给我一个惊喜；他告诉我，在伪"满洲国"发表作品的一些作家，经过实事求是地审定，不能一概定位为汉奸文人，应以文章为据。以往那种情绪化的定位不科学。还嘱咐我一定要找到那个时代很有名望的女作家吴瑛。他主编的《中国新文学大系》（1937—1945）选入了吴瑛的作品。

《中国新文学大系》出版了，康濯同志却去了。我未能完成他的嘱托，我没有找到吴瑛，那项关怀对我们曾生活在沦陷区的作家来说，是真正的福音。

我辗转地得知吴瑛的确切情况时，她已经弃世十多年了。新中国成立后，为了躲避当时气势浩大的政治运动，吴瑛隐姓埋名，在远离故土的长江之滨，谋得了一份县文化馆的小差事，有苦难诉，悒郁无言，带着她控诉的笔，在四十刚过的华年，含恨而死。

"历史"这个复杂的过往，并不会因为部分人有了清醒的认识便可以尘埃落定。在钦定的历史宜粗不宜细的框架下，淹没的岂止是成千上万的无辜。我寻觅着能为吴瑛说句公道话的机会，每每碰壁。我只好自洽，我想：连抗日战争这段历史，也有人只从 1937 年算起，八年抗战人人耳熟能详，1931 年到 1937 年，连抗联名将、共产党人杨靖宇将军尚未能大张旗鼓地进入抗日救亡史的视野，那个国民党的马占山撑起的抗日大旗就更是微不足道了。似乎东北只剩下了汉奸。因此，你在"满洲国"的时空下，舞文弄墨，不是汉奸是什么？你要为汉奸正名，对不起，请稍候。

信息来了，加拿大卑诗（U.B.C）大学历史系的博士生诺尔曼·司密斯给我来了封信，说他博士论文的主题，是东北沦陷区的女作家。信是用英文写的，我赶忙又查字典又向人请教，明白是明白了一些，却没有捕捉到论文的核心。我与此洋博士生并无瓜葛，想不出他为什么要研究这个冷门，很可能他担心我的英文水平，又把他努力用中文写就的答辩稿寄给了我。

文章的核心闹清楚了，使这位博士生倾心的是东北女作家的"忍耐"，因为，在那种殖民地高压的环境下，不但未写谄媚的文字，且足足地暴露了黑暗面，为讴歌的"皇道乐土"道出了逆耳之音，真格是勇气非凡，忍耐非凡。司密斯评价为：这是女性的奇迹。

其实，这个奇迹对我们来说，是再自然也不过的事。头上两重天，伪满一层、日帝又一层。升斗小民，第一是要活下去，要活、活得有良心，就得忍耐。洋博士生活在相对自由的天下，与"忍耐"不沾边，他当然只有惊震于"满洲国"女作家们的"庞大忍耐"了。

我很想把洋博士这番心意说给中国读者，我这个边缘之人，与传媒了无过往，想不出短文投给哪个刊物能被启用。这时中国社会科学出版社约我参加一本新书《我家》的座谈会。《我家》梳理了情感、理性双错位时代中的一家人的故事，那无辜的一家六口人中，五人曾坐牢，一人送命。可以说他们是秉着良心忍耐到了极限。出版社约我评书，触动了自己心中的块垒，往事如烟，我噙泪难言，说了几句题外话，唤起了同座的《博览群书》主编常先生的同感，约我将发言定稿交他发表。

常主编的相约，使我意识到了实事求是的论述正在逐渐成为可能。我欣喜地写下了怀念吴瑛的短文《一代故人》，寄给《博览群书》，并提出三个不情之请，希望能将司密斯的中文手稿原样发表。这多少有些赌气成分，是我的小心眼："看看吧！老外是如何评价'满洲国'女作家的。"

《博览群书》发表了我的小文和司密斯的手迹，司密斯据此和通过的论文一起向加拿大政府申请研究经费。加政府批准了，助他继续去英国的牛津大学、美国的华盛顿大学继续研究，他获得了牛津大学的博士学位、华盛顿大学的硕士学位。随着这位洋博士的努力，中国沦陷区文学在欧洲大地、美洲大地风光露面。他的博士导师温哥华资深教授、亚洲史专家史恺梯（一个起了中文名的老外）为此十分欣慰，鼓励他好好干，说他添补了加拿大研究东亚史的一项空白。

如今，司密斯在牛津大学，在华盛顿大学，在滑铁卢大学讲述东北沦陷文学，还应约在2004年夏威夷召开的世界笔会上讲评了他的研究，获得了好评，我的心病也因此有了化解，那个温文典雅，外形隽美，内心刚烈的吴瑛也在典籍中复出，向世界呈现了她那不平凡的一生，她那不平凡的个性，展示了中华女儿的旖旎风貌。

一位世界级的哲人说：一个民族在她上升的过程中，用哪种方式与过去告别，将直接决定一个民族的未来。

《博览群书》刊出的吴瑛介绍，是种与过去告别的可贵方式吧！

往事依依

收入谭宗远编：芳草地文丛之二
《怀念集》，2005 年 4 月

朋友要求我为我的同行、我的好朋友雷妍写传，迟迟未能动笔。不是不愿意，原因很简单：我希望我能从她所展示的时代画幅中，体会出我们那一代人的愤古衷情。只有突出这一点，我以为，才能无愧于出污泥而不染、傲然挺立的刘植莲，才能无愧于她的父亲——我们上代的知识人，为女儿命名时的满怀期望，期望女儿发扬民族优点的深远意蕴。

我通读了雷妍女儿刘玙保存的她的部分作品，这是我们结交六十年来，第一次这样用心地析读着她。那些泛黄变脆了的纸页，一页一页地展示着莲心，这心有苦有涩，却丝毫没有掩盖着她所流溢的青春光彩。我时时掩卷长嘘："雷妍，你忍心走得那么仓促吗？"这长嘘，是我无从补偿的内疚。新中国成立后的百废俱兴，使得我这个原来的富家女，完全没有意识到还有贫困扰人的世事。彼时，我在国家机关供职，端着金饭碗，不愁衣食，享受医保不怕害病。雷妍就职的是教会中学慕贞女中，尽管慕贞女中的教学质量有口皆碑，工资也还说得过去，但它是私立的，没有医保。肩负着一家老小生活重担的雷妍，不敢看病，以致沉疴缠身，过早地告别了充满希望的共和国初期。

　　大约是在 1951 年的夏天，她约我一起去逛东安市场，目的是要我去游说马德增书店的老板结清她抗日胜利前夕在马德增书店出版的两部小说《奔流》与《少女湖》的版税。日据时期肯于为青年文人出书的小马德增不在店内，老马德增以时局战乱，未能展开销路为由，拒绝执行小马与雷妍的协定。粗心的我，并未细想雷妍为什么还盯着这项小钱不放，还说了理解老马做法的话。当我看出了雷妍的失望神色时，才猛然想及她有老有小的生活重担。

　　那天，她执意要买一包黑色染料，走了几个摊头，都没有，才尴尬地告诉我，女儿要表演团体操，规定要穿黑袜，长筒的黑袜太贵了，她挤不出这笔钱来，想把已有的白袜染黑。隔天，我买了两双长筒黑袜送到慕贞女中，站在她正在上课的课堂外，等待她下课。她那有磁性的娓娓讲述，听起来那么有韵味，洋溢着乐观、自信、自尊。我担心，这送袜的举动，会不会刺伤她的自尊？毕竟我们还没有达到披肝沥胆的友情高度。

　　我思索着，怎样才能得体地帮助她，我去找赵树理。赵正主编大众文艺创作研究会的通俗刊物《说说唱唱》，赵说请她写文章来。

　　雷妍从记忆中挖出来少年时期的农村生活经历，写了一个执着于耕耘的青年农民。都市浸淫过的文学话语，对贴近农民显得格格楞楞。老赵一边看一边摇头，我的心也跟着跳上坠下。老赵终于说了："立意不错，改改看吧！"就这样，在赵树理的具体帮助下，改了四次，以赵命名的《人勤地不懒》在《说说唱唱》上刊出了。雷妍得到了新中国给她的第一笔稿酬。雷妍又写了一篇描写徒工的短篇《小力笨》，老赵还是边看边摇头，终于还是那句老话："立意不错，改改看吧！"

　　写这样的题材，不是雷妍的强项。为了适合当时的为工农兵的时尚，雷妍显得力不从心。看见她原稿上抹掉的散发着西洋风情的文学语句，我常常心疼得暗暗掉泪。刚好，人民美术出版社约我这个旧文人把西方名著改编为连环画文学蓝本，我把出版社分给我的题材转给了她。遗憾的是，她撑不住，已经病得不轻了，无力为文；她的丈夫接手改编好，出版社采用了。这稿酬，竟作了她的祭礼。

　　上个世纪的三四十年代，是日帝霸占了东北、华北，进而向中国大地施加战争的时期。原本活跃在北京文坛的大师们，有的投笔从戎，有的韬光养晦，文坛上万马齐喑。充斥媒体鼓吹"大东亚圣战"的喧嚣，令人窒息。精神极度饥渴的芸芸众生，渴望看到的是哪怕只有点点人性微光的文字也好。入世不深的文学青年出场了，避开强敌压顶的尴尬态势，只说家长里短，只说生活常情。这是燃起了微光的希望之烛，摇曳着，暖了饥渴。

　　雷妍是这群秉烛的青年人之一。这个领受过西方文学精华，浸淫着祖国璀璨文化的小妇人，用无尽的柔情，只讲身边琐事，为暗如磐石的祖国、暗如磐石的家乡，送致了赤子的赤情。截至日帝投降前夕，北京有能力刊行书籍的出版社，都为雷妍刊行过文集。有艺术出版社的《良田》，这是被当时的评论界判定为可以与赛珍珠的《大地》比并的小说，因为赛珍珠只写了中国农民的愚昧与悲惨，而《良田》却写了农民悲惨中的希望。有新民印书馆刊行的《白马的骑者》、马德增书店刊行的《少女湖》、广智书店刊行的《凤凰》、文章书局刊行的《鹿鸣》等等。而马德增计划刊行的雷妍文集《奔流》，上市日期是民国34年8月1日，日帝 8 月 15 日正式投降，时局之巨变并未影响书店的决策，可见雷妍作品受欢迎的程度。

　　我以为，最能体现雷妍的思想与风格的作品，是她的短篇小说《彭其栋万岁》。情节很简单：穷大学生彭其栋为同学中的富家女儿章小姐吸引着，他用青年人的莽撞，寻找机会与章碰面，装做无意实为有心地窥伺着章的出出进进。这惹怒了美貌富有的章小姐，她不仅安排了保镖随侍，还有意无意地宣扬了彭其栋想吃天鹅肉的穷小子的卑微。当然，舆论是倾向章的。这迫使处在半开化中的大学行政当局做出了处罚决定，"停发彭其栋的奖学金"。彭其栋是靠奖学金读大学的。入学三年来，成绩一年比一年更好，却在大学三年的关健时期，因为"行为不端"，付出了致命的代价。

　　这个"行为不端"故事里有段彭其栋的淋漓自白，他在光天化日之下，拦住了章小姐，质问她：

　　你出奇地躲避我，作出似乎我曾侵害过你的样子；并且对外人说：你一个人不敢出来是因为怕我，我并不曾冒犯过你啊！我总想明白你为什么躲着我，怕我，像躲着蛇蝎一样。同时，在众人面前又要显示着你的美点。你吸引人！你引诱我！不过我不怪你，我爱你，这都很自然，这是人性。你是一个可爱的姑娘，我是一个青年，你美是顺自然的，我爱你也是顺自然的，我们都没有错。

　　我不要别的，只要你把我当作一个普通的同学，正眼看我一下，但你从未把我当作一个同学，不把我当一个人。

　　这样说着的彭其栋，被企图逃开的章小姐激起了更大的愤怒，他抓着了章小姐的双臂，当女人喊叫"放手"之时，用灼热的双唇阻止着她的喊叫，疯狂地亲吻了她，说："去吧！你用眼泪去洗你的耻辱吧！你叫一个穷小子亲吻过了，一个穿破汗衫的穷小子抱着个贵族小姐！笑话，太不成体统，请原谅我。"

上面这段自白，是彭其栋向社会祖开心扉，是对社会不公的控告。这抗议纯朴透明，要的就是人的尊严、人的地位。

当然，彭其栋丢弃大学落荒而走了。他拒绝了好心人在他被定位为"行为不端"的情势下给予的资助，他合乎人性地高傲地宣称，他没有任何不端的行为。

虽然点墨不多，小说对故事中出现的其他角色，也作了绘声的描述：那位从骨子里被贫富差别腐蚀得只认金钱的章小姐，那位顺从形势只肯调和世态的教务长，那些支持彭其栋，宣称"老彭做得对"的彭其栋的同学们。

作者把这个短篇命名为《彭其栋万岁》，可见心迹。这万岁是礼赞，是礼赞彭其栋身上体现的中华民族的神魂绝不在不公、耻辱中低头，不在富贵中求媚……这在殖民地万马齐喑的精神状态中，既避开了政治上的审查，也宣扬了庶民的心愿。这就是雷妍代表的当时青年文人的心态。

受时空、受环境、受年龄的限制，雷妍在她短暂的生命段中，这样表现了自我，也点染了时代，为我们留下了无限的情思。我遗憾的心不停地长嘘："雷妍，你走得太仓促了！"

2005 年春风料峭之时

我的答案

初刊《芳草地》
2005 年 6 期

2005 年 9 月 22 日的《南方周末》报上，刊载了一篇有关张爱玲的报道，标题是《探访张爱玲的洛杉矶》。打眼的不是标题，而是被编者定位为"巧扮死神"的张爱玲的小照。张氏手持报道金日成猝亡的报纸，脸上仍然是惯有的耐人捉摸的情愫，悲喜杂陈，内涵深邃。说这是张爱玲承认死神的权威也好，因为称雄一世的金日成已经倒在了死神的脚下。说这是调侃死神的无奈也好，因为被"小虫"袭击得近乎虫幻，在洛杉矶一再东迁西躲的一代天骄张爱玲却仍然风姿嫣然，从容地拈着死亡的信息，回馈给死神一个笑骂兼具的微笑。这微笑彰显了张氏那化入骨髓的高傲风骨。

这张照片的使命是，作为实证，去隔岸的台湾，领取《联合报》颁给她的"终身成就奖"。在终身成就奖面前，张爱玲捡回了"入世"，她在意地包装了自己，戴上了颇具青春气息的黑发套，穿上了饰有花朵的可身华装，一改在洛杉矶经常穿着的宽大的灰袍，甩掉了同样暧昧颜色的灰色包头巾。一向避世的张爱玲，禁不住为终身奖迸放了埋藏得太久太久的激情。不过，看得出，这真情随即熄灭。张爱玲仍然没有勇气踏碎自我制造的封闭螺旋。

《探访张爱玲的洛杉矶》弦外之音展示了张爱玲生活得非常无奈。她一再避世，却不得不时时坠入世尘。日用餐具用纸制品，可以随手丢掉，丢不掉的是生活的日常。小病缠身，可以不去医院，也还得求医问药，以求解决。身份证丢了，不得不乘坐公共汽车，去挤满各色移民者的移民局申请重领。你一定会问：这一切一切，到底是因为什么？

答案只有一个，也可能是唯一的一个。

这颗天才的心，失去的不是逝水年轮，而是她曾有过的澎湃的愤世幽情。这激情使她不动声色地创造了复杂恶婆曹七巧，铺陈了曹七巧被黄金吃掉了的人心，令你感到了淋漓的警世意境。这激情使她精心地嘲弄了在大难之际只想抓牢男人的一代仕女如《倾城之恋》中的白流苏等等，潜台词是：姐妹们，白流苏的人生之路是走不得的绝路，为自由奋斗吧！这姐妹之情衷心呼喊，蕴含着无尽深情。

无尽遗憾是：天才的激情否定了天才的自己，她只体认胡兰成之流的花言巧语，却无视胡某人的背信弃义。因而一叶障目，堵塞了通往祖国母亲的心灵通路，朦胧之下丢掉了生活的重心，陷入了不愿自拔不肯自拔的无奈螺旋。这是张爱玲悲情人生的必然结果。是那悲情时段蚕食了天才的佐证，她的"成名要早"的自我坦露，竟成了她晚年生命的重枷，这重枷是用往日辉煌铸就，碍难卸掉、卸掉。

1995年，当我有机会在北美大地上徜徉之时，最想做的一件事，就是去会会张爱玲。她在洛杉矶，我在旧金山，车程三小时，并不难行。可虑的是，怕是我俩心路历程的难以相通。我托很有公关能力的中国时报的记者帮我联系，辗转得到的回应是"不见"。这冷如坚冰的不见，我明白，并不完全是对我，而是她对遗忘已久的祖国之情。我以女儿之心，相信真情不可能在她心中完全熄灭，虽然她一再缄口。我想和她侃侃诸如女儿心等等主题，甚至想把一位倜傥男士介绍给她，免得她孤单地为"迁徙"奔走，独自与"小虫"相斗。

事实证明，我的入世情思对张爱玲来讲仍然十分幼稚可笑。我想告诉她，我在婆婆妈妈的生活演进中，汲取向善之力，活得十分平实的心曲，她也许会认为是作伪吧！

一位年轻的记者，苦苦地要我作出对张爱玲的评价，以纪念她的逝世十周年。这使我很困惑。面对这位"张迷"的热情，我十分尴尬，亦无法张扬张爱玲，也不想借她自己再红火一次，我只能如实说：张爱玲走得仓促了，她的才华尚未用尽，这是中国现代文学的重大损失。

记忆断片

收入侯健飞编《梅娘近作及书简》北京同心出版社
2005 年 8 月，第 23—27 页

　　响晴的天，猛然甩下来一颗手雷，一下子把我们母女相依尽享天伦的小家炸得粉碎、把我为祖国竭尽才智的心冻得冰凝、把我对社会主义的向往打落深渊。1958 年 5 月 30 日，我们厂召开了打击反革命分子罪恶活动的全厂职工大会，当场宣布：我和另外两名 1957 年划定的右派开除公职、立即押送公安机关实施劳动教养，连和家人见上一面也不允许。

　　说起我们的反革命活动，那真真的是哭笑不得。1957 年苏联的伏罗希洛夫参观第一届全国农业展览会，我们奉命前去拍摄纪实电影，目睹当时的农业部部长助理左叶向采访新闻的《文汇报》记者大吼大叫，嚷着："是你重要还是我重要？"都认为这太粗暴，那不是个摆老革命资格的场合。悄悄地交换了不满的看法，并没有向其他人传播，只是悄悄地议论了几句，这便定位为反革命活动，而且冠以"罪恶"二字，你说是不是哭笑不得。进了教养所的高墙，被驱赶到正常生活之外，我只揪心撕肺地惦念那三个没成年的孩子。从平川跌入深谷的我的小家，家长的责任一下子压在了只有十四岁的大女儿肩上，她如何承担得起？致命的是：没有了我的工资，他们便断了养生之源。只因为我是右派，我便连做母亲的义务都被剥夺了，这是逆天行事啊！

我不知道我怎样才能继续生存下去。眼前迷迷离离总是那三个孩子，特别是那个身患重病的小女儿，我总是一惊一乍地听见她在呼唤妈妈。

教养所中管教我们的小队长把我从半死中拖了出来，那只是一句悄悄话："孩子们被你丈夫的老朋友景孤血①收养了，还在上学。"

我明白为什么小队长只是悄悄地、悄悄地把对我来说是生死攸关的大事暗暗地告诉了我。因为管我们也管她的大队长曾在我们的队前会上声色俱厉地宣布："管教人员队伍中，有人同情右派，说是对右派的处理重了，这是阶级斗争的新动向……"

我们的这位小队长，是抗美援朝时应征做翻译入伍的大学生，虽然我们教养分子不明底细，也看得出来她在那些由妇救会主任、支前模范提升而来的农民出身的女队长中，总是不那么搭调。她的丈夫身殉保家卫国；援朝结束，她受照顾分配到了北京。她这样垂青于我，我不敢妄加揣测，或许因为我俩有个共同的身份——年轻的寡妇。可是，我俩更有个决然不同的身份，她是革命，我是反革命。这个暗暗的传递，在我的灵魂中引起非同小可的震动。孩子们没有流落街头。景孤血，这个颇负盛名的京剧剧作家，我一向对他不敢恭维，认为他满脑子旧戏脸谱，该扫除的封建垃圾比我多得多，他却甘冒被组织指责为立场不稳而收容了我的孩子。这也许是旧戏中的"义"滋养了他的灵魂吧。

孩子们在挣扎，我更没有理由颓丧，博大深沉的母爱召唤我苏醒。其实生活中的沟坎我并不是没有迈过。儿时，失去生母被正夫人嫉恨，

① 景孤血（1910-1978）著名京剧剧作家，时任中国京剧院文学组编辑。

不知道哭过多少暗夜。女人受的凌辱一刀一剪在我稚嫩的心上刻下伤痕。刚刚懂事，故乡被日帝霸占。明明暗暗数不清的难堪，只恨祖国不强，发誓为祖国的复兴而战、为女人免遭欺凌而战的壮志哪里去了？

丈夫失事时，浸着台湾海峡冰冷的海水，不是执着于只有社会主义才能救中国，只有共产党领导的国家妇女才能获得实质性独立的坚定信念，才奔到新中国的怀抱里来的吗？这恪守不渝的信念能这样破灭于一旦吗？

我不能不苛刻地分析置我于教养的我的右派罪行了。想来想去不得要领，怎么加码也够不上"一级处理"的条款。直到某一天批判我的检讨会上，大队长严厉地斥责我："你这个文化汉奸，还不彻底认罪。你写了多少为日帝粉饰太平的文章难道你能忘了？我看你是'人在曹营心在汉'，是怀着二心来的。"

这是个明白的昭示：他只说我是为日帝粉饰太平，没说我是为日帝作伥。我明白：这是他给我也是给他自己留了个退路。给他自己，很可能，经过七查八找，还没找到我的"二心"证据。给我，这完全是个震唬，若真能震唬出我的"特工"身份来，他可就是为共和国立了大功了。

说我是为日帝粉饰太平，最要命的就是"大东亚文学奖"了。得这个奖的当时，我就意识到这将是个走不完的怪圈，我不知道我将怎样去向爱我的读者说清楚，这毕竟是日帝文学报国会操纵下的产物。如果我按当时的情势如实说，说明我的小说《蟹》所以获奖，第一是由于北京大学的几位教授推荐（我可以列出好几位知名人士），第二，《蟹》是当年的畅销书。要一定说有什么政治原因，可能日帝已明白了当时军事上的败相，用老百姓认可的书来缓和一下情绪吧！我如果这样说，一定会被大队长斥为屁股仍坐在日帝一边，还在为日帝抹脂涂粉。可是，我也无法用金戈铁马大义凛然的杀伐之声来斥责《蟹》，说那小说如何如何为日帝的侵略张目，因为《蟹》只不过是说了一个家族破败的故事。

我只能无言。

无言就是抗拒改造，这当然不容我过关。僵持了半天，大队长和小队长悄悄地交换了两句，小队长问了：

"你和张爱玲齐名，为什么'大东亚文学奖'给你不给她，这是什么原因？"

大队长追上了一句："你不要以为我们不知道内幕，还是你自己说出来为好！"

大队长说的内幕，我明白，当然指的是我的"二心"了。1944年，我只不过是个两年前才从日本留学回到北平的书生，正一个劲儿地忧国愁民，哪里能意识到会有在日本念书就是日本特务的指控？这是诬陷！我的心气得一个劲儿打颤，什么话也说不出来了。

又是一阵僵持。

大队长催问了："好吧！你不说你自己，就先说说张爱玲吧！"

"她也写了一些小说。"

"什么内容？"

"是大户人家尔诈我虞的事！"

"又来美化了！"大队长打断了我，"什么大户人家？全是欺压劳动人民的恶霸劣绅，一帮子吸血鬼！"大队长一锤定音了！

他更重重地加了一句："你当然也知道，张爱玲叛国投敌，栽到美帝的怀抱里去了！"

望着义愤填膺的大队长，我只剩下了瞠目结舌的份儿。这位从土地上伸直了腰的农民，执行起党的政策来，不仅毫不含糊，而且有增无减。党指一，他必定做到一点五，甚至是二。这我已深有体会！可是，我无法与他纷争，他背靠政权，他的嘴大；我也不愿违背良知，痛斥张爱玲、痛斥我自己，我只能引颈待戮。

全小队的人，屏心敛气，等待风暴。

是小队长解了围，要我深刻反省，下次会上交代。

我能反省什么呢？我能也说张爱玲是叛国投敌吗？她带着她深邃的冷峻远去异国他乡，我带着我的书生激情投身理想。我无法如实说出张爱玲曾给与我的震撼与我感到的遗憾。当社会上把我与她并列的时候，我还没有读过她的华章，赶紧找来读了。第一本读的是《倾城之恋》，张爱玲这样塑造了倾城之中的女主人公流苏："怯怯的身材……微风振箫般的声音……"多么传神！这是个十足令男人怜爱的女人。掩卷之余，一缕惆怅兜上心来，仿佛流苏在我耳边絮语："倾城之际，你要抓牢男人！"我反问了，为什么是抓牢男人，而不是与男人共同奋进呢？再读《金锁记》，曹七巧从贪恋黄金到被黄金吞蚀，只余留了一种最最可怕的情感——复仇！凡是自己未曾拥有的，谁也不准拥有，哪怕是自己的女儿。这是魔鬼的逻辑！读到曹七巧用市井淫秽的语言开心地揶揄初恋的女儿时，我毛骨悚然了。冰冰冷的黄金吃掉了至情的母性，这多么可怕，张爱玲，你是揭露得多么淋漓！对张的这份感佩，我能在小队会上作为反省说出来吗？

是教养所对待右派忽紧忽松的措施，使我逐渐逐渐从书生的甲壳中褪了出来，使我逐渐逐渐地正面地审视了严酷的现实。滋生曹七巧的土壤，积淀了千年百年，岂是几纸革命的檄文便能扫荡得了的？只有胼手胝足的简单劳动，培育不出文明的花朵。

教养所放我回家了，我只能回到景孤血在自己的住房中分给孩子的一间耳房之中。家里原有的花梨木家具都被儿子换饭吃了。室内惟一的一张旧八仙桌，是景奶奶借给儿子做功课用的。这家里失去的不是家具，是我那重病的小女儿。是我的书生激情使她丧失了母亲。我的心痛得打颤，我对不起她那只有十二岁的花苞一样的生命。令我惊奇的是：名书法家徐一达为我书写的"威武不屈、富贵不淫、贫贱不移"的横幅仍然张在墙上，这应该是件比较值钱的东西，儿子没有卖，可能是女儿特意为我保留下来的吧！对着儿子那刚刚突出的象征男性的喉结，我只有一个信念，去挣钱，什么活都干，别管多么艰难，也得让这个正长身体的大男孩吃上饱饭。

"文化大革命"铺天盖地地来了，我在教养所里曾经感受到的"左"的狂躁，在我们的胡同里呼啸着、刮着旋风。我们一些"黑五类"挂牌、游街、挨斗。每天凌晨3点，别管是酷暑严冬，都会被原来扫街的老头吆喝起，他坐在一旁抽烟监督，我们自带扫帚，沙！沙！沙！沙——一帚一帚，把胡同扫得光光溜溜。革命群众起身之后，我们排起长列，大弯腰撅着屁股请罪，然后由革委会委员分配我们去义务劳动，给首长的院子掏下水道啦，给派出所擦玻璃啦，等等。领袖号召深挖洞之后，我们便去拉砂子、运砖、扛水泥、修防空洞。女儿受了"红

"五类"丈夫的钳制和我划清界限，断绝了来往。上中学的儿子为革命随着同学大串连去了。这是年轻人狂热的年代，为革命，在他们一切都不在话下，因为领袖讲的扫除一切害人虫、人人平等的口号实在是太诱惑人了。我也曾有过对理想的亢奋。我不埋怨女儿，更不埋怨儿子，因为我这个右派的定位，怎样也和革命挨挂不上。

白日的劳动，我总是一身泥、一身汗回到了只有一个人的小屋，小屋的灯特别亮，这是一位我帮他家看护过病孩子的技术员帮我装的，因为我要在长夜里做绣活，以之挣出我的吃喝。这绣活是街道主任吕大妈帮我联系的，"大革命"兴起，"黑五类"不许踏出居委会管辖的范围，这隔绝了我做小工糊口的来源，吕大妈好不容易才联系到了这为外贸出口做加工的绣活。儿时，曾令我哭过无数暗夜的我们家的掌家夫人，为了把我规范成标准秀女，强令我学习过刺绣。万没想到，这点技艺却在这不寻常的时空里支援了我的生命。

灯亮得白雪似的，夜静得埋葬了所有的嘈杂。常常因为想儿子，绣花针误刺进指尖，止血的办法是最最原始的，只是用嘴去吮。血腥腥的，还有些许甜。我奢望儿子能早一刻体味到这血中的甜意。他是为了打倒害人虫出去串连的。害人虫究竟是哪一个？他这种年纪哪能分辨得清？害人虫并不把特色涂在脸上，正如好人也绝不把"善"行表露于外一样。譬如那位悄悄为我装灯的只有一面之交的技术员；那位嘴里监督我好好改造，心里却为我筹谋养生之源的街道主任吕大妈；那位说给我悄悄话的小队长；那位毅然收留了孩子们的景孤血……我就是在这些绝不显示的善行中艰难地活下来的。这一点一滴的真情滋养着我，使我意识到光明，鞭策我生活在希望之中。

1997年4月，应《现代家庭》记者之约而作

回应

2001 年 9 月 10 日又一次从西方归来后作

收入《梅娘近作及书简》（2005 年 8 月），第 42-43 页

《北京青年报》的一位年轻记者来访问我，大大方方地送上一张名片——尚晓岚。晓——早晨、岚——美峰；青空下奇美的山峰，而且是万物醒转的早晨。多好的名字，涵盖的是多么辽阔的视野！学过日文的我立刻涌出来岚字的日文定义——暴风雨。完全是下意识的联想，猛然间直面当代的媒体，而且是发行量很大的《北京青年报》，是以青年为读者对象的青年之报，我受宠若惊之余，完完全全地是种暴风雨来临的感觉。

这点，聪敏的小记者立刻意识到了，她写道："眼前的老人分明拥有一种见过大世面的镇定气质，为什么又隐隐流露出某种不安？"在访问记的结尾，写文的和摄影的有两句意味深长的对话：摄："你注意到了吗？老太太的坐姿特别紧张，好像给拘在椅子里。"文："真的是，然而比她的坐姿更压抑的一定是她的内心，她的心里压的东西太多了，而且已经不愿意再说。"小记者的话说对了一半，我心里压的东西实在是太多了．但绝不是不愿再说。坐姿之所以令人感到紧张，是在那个短暂的时间段里，千头万绪、千言万语，不知从何说起才好。因为：我既无法诅咒过去，也不愿意渲染当前。压得最重的是一种非常固执的、企盼理解的感情。而且我一向认为：这不仅是我这一个，而是我们整整的一代。

　　记者又写道："这是一套旧单元房，厨房的漆皮已经剥落，一片片地悬挂着……"言外之意，很为我住房的陈旧唏嘘。如果说，我不为我住房的狭小、简陋而委屈，那是假话。那是熬过了若干个不眠之夜，才明晰了自己目前的处境。那位和我共事时是个刚刚进厂的工农兵大学生，被我们叫做小什么的、如今重权在握的厂的第一把手，在处理房事时，给我们这些退了休的老家伙定了个"不计历史"的框架，如此，我们一些没能在时间上得到评定职称礼遇的老人，便被排除到新宿舍的高墙之外了。一把手注重的是在岗之人，他要的是工作运营中各种力量的平衡。有同事劝我说："你找他去！"我一笑而已。我看到的是另一面，这几年我们厂履过了各种沟沟坎坎，一方面是大环境的牵引，一方面也是他的积极运作。厂能够在风浪中前进，能给大环境添砖加瓦，这便是最好的业绩。我这个匹夫未敢忘忧国的青年时期的志士，衷心为这一砖一瓦欢呼。我确信，我们一代又一代上下求索的美好世道，就会在这一砖一瓦中成为通途，何况智者千虑，难免一失嘛！

　　我为我们优秀的文化底蕴礼赞，她教育我要"大处着眼，懂得宽容"。

　　名作家史铁生在《北京青年报》上发表的一篇涉及我的故事中说："无论她是一个怎样坚强而具传奇色彩的女性，她的大女儿一定是她决心活下去并独自歌唱的原因。"确实如此，就是我这个仅存的女儿，"文化大革命"中给我这个孤身一人、背负着加上丈夫的两个人的历史罪由艰难地匍匐生活之时，下了个哀的美敦书：和我划清阶级界线、断绝一切往来。如果说心会碎，那时暗夜中的感觉，确实是心在一块块的碎裂、碎裂。我审视了自己曾有过的狂热年代，记起了以天下为己任的纯情青年不随着狂飙前进就意味着背叛的历史语境，我理解了女儿，她甩给我的哀的美敦书其实是甩给那个错了位的时间段，我获得了使血液重新粘合碎心的力量。我相信，时间会洗涤我的历史，使女儿明白：妈妈本也是个纯情青年，以追求真善美为矢志，从没干过星点坑人的坏事。如今，她富裕了，在《文汇报》的笔会栏里说出心愿：要大宴亲朋好友为我祝寿。我不愿意。我要的不是那种喜气洋洋的颂赞，只是一代对一代的理解。我以为：只有把涤荡污泥浊水改善环境的努力一代代地衔接起来，才能使孙中山先辈倡导的"大道"向前铺展。

如果问我为什么能阅尽沧桑活到耄耋之年的秘密，那很简单，一颗永不休止的求善之心而已。

我的"女权主义"

收入《梅娘近作及书简》（2005年8月）
第122-123页

　　一个搞美术的朋友，送给我一本小小的台历，是幅幅青州石雕菩萨的印刷品。她把台历摆在我的书案上，诡谲地一笑说："体味吧！这就是你的女权主义！"多么饶有兴味的调侃！

　　一个黄昏，细雨把窗外的嘈杂推得远了。和着迷濛的雨丝，七色彩虹透窗而来，恰恰仃停在台历之上，就在那灿烂的瞬间，女菩萨安详地向我靠近、安详地靠近了我，我一下子就惊呆了。

　　我很小很小就曾在书案上摆放着那个断了臂的维纳斯，并不是那时的我已经领悟了她的绝世之美，我不过是把她作为一个思念的载体，思念我那早逝的母亲。我不知道母亲的形象，只在父亲爱抚我的长吁声中，想象她很俊很美，准是个父亲欣赏的"耐看"的女人。

　　雄才大略，誓以实业救国的父亲，说起女人时，只有一句话："女人！得经得住端相。"

　　眼前的青州菩萨，任你怎样"端相"，她脸上游走的情绪彩光总是宽容、和谐和深邃的爱的综合体，还有维纳斯没有的东方妩媚。这就是作为男人一方的父辈们说的经得住的"端相"吧！这个经得住"端相"的意境，是我做了母亲后才逐渐感悟到了的。小女儿时段，是父母的开心宝贝，是全家的爱宠；大姑娘时段，是兄弟间的平衡，是父母的期望，更是少男追逐的对象；小媳妇时段，是家庭的核心，是欢乐的源泉，更是事业有成的动力；作为母亲，孕育着民族的未来，是民族的仰赖，散发的爱博大深远……

一位世界级的哲人说：一个民族的根本，不在沙场，不在官场，也不在男人身上，就在主妇身上。她以女性的光辉，构结民族精神的意象，贯穿着世世代代；没有母亲播下的诚信，世界将荒芜溃败……

那则为母亲洗脚的电视广告中，端着水盆的男孩童稚的微笑在溅有水珠的小脸上闪光，母亲的挚情无声地烙进了他的心灵。当他长大后，我确信，他一定会尊重女人，爱护女人，绝不会去吃那亵渎民族基础的"人乳宴"，绝不会去寻求追逐感官的什么"女体盛"。只有构筑社会的男女双方的互尊互爱，才会出现和谐，才会构筑起"前进"的平台。

2004 年 4 月 30 日作

我与日本文学

收入《梅娘近作及书简》（2005 年 8 月）
第 167-170 页

　　杉野元子女士给我写了封信，希望我在这次聚会上，谈谈"我与日本文学"。她还为这次聚会邀请了贵国研究中国文学的权威人士藤井先生参加，藤井教授推却了"陈独秀研究"的座谈会前来，我十分感谢，也很不安，我没有认真地研究过日本文学，只能说说我在接触日本文学的过程中，有某些直觉，某些领悟，某些感触吧！

　　这个命题，使我认真、仔细地梳理了这段尘封的往事，人老了，很多记忆都已失落，仔细回想，我接触的第一篇日本文学，竟是周作人译成中文的与谢野晶子的《贞操论》。

　　我上高中的时候，已经是"满洲国"的"康德"纪元了，时间上，已经使我们与本土的中国有了距离。我们学校里已派驻了日籍的校长，不过具体教学的还是我们原来的老师。我们的吉林省立女子师范，是当时的名校，很多老师都是随着北伐战争到东北来拓荒的志士，新文化的气氛很浓，我们爱戴的何蔼人老师便是志士之一。

　　何老师对我不时在作文中冒出来的对女性不幸的同情，对社会丑恶现象的批判很欣赏，他悄悄把《新青年》杂志拿给我看，在刊登《贞操论》的书页上他还加了红色的重点。

刚刚十六岁的我，还不能完全领会《贞操论》的观点，更想不透贞操在两性生活中的重要性，只因为那是来自《新青年》，又是何老师介绍给我的，觉得很珍贵，便一字一句地抄在笔记本上。随着年龄的增长，随着生母不幸一生在我心中烙下的悲惨，我对晶子提倡的贞操应该是两性共守的道德准则非常有同感，拨亮了当时社会中以女方不贞而加害女人的道德迷雾。这是日本文学给予我的第一份营养。"文化大革命"中，红卫兵抄家时，把旧笔记本踏在脚下，我甚至感到了像是踏在我的心上一样。

我翻译的第一本日本小说：《白兰之歌》，是在非常被动的情况之下。1938年，我到"满洲国"的《大同报》就职，社长大石把《白兰之歌》的翻译工作派给了我，那时还没有《白兰之歌》的单行本，是根据《大阪每日》的连载进行翻译的。我当时的日文水平，还不够做日本小说的翻译工作，在柳龙光的帮助下，磕磕绊绊地译了几章。因为柳龙光考上了《大阪每日》的记者，我们离开长春转场，直到《大同报》连载了《白兰之歌》并要求我写篇后记时我才匆匆忙忙地看了我没译过的部分章节。久米正雄在《白兰之歌》中点画的中国女青年完全没有中国女人的韵味：我以为，那是按照日本男人口味凑起来的虚无人物。我不愿意跟着久米的腔调，极力宣扬东北大地的富庶，煽动日本人在东北落户。对我来说，那意味着强盗霸占了你的家园还胁迫你同唱赞歌。我在译后记写道：这是日本人写给日本人看的故事，也是发生在我们土地上的故事。《白兰之歌》带给我的苦难真是一言难尽。新中国成立后，审查我的历史，把这项译作定位为"为侵略者张目，是对侵略行为的赞美，是汉奸行为"。这个汉奸定位，包括我一些和日本的其他过往，是我用了廿多年无声的停笔时间还清了的。

这不关日本人的事，是那个时代的要求。因为刚刚从抗日战争的血海里挣脱出来的中国人正处在一种情绪化的昂愤时期，我和我的同伴都没有逃过此劫，这也是中日恩怨纠葛的一段插曲吧！

1938年底，柳龙光到《华文大阪每日》就业，我们脱离了《大同报》，转场在阪神线的西宫镇安顿下来，我得到了自由阅读日本文学的机会。说起来，也许是种缘分吧！我首先选中的作家是夏目漱石，不是因为我对他有了了解，只是由于他的名字，因为中国形容知识分子不恋物质、热爱自然时有一句成语是枕石漱流，也颠倒用作枕流漱石。这个漱石的命名使我与作者有了相通的感觉。我读了他的《我是猫》，他那幽默辛辣的笔触批判了现实社会的庸俗与丑恶，我借用他的观点来观察社会时，也觉得目光犀利起来。他的《门》中的两性观点和我郁结在心的女性情结也有某些合拍，不过，我不喜欢他的《心》，读了两次都没有终篇，可能《心》那消极渐趋老年的灰色情绪与我当时的年龄和社会体认都不搭界吧！

这段时间，我也浏览了日本文中介绍西方的一些篇章，这大大地开拓了我的眼界；柳龙光也有这方面的兴趣，他在《华文大阪每日》上辟了一个专栏，题名为"海外文学"。我翻译了两三篇，印象深的是德国人黑塞写的短篇，小说的主人公懂得了兽语，因之看透了世间的肮脏与不平，结果被作为疯子送进了疯人院。很可能我是感到了说真话时要承受极大的压力才选了这篇小说的。

这一时段，我的创作也进入了高潮，不敢也不能触及民族被压的大环境，积压在心中的对妇女的同情之火烧得我不吐不快，夏目昭示给我的"暴露真实"成了我的价值取向。我陆续写了《蚌》《鱼》和《蟹》。真正的是一种淋漓的感情宣泄，使我体认到了创作的喜悦。

　　从日本回到北京之后，我翻译了丹羽文雄的《母之青春》，是在一种既志愿又无奈的情绪下执笔的。丹羽是日本命名为"笔部队"的成员之一，他为战争摇旗呐喊，我不愿译他的这类作品，他又是"大东亚文学者大会"的主持人之一，我选择《母之青春》，因为书中讲的是母女两人对待爱情的不同态度，这和我的主题相近。我还有一点私心，想《母之青春》也许能够冲淡中国人对丹羽战争文学的厌恶吧！包括我在内。

　　翻译石川达三的《母系家族》出自同样的心理。石川的《活着的士兵》在中国翻译出版后，效果可能与他的愿望相反，因为他真实地描写了日本兵在中国的暴行，从侧面为侵华战争的残酷做了真实的注脚。随着战争的推进，我已经悟到了日本文坛也和我们一样，有"从政"和"为民"的分歧；从政的《白兰之歌》很快就销声匿迹，暴露真相的《活着的士兵》则留存了下来。

　　《鱼》《蟹》先后得了"大东亚文学奖"之后，使我困惑了好长时间，我没有为"大东亚的文学共荣"做过贡献，为什么要颁奖给我？又仔细地看过袁犀的得奖作品，他也没讲日本人的事，我仿佛找到了答案，这是从文学角度做了定论的，因为用文学来阐述真实、宣扬人类共同追求的真善美，是作家的天职。而且，我隐约地觉得，日本的侵华战争已经是强弩之末，日本人的情绪也从战争的狂热中冷却了许多，敏感的日本作家们肯定也感触到了这一点，尽管这样想，我仍然没有去领奖。

　　这时，使我经常思索的是：什么才是中日民族间的真正交往？漱石小说中的一句台词（出处在哪里，想不起来了）"有理想的人，能够找到自己的路"，这引领了我；在日本接触到的日本女人那敬业、

勤劳、忠贞的美行，这使我念念不忘，我认定：同样受着儒教的大男
子主义对待的日本女性是我们的姐妹，我们共同的心愿是盼望安定、
幸福的生活。我的路应该是做些力所能及的化解中日仇恨的工作，战
争别管多久终归是要过去的。

那时，在北京出刊的日文杂志《燕京文学》有很多富有生活意韵
的小品文刊出，这正合我的心意，《母系家族》在《妇女》杂志刊出后，
我接到了一些读者的来信，都认为这是中日妇女间的真正沟通。我选
了细川武子的少女系列，和饭家朗的家庭系列，译出后在《妇女》杂
志上刊载，也都受到了读者的好评。同时我也发现了一个有趣的现象，
我在日本时，写的文字是阐述中国人的情感，而细川她们住在中国，
写的是日本人的事，描述的是日本人的心理状态，其实文学的根本就
在于你的故国情怀之中。

停笔二十二年之后，我回到了我的工作岗位，又一次接到了一件
奉命文学（性质当然完全不同于接受《白兰之歌》之时），中国的研
究日本的权威人士孙平化，把讲述中国茶在日本落地生根的小册子委
托农业部找到了我，希望我为中日交往中这段历史佳话作贡献。这本
中译本的《茶史漫话》（农业出版社 1986 年版）在我们的农村读物
中有一定的知名度。

"文化大革命"之后，我们还没有完全从那场不该有的"革命"
中清醒过来的时候，我在卞立强先生的家中发现了釜屋修点评赵树理
的论文。这本书的题目惊震了我，是《光荣的崛起，悲惨的死亡》，
这满怀同情的话语，使我迫不及待地翻译起来，先后在不同刊物上刊
出了部分章节。最后，由北岳出版社出版，还附有釜屋撰写的赵树理
与日本农民作家伊藤永之助的比较论文。伊藤访问中国时，赵树理曾

和他同座，伊藤写的小品《相见记》也在我们的报刊杂志中刊出了。赵树理曾给伊藤当场书写了孔子的名句"有朋自远方来"。

我的工作单位，有很多日本讲谈社等出版社出刊的画册。我很喜欢。我译了多篇，反响不错。

这之间，渡边澄子教授来北京访问，送给我她的著作，这使我很开心，因为这证实了我的想法，用女人们的相通来化解中日恩怨是条不错的路。我用她的《田村俊子传》写下了袒露事实的《两个女人和一份杂志》为我们的地下党员关露平反作证，澄清了罩在关露和中国人的好朋友左俊芝（田村俊子）头上的迷雾。

我看了石川编剧的电影《金环蚀》，他剖析金钱左右政治，政治腐蚀灵魂的这部正剧，彰显了作家的良心。我为石川抛却了为政的无奈，回归了文人的良知而庆幸。

总之，日本文学给予我的启示和滋养成了我一生的财富，祝愿我们之间的沟通进一步深入，使我们成为真正的好邻居、好伙伴。

2004 年 9 月作

索拉的笑容

收入《梅娘近作及书简》（2005 年 8 月）
第 126-127 页

美女歌人、作家刘索拉来我家做客，同行的钟爱照相的小友摄下了一系列的随意镜头，其中一张，小友特地放大，且配上镜框给我送来了，我不由得来了好奇问："这是为什么？"

摄影人不做回答，可能觉得我这个"好奇"，太一般了点。是索拉浅笑的特写：浅笑中的索拉，那剪水秋波似的眼神，流溢着万千风情。彰显着女人无尽妩媚的魅力，正因为是随意捕捉到的瞬间，一点也不"作"，这一下子震撼了我。

我读出了眼波中洋溢着的自尊与自信。这是女人穿透了男女纠葛中的各种迷雾所获得的自在心态，完全不是那种邀宠的媚眼，而是一种渴望的真诚，真诚的渴望。

索拉用她笑骂自如的北京方言，在长篇小说《女贞汤》中，牵引出各类规格的女性人物，她们在不同时空、不同环境，用自身的经历凸显着自我。这个自我，浸淫着血与泪、浸淫着愚昧，也透析出觉醒，这觉醒突出了集体无意识沉淀在女性观念中的"汝不可主动"的道德内涵。对这项女人们上下求索了上千年的古老课题，淋漓剖析，把男性社会禁锢着女人的这项遗产，勇敢地踏在脚下，更以非凡的语言表达了性平等的欢乐。

　　这是一种思想。是一种态度和感情，是一项幽咽的历史情结的化解，沉睡了几代又几代的女性的生命意识，终于被开放的信息震醒，终于破土而出了。那个在我下乡采风时向我幽幽咽咽苦述着生活中的无尽烦恼的农妇，开始知道了人是什么，人该怎样活着，她的幽咽，"苦作了一天，睡下了，还得'侍候'男人"的心声将成为绝唱。这个"侍候"不知道摧毁了多少冤女，不知道愚弄了多少个只知道逞欲、并不知道性还有快乐的无知男人，因为致人愚昧的贫困在悄然继续。

　　人追求幸福的本能与生俱来，一个社会，首要的任务，就是要为人们构架一个能够享受更多快乐的环境，这需要大众的心理跳跃，更需要的是女人们的自觉解缚，女人必须承担这项艰辛的历史攀升。

　　男人永远想改造女人，当女人具有了反改造的部分环境时，这矛盾着的双方如何磨合，如何渗透与融合，必将触及幸福的本源，创造着快乐。

　　索拉用自身的拼搏，佐证了这一点，听听她那绕梁的吟唱，她在叮嘱："女人！你要自尊、自信。"

2004 年大雪之日作

振聋发聩

收入《梅娘近作及书简》（2005 年 8 月）
第 122-123 页

　　《南方周末》这份社会认知度较高，被人们评为信得过的报纸之一，在 2004 年 11 月 18 日的人物栏中为《打假医生陈晓兰》这篇报道辟了一个整版，殷切之情，可以想见。

　　陈医生事件之曲折，令人击节赞叹，又令人扼腕长嘘！这是首驳杂的乐章。

　　这位瘦瘦俏俏、已见疏发的额头下的这张脸，一派波澜不惊的神态，淡定的丰韵，有着医生该有的亲和。那个翻卷着的衣领上的装饰图案，却无法不诱起人们的遐想。那是件普通的、一般老百姓都能买得起的毛衫，图案似跳动的血线，蜿蜿蜒蜒，时上时下。如果陈医生是无意中选中了这个造型的话，我愿意以女人的敏感判定：这是陈医生一腔碧血的写意，是流淌着的满怀真情，她时时为上当受骗又不明细底理的人们在汹涌波动。

　　医生是母亲的女儿，是位寻常又不寻常的母亲的女儿，那个芸芸众生之一的母亲，在被误诊、缩短了生命、含恨而逝的前夕，留给女儿的叮嘱是："你是医生，病人不懂，任何时候都要保护病人的利益。"这掷地有声的临终叮咛，是众多无知病人的福音。这位洞悉世情的我们逝去的先人，明知女儿这项与假医疗器械斗争的壮举未必能乐观收场，仍然激励着女儿为此献身。这是母仪天下的深邃，是民族良知的闪烁。

《南方周末》的版面题词："她曾是上海一家地段医院的普通医生，在反映假劣医疗器械问题以前，她的生活平静而安逸，她曾促使国家食品药品监督管理局专门下发了文件，然而，直到现在，她反映的问题仍然未能解决。

"她决定破釜沉舟，亲自使用这种她认为有潜在危害的仪器。然后以受害者的身份起诉医院。她说她的目的只有一个，为了患者的利益，让那些披着科学外衣的假劣仪器从医院消失。"

这份题词，须发毕现，通体清明，给了我们一个实实在在的医生陈晓兰。

反复阅读这篇报道，我有了个笨拙的主意，到医院去，去做做什么"光量子""鼻激光"等高科技治病的仪器，目的只有一个，用实践来为陈医生助阵，用身体力行的感知，奉劝急于寻求健康的人们清醒，用事实警告攫取利润的冒险之徒不可害人利己。

升斗小民只有这点点能量，但愿升斗小民都有个陈医生那样的女儿，有个陈医生母亲那样的母亲。这才是民族振兴的保证。

2004 年 11 月 30 日作

一封未寄出的信

初刊《梅娘近作及书简》，北京：同心出版社
2005 年 8 月

　　我一直猜不透你为什么拒绝我。我很清楚，你是那样喜欢我，对我一直怀着深深的眷恋。在春风料峭的小车站上，你以大病甫愈之身却为我遮挡着袭来的冷风。我躲在你身后，心头千丝万缕，怎样也理不出个究竟。我在心底呼喊，向着料峭的春风呼喊：为什么？为什么呀？在我们具备了双栖条件的时候，你却拒绝了我。春风不愿回答我，为我遮风的你不肯回答我。或者，你以为，我这个出身贵胄之家的女人不可能过清贫的日子吧！或者，你怕我这只"彩凤"不可能与你燕鹊的儿女和睦相处吧！最最可能的理由是：谨慎的你，又一次被世俗框住了，我那被人议论纷纷的历史，你怕人家说长道短吧！如果真是这样，那是你的悲哀，更是我的不幸。不管你愿不愿意承认：勇气！你的字典里没有；我得承认：相对来说，我的字典里也没有。

　　这里的天太蓝了，蓝得纯净透明如一泓清水。我甚至遐想，透过这洁净的天空可以看到我那魂牵梦系，满浸我饮泣泪水的大地。那土地吞食了我的全部青春，进而将是我的全部生命。我却连放声嚎哭以泄郁愤的自由都没有得到过。环境限制了我，更可悲的，是我自己框着了自己。蒙难时，不愿痛哭，为的是激励自己，以渡难关；昭雪时，不愿痛哭，庆幸那得来不易的苟安；孤独时，更不愿痛哭，为的是制

造一种假相，似乎一切心满意足。多么艰难的人生，实在是活得太累了。而在我满心以为可以在你的抚慰中舒展开捆缚已久的魂魄时，你却撒了手。我切断了每一根为你编织的情丝，心堵气塞，再一次饮泣了。痛哭遗忘了我，我这个字典里没有勇气的窝囊废。

　　我恣意地打扮起自己来，为的是向沉默的你报复。不知道你还记不记得：有一次，我穿着自己绣制的长裙，以淑女之姿在你眼前出现时，你竟惊诧得瞠目结舌了，半晌不晓得是说给我听，还是说给你自己听："真漂亮！"却又不自主地加了一句："你这身衣裳真漂亮！"我反击了："不是我的衣裳漂亮，是我这个人漂亮，我穿什么衣裳都打眼。"——我不穿衣裳更诱人——这句挑逗性的话我没说出来，因为我的字典里没有"勇气"。但也还是自嘲式地说了句："女为悦己者容么！"你无言，且悄悄地低下了头。这正是我意料中的反应。我难受极了。就想一把揪着你，捶打、摇撼，盖上去我战颤的双唇，这个即将迸发的瞬间在你惶惶地站起并走向灶间去时未能引爆，等你扬声说："给你留的饺子，你尝尝我的手艺！"我真想狠狠地甩出那些粗话来，那些由性派生的煽情的语句来解气。

　　我的情匣未能引爆，我的淑女风姿婀娜！我不过是个没有勇气的窝囊废！我在蚕食自己的生命，不敢进攻、不敢爱，甚至，连放声嚎哭也不敢。

1994 年 8 月作

致辞

初刊北京《农业影视》
2005 年第 10 期

　　曾为《农业影视》工作过的一名老兵，在《农业影视》二百期的喜庆时刻，我有责任说两句祝福之辞。二百是个整数，更是个基数。整数标明过去，基数则放眼前程。

　　二百这个整数，携带着《农业影视》诞生以来的风风雨雨，点点滴滴影影绰绰反映了大环境（社会）小环境（农影自身）的诸多经历，述说了过去。

　　《农业影视》的起家，很平常、很简单。不过那是一种竞争的劲头，蕴含的是种不甘人后的敬业情思。

　　上世纪的八十年代以来，主管电影事业的文化部电影局有份机关刊物《农业影视》，宣传的口径集中在故事片，对科教片非常冷落。偶尔有篇报道：不过是哪个厂出了什么片子，罗列片名而已。当时的三个科教片厂：上海科影、北京科影、还有农影，都对此很有意见。当时，上科和北科都有自己的厂刊，《电影通讯》有时也从他们的厂刊中选取文章为他们宣传。这个情势使得农影厂的领导很被动，便决定也办一个自己的厂刊。当时，厂刊没有经费，我们白手起家，我请傅靖生义务为厂刊设计封面，傅很热心，自己调色，用喷涂的方法为厂刊作了彩色封面，内容的文章，打字油印。当时刚刚进厂的打字员，几十页的文章能够一气打好印出，并帮助装订成册。《农影通讯》就这样诞生了。尽管粗糙，内容也还单薄。

这是农影厂首次向大环境喊出了自己的声音，这个粗糙的刊物作为沟通信息的载体发给电影局和各个电影制片厂。

后来厂里给厂刊挤出了一些经费，我们联系农科院的印刷厂，为我们铅印装订，厂刊作为非卖品的刊物，向前迈进了一大步。

刊物的内容一直沿着始创时的主题前行：交流创作经验，讨论主题作品的得失，沟通编导与摄影之间的意见，探讨用光、剪辑的技巧等等。也划出一定的篇幅与厂外进行交流。记忆中，有上科影的大片《蜜蜂》（60分钟）的借鉴学习讲座会、北科影的大片《蚂蚁》的学习讨论会等。

《农影通讯》得到了电影局的承认和支持，全国性的电影会议也邀请农影参加，听取农影的意见。《农影通讯》的编辑被聘为《电影通讯》的通讯员，不甘人后的农影声音逐渐在起作用。

时代在前进，在电影制作后期统筹规划之时，农影割掉了洗印设备，在这个临界的转折点上，厂刊连续刊发了董全德厂长的有关特刊的必要性的文章，起到了稳定情绪的作用。

随着时代的要求，在以电影为主转向以电视为主的创作、制作的实践中，厂刊亦步亦趋，及时反映了全体从业人员的追求、探讨和努力。

现在，《农业影视》（2005年9月199期）放在我的案头上，那闪光的封面，那七彩的画页，那各具卓见的精彩文章，向我彰现：《农业通讯》发掘的敬业精神正向深扩展。如：《农业影视》呼唤强势主持人的声音，既是对自身的审视，也是对大趋势的体察，更是一种欲上高楼的飞扬心态。呼唤强势主持人意味着市场认可的品牌意识，品牌观念，这是一种与时俱进。

那位照片上看起来，颇具帅气的我的小同行，提出来"谁在倾听"的深邃意念，"倾听"的"倾"字用得真好。这是个崭新的观念，其实更是个古老的话题。"倾"字是尊重，更是"投入"，包含着敬业三昧。真格是只有听好才能说好，才能贴近主题，才能情绪相通；这样做出来的节目，肯定是好和更好。

199期的彩页传达了另一个信息，《农业影视》的掌舵人手持工具，劳动在抢险的第一线上，我的大批同行身穿"手挽手"的短衫，屹立在公益活动的第一线上，其中的亮点是主持人和副书记的微笑。这是一种亲和，亲和本身意味着和谐与凝聚正在运行，这给予事业的动力必将逐步显现，这标明《农业影视》在与时俱进。

仅以此区区短文，为《农业影视》祝福！

真情不泯

收入《釜屋修先生退休纪念文集》
【日】翠书房，2006 年 212—213 页

2004 年九月，釜屋①先生招待我和我的朋友——北京市社会科学院文学研究所所长张泉畅游箱根。

住和式饭店，吃和式豪华晚餐，睡榻榻米，令没有到过日本的张泉氏着实体味了日本庶民的旖旎风情，至今赞叹不已。

对我来说，那次相逢真的是百感交集，欲说还休。是釜屋的细心安排，使我重温了在日本生活过的，无不温馨的琐琐细细。

我在日本的就读时间，身份是"满洲国"的留学生，身为殖民地的女儿，耳边是远在祖国内陆，中日两国正在肉搏厮杀的凄厉之声，怎样也和媒体宣扬的"满洲与日本称兄道弟"的世况不相吻合，心情沮丧使我本该享受的花季年华，黯淡一片，没能体会出日本人的人之常情。这次相游，釜屋为我扫除了残存在心中的战争阴影，让我重新体认了日本。

---

① 釜屋修（1936-2013） 中国现代文学研究专家，历任静冈大学、和光大学、驹泽大学教授

　　釜屋赠送给我的研究中国文学的学报，封面上刊发的中国的民俗画，十分有韵味，我认定这就是釜屋为中日文化交流呈现的爱心，那里刊发的中国的"下里巴人"，入世温情浓郁，绝对和日本的庶民之情相通，釜屋为中日友情筑就了坚实的平台。

　　釜屋创作的那本赵树理评传，书名为"非难之死"。这既是为天才的被毁发出的怒喝，更是对中国那错了位的时代的鞭挞。这友谊，真金不换。

　　赵传的中译本，很受读者青睐，争相传阅。釜屋为中日交流作的不屈不挠的贡献，中国人永远不会忘记。

　　值釜屋先生的在职工作将画句号。以此短文，谨致心意，遥祝老当益壮，身体健康。

　　　　　　　　　　　　孙嘉瑞（梅娘）2005 年十月尾日，北京

梅娘：张爱玲的作品不鼓舞人心^①

初刊《新京报》

2006 年 1 月 6 日

梅娘 现代女作家，1920 年生于海参崴。本名孙嘉瑞，另有敏子、孙敏子、柳青娘、青娘、落霞等笔名。著有《梅娘小说·黄昏之献》《大作家与小画家》《玉米地里的作家——赵树理评传》《长夜萤火》《梅娘近作及书简》等。

新京报： 今年什么书给您的印象最深刻？

梅娘： 我印象比较深的一本书是《惊蛰》，长篇军事小说，觉得写得非常好。首先是它的"惊世骇俗"，题材是关于空军的，有一些新装备的描写，对一般人而言比较陌生。这本书描写了军人生活、升官、不同类型的爱情、军训以及新旧思想斗争等等，概括得很全面，描写很到位。

尤其是书的文字很美，可读性很强。里面四个字的叠句非常多，非常纯粹。比如形容气候的，"地上开花，树上结果"；还有形容保

---

① 标题为新京报编辑所加

守人物是"不寒不暑，四季恒温"；形容一个飞行员长得很壮，是"幅员辽阔，山河壮丽"；形容军队里的一种关系，是"近亲繁殖，家庭作坊"，都特别有意思。

《惊蛰》最大的特点是它是一部理想主义的作品。它宣扬理想，里面的人物都非常敬业，愿意为理想而奋斗，即使在飞机快要失事的生死边缘也始终坚持理想，这就很深刻。理想主义的书总是鼓舞人，给人希望，我认为这一点非常可贵。

新京报：您会向读者推荐什么书？

梅娘：我就推荐这本书。因为这本书对现实社会有很好的启示，彰显了理想的魅力，这很不容易。文学作品如果没有理想，不能鼓舞人，还有什么呢？比如张爱玲，她的文章里没有理想，没有一点鼓舞人心的东西。你看了她塑造的人物后对这个人对整个社会失去信心，觉得没有希望。《惊蛰》虽然有理想的成分，但并不觉得脱离现实。现在的年轻人哪个有理想？都是自以为有了硕士、博士文凭，年纪轻轻的，找到一个单位这一生就算了。而且没有追求，哪里薪酬高就往哪里去，没有理想，对国家、对民族、对家庭没有责任感。我觉得这本书对年轻人很有用。

新京报：您对今年的图书市场作何评价？

梅娘：我现在就是写写散文，看的书都是别人送给我的，对现在的图书市场没有过多关注，不太清楚情况。

北海公园的百姓乐

署名：孙嘉瑞

初刊北京《社会报》

2006 年 9 月 13 日

　　金风送爽，告别了酷夏。北海公园太液池上的如洗晴空，池两岸的依依碧柳，呼唤着难得的好天气。人们来了，老的少的男的女的，一齐来舒身展心，牵引出来的是北京的祥和。

　　几位大妈利用岸边的长凳，摆起了工艺品货摊：憨态可掬的造型小动物，鸡鸭猫狗，还有会飞的鸟，那么多姑娘们喜爱的发饰，精精巧巧的小手包。更有一位大姐，当场献艺，教人制作穿珠嵌片的北京彩鞋，利用的是边角废料，一律手工制作，她们展现的是民间百姓的手工工艺，更是在呼唤着被漠视的历史。

　　有个组合在练舞，合着乐声，舞姿蹁跹，猜是探戈？不完全像；猜是华尔兹？不完全像；猜是踢踏？不完全像。练舞人意气风发地笑了：这是我们自创的集成舞，集各式舞步的优美于一曲，够意思吧！

　　还有个组合自带麦克风，估计年龄都在四十岁以上，正在轮流引吭。我被一位大嫂的歌声震晕了，她唱的那么称心，那么声情并茂，甜美的女中音，浑厚圆实，完全不让歌手德德玛。我忘情地为她鼓掌，不由得打量起这位平民歌手来。她穿着一件碎花上衣，又穿了条流行款式的大花半长裤，虽看着挺不协调，可是，这又有什么关系呢！她要的是展示感情，展示新风带给她的完全不同上辈人的生活实态。如果让时光逆向流回五十年，她这样一位相貌平平、又缺乏文采的女人，肯定是缩在原始的厨房中，拉风箱、贴饼子、侍候一家老小的锅碗瓢盆，想也不会想及自己有一个天生的歌喉！而今，她脱却一切束缚女人的陈规陋习，神采飞扬，大大方方地当众而立，满怀激情地唱起歌来。歌唱着完美的生命，歌唱着来之不易的新生活。

《满洲映画》的王则
—— 一位日本朋友的笔记读后

初刊北京《新文学史料》
2007 年 2 期

在"满洲国"，数不胜数的中国人死于非命。其中一个青年引起了我的关注。查了所有能得到的信息，他没有可以筑成他被杀害的行动，没有！他只是一个率真的人，一个性情中人，一个忠于爱情的人，一个按自己良知行事的人……他的被杀，彰显了战争的残酷本质。

王则 1916 年生于辽宁省的营口市，他的家和这个滨海的小城一样，沐浴着大海的宽阔的信息，有一些外通的孔道。他从小就读到了来自平津一带的书籍，使他立下鸿鹄之志的是鲁迅的教导：他要利用文学促进觉醒，唤醒麻木的同胞们。

十六岁时，王则从营口商科学校毕业，打得一手好算盘，并以此考进了《营口日报》，开始了自己的入世人生。

营口因为外通的孔道很多，受到的镇压特别严酷。从上到下，一律日本人当岗，尽管在《营口日报》上还能刊发一两篇短文，大少年的王则感到的只是窒息加窒息。他所刊发的短文没署本名无法查找，已被时代湮没了。

这时，传来了一个好消息：说是在"满洲国"的首都"新京"（长春）建立不久的"满洲映画协会"①，迎来了一位酷爱文艺事业的总裁（董事长），他有能量拒绝警方军方的干扰，可以自由从事文艺创作。对军方与政治的实质性关系还不甚了了的二十岁的王则，相信文艺独立的说法，决心投考"满映"，以便开展抱负。

他以好算盘的强项考进了"满映"，时年二十二岁（1938）。王则跨进"满映"的前一年（1937）爆发了卢沟桥事变。日军貌似辉煌，其实是陷入了侵华战争的泥沼。接手"满洲映画总裁"的甘粕正彦这种资深的政治家十分清醒："要想臣服中国，必须稳定满洲。"他要把自己掌握的这块前哨阵地筑造成王道乐土的样板，消除敌忾。甘粕视事之前，由于按照日本霸气思维制作产品，电影主导权放给了从日本本土过来的，不了解大陆实况的日本人导演，雇用了不懂电影、只会顺从日本意图的中国人合作；推出来的产品，舆论不看好、庶民不接受，被刻薄地评价为："照片配留声机的伪电影。"

甘粕首先把"满洲国映画会社"改名为"满洲映画会社"②，重要的是隐去了"国"字的政治色彩，突出了"满洲"的地域性，这就意味着：这是"满洲"地方、"满洲"人自己的电影公司。在公司内部削减了日本人的特权，把原来配给日本人的食堂券（可以吃到白米）配给全体员工，改变了中国员工的工资。例：和李香兰齐名的中国演员李明，李香兰工资 250 元，把李明的工资由 45 元提升到 200 元，把小演员

---

① 1937 年 8 月 2 日，伪满洲国国务院通过《电影国策案》，设立"株式会社满洲映画协会"，投资五百万元。8 月 21 日召开成立大会，第一任理事长由新京市长金璧东兼任。1939 年 11 月，曾任伪满洲国民政部警务司长的甘粕正彦被任命为第二任理事长。

② 最初就叫株式会社满洲映画协会，没有改过，作者此处记忆有误。——编者

的 18 元工资提升到 45 元，把从大连特运到长春的市面上少见的苹果也分配给全体职工。中国人的传统节日春节，按当地习俗放五天长假，假期中，甘粕系上传统的红裤腰带，和员工一起载歌载舞。最重要的是，他把作为"启民电影"的国策走向改为"娱民电影"，立意电影要为庶民服务。

1937 年的卢沟桥事变，使得中国情结浓重的王则这些年轻人不能不忧心忡忡，王则的自我解脱是：起码"满映"是个能提供生活安定的场所，说不定还能写点文章发挥自己的夙愿。

王则被安排在总务科，具体作《满洲映画》杂志的编辑工作。1939 年，甘粕以开放的姿态在奉天（沈阳）举办了一个"向'满映'进言"的文化人的座谈会，王则作为司会听取了大家的意见。

意见多是贬词，很多意见王则都有同感，作为"满映"的代言人，王则不能不按着"满映"的立场来说话，当意见集中在李香兰主演的《蜜月快车》上时，文化人认为："这不是给'满洲人'看的，情节与'满洲人'不对路，往好里说只不过是迎合了低级趣味，连主题歌怕也不是李香兰所唱。"

王则只说了一句，歌"确是李香兰所唱"。

在一次公司举办的演员班训练考试之后，王则写下了这样的随想："侦探片得到老百姓的认可，是不错，该思索如何提高，英雄版的英雄，并没显露英雄的形象……"（刊《满洲映画》"康德"3 年 5 月号）

在"康德"5 年（1938 年）《满洲映画》十月号的主力明星座谈会上，作为司会，王则有一小段和张敏的对话：

王则：张敏女士，你一向饰演老年角色，这次在《微笑大地》中饰演姑娘，感觉如何？

张敏：初作演员，就安排我演母亲，当饰演儿子的演员比我年龄大叫我"妈妈"时，我打着寒战，看都不敢看对方一眼。在《万里寻母》中扮演叶苓的妈妈时，感觉就顺过来了，《微笑的大地》中扮演姑娘，反倒不自然了。

王则：你可是正儿八经的大姑娘，芳年二十啊！

张敏：我自我感觉，还是演老年人合适。

当时以饰演老年人知名的张敏，和过了三年才成为"满映"的主力导演的王则都未尝意识到这段普通的对话，竟是两人走向结合的契机吧！

这一时间段，王则编导了三部影片，都是讲家庭问题的，其中，有一部叫《新生》的影片，招致了注目。甚至有人说：这是配合蒋介石的新生活运动的。王则的国民党人（？）的形象被众人侧目，可惜，没有查到更详细的材料，十分遗憾。

在甘粕的策略下，"满映"迎来了一个小高潮，由于由中国人主创的计划的实施，"满映"网罗了部分有才能的中国人：编剧人有：张我权、杨叶、梁梦庚（山丁）、张南、田琳（但娣）等文学界的知名人士；导演以张天赐为领军人物，陆续推出了《患难交响乐》《荒唐英雄》《青春进行曲》《夜未明》（1942），继之更推出了《白马剑客》《燕京与李师师》等群众看好的影片。

王则对甘粕有点迷信，相信甘粕有一颗文化人的良心，他以为在甘粕的庇护下，多少可以做些自己想做的事。他改编了茅盾的《子夜》，不合时宜没有通过。1941年他的小说《醉》在《满洲经济》月刊（4月号）

重新发表。

《醉》的梗概如下：

张贵是个好人，还有个俊俏的媳妇，平日并不沾酒。得了一场大病之后，瘦得皮包骨头，开始酗起酒来，拿到一点钱，便去沾酒。发誓不喝了，还是喝，还是喝，像个淘气的孩子一样，常常醉卧在大街之上，妻子不再搭理他，好像外面有了相好的……

小说对酗酒男人的心理描写得很透，整篇飘散着阴暗的气氛，有人把这种阴暗指责为影射了殖民地的现实，把上了瘾的酗酒比喻为秘密进行的民族斗争欲罢不能。王则几乎被指责为国民党的代言人了。

王则写出了自己的得意之作《大地的女儿》，说的是：一对年轻的男女，以大地为家，苦苦地为生存而奋斗，显然，大地不是"王道乐土"，这双年轻人苦苦寻找的幸福在哪里？

剧本没被通过。

甘粕看出了王则的潜能，想把他培养成中国人的主力导演，送他到日本的几个电影制片厂去见习，回来后，把他调到了主力车间制作部。王则利用巴金的小说《家》的创意，推出了自己主导的第一部电影《家》，《家》的故事如下：

铁匠世家的王老爹过世之后，妻子王姚氏和长子家福继承了铁匠铺，过着贫困的日子。学习摄影的二儿子家禄和恋人桂芬对家福的只会守业不会开拓的行事很为不满，经常嘲骂家福的无能。这一天，桂芬的姐姐桂芳和桂芳的对象打算创办新事业，向家福融资一千元，家福不允并大发雷霆，把老母气病。在母亲的病榻前，兄弟姊妹觉悟到只有一家人团结起来，才能拯救小家……

这部电影没有更尖锐的言辞，只讲团结的好处，通过了。有心人联想到这是国民党人号召大家团结起来，特务因这个隐喻，为王则记上了黑色的一笔。

《家》的主角王姚氏，王则选用的是以演老年角色出名的张敏，且因这次合作两人走入了热恋、走入了谈婚论嫁。人们说及王则时，先说张敏，张敏是"满映"的一块招牌，王则敢与她相恋，引人注目乃是当然之事，王则的行动已在警察的监视之中，生活的一点一滴都被记录汇集一起上报给日本人，记录的是中国人，掌握的是日本人。"满映"有一个人人皆知的张小九，这个痞子见钱眼开，见女人就眼离，有好吃就上。王则十分讨厌他，甚至当面笑骂他是狗。这是王则的真性情，他见不得这个坏蛋。

当时，普通老百姓还没有机会接触共产党，由于舆论的严密封锁，对共产党的抗日事实所知甚少，像王则这样心怀祖国的年轻人，情感自然投向了国民党。当梁山丁提出"乡土文学"的走向时，王则立即合拍：为自己又埋下了一条隐患。

一向没有军警干扰的"满映"发生了一件大事，身为"娱民电影处"处长的姜学潜突然被宪兵逮捕。这姜学潜是甘粕从协和会挖过来的干将，还有个日本老婆，一向是公开的亲日派，厂方没有公布被捕缘由，成了个大大的谜团。

对甘粕抱有希望的王则一下子清醒了许多，甘粕只不过是军方的又一个棋子，棋路虽然不同，实质仍是"皇军"路数。

王则仍然把自己批评"满映"的文章拿出来面世了。文章如下：

这一时期的电影计划不切实际，制作目的不清楚，以武侠、侦探、神怪、传奇为中心拍摄的影片，只为了迎合观众心理，效果并不好。这类影片并没有拓宽满洲观众的视野，反倒把他们拉到迷魂阵去了，满洲电影制作者的立场，如同大家庭中的丑姑娘，不仅是赔钱货，由于面目可憎，当面受到的是冷嘲笑骂，背后更是苛责不已，因此赔钱的丑女不得不拼命地用化妆品来掩饰黑斑和麻点，顾不上化妆品中的铅中毒了……（《满洲映画》"康德"10年4月号）

用拼命化妆的丑姑娘，比喻"满映"，这道出了"满映"的实质，也是王则的真心话。

王则已经感觉到了"满映"对他的监控，当他去了北京，又去了天津，找到了逃出"满映"的通路时，他向"满映"递了辞呈。他拍摄了在"满映"的告别影片，仍然是一部中国民间的折子戏，名字也是老名《小放牛》。

牛馆朱曲到野外放牛，与村姑云姑相遇，朱曲以歌唱问路，云姑以歌唱作答，一路行来，又歌又舞，场面欢快。这是王则的"娱民电影"。

当王则再次由华北返回东北，希望张敏带着新生的儿子和他一起离开"满洲"时，张敏以父母年老，无法离开，不肯同行。其实，在王则辞职前后，张敏两次申请辞职，厂方以尚在拍片为由，拒绝了。

在冈田英树编辑的《"满洲国"首都警察文艺侦谍活动报告》中，查到了有关王则的被跟踪的实地记录。这记录是写在中缝印有"满洲帝国"的绝密的本册中的——

一、王则1942年去天津参加"华北作家协会"与《武德报》的柳龙光、梅娘联系；

二、与挚友山丁、安群筹建满洲文艺墓地；

三、其妻张敏经常出现在汪政权的驻满大使馆，与情报网有接触。

鉴于上述情报，遂山特务署指定特高股长田中贞夫指挥，由警尉王智华、白成德、侯世勋等监控、跟踪、布置警戒。记录如下：

一、王则赴平之事，已于10月17日汇报。他是来满映要求复职的。来京后，立即去张敏住处，行动消极。10月24日应张我权、梁山丁之约，去松竹梅食堂会餐，九时十五分结束。

二、10月25日张敏向"满映"递上辞呈，被拒绝，王则遂乘三十日九时的列车去营口省亲。

三、张敏11月15日到12月1日去天津与王则相会。

原"满映"摄影师王启民有一段存在特务档案的有关王则被捕前后的细节如下：

特务王智华得到王则又来"新京"的谍报后，用弟弟王智忠（摄影助理）约王则和张敏到演员徐聪家打麻将，玩牌之间，王智忠有意询问王则的要车时间，王则一一说清。

当王则坐在开往天津的列车上，发现特务王智华也在车上时，还以为可能是同行，车行至"新京"南站，王智华展示了逮捕令，写的是"国民党嫌疑"，把王则押下火车，直送首都警察厅监狱。

王则在狱中受刑至死，时为1945年初（"康德"10年），年仅二十九岁。

只有文学家气质的王则，欠缺的是政治家的嗅觉。接触到他的信息时，我常常不知不觉地狠骂起来："傻瓜，顶顶尖的大傻瓜！怎么能把所乘车次、时间清清楚楚地告诉别人呢？"

　　当然，无法要求王则：他是为了和至爱的女人相会，为了拥抱自己的婴儿才向虎山行的，明知山有虎却冒险而行，这是真正的人间至情。该诅咒的是那个错了位的时代，有句格言说得好："某种性格遇到某种政治，那是逃不掉的宿命！"

2006 年岁末

话说俊子

初刊《芳草地》
2007 年 5、6 期合刊

被中国女性读者誉为"知心姐姐"的左俊芝（田村俊子）给予中国女性的关怀，温馨而隽永，正像中国江南老百姓喜爱的腊梅花一样傲寒盛开，在凛冽的气氛中，送给你一缕缕暗香，若有若无，却极其醇美。

田村俊子——这位在廿世纪初期日本文坛上风靡一时的作家、艺人，一开始登场，便姿态万千，更以一种咄咄逼人的女权主义者的面貌问世。她用流畅的小说话语向世俗宣告：女人必须自立，男女必须平等，女人不能永作男人的泄欲工具等等等等。这在军国主义情热，仍然稳稳当当地处于大男子主义情绪的日本社会来说，可以说是石破天惊、震聋发聩。

俊子就是带着这种同情与对被儒家思想禁锢了上千年、处于弱势的中国女性的无尽关怀来到上海的。而 1938 年的上海，正处于被日军占领后的尴尬时段。日本占领者急于粉饰标榜为"大东亚圣战"的"共荣"战事，急需日本人扮作"朋友"来缓和中国人的仇日情绪。聪明又理想在胸的俊子，看准了这个事实，决定办一份送给中国姐妹的刊物来叙说姐妹情谊。她几经奔走，几经参照，几经捉摸；这正暗合了侵略者的心意，因此，她得到了日本驻华使馆的资助，得到了日本军方批给的平价纸张，又得到了早已在上海开设的日资太平洋印刷公司的承印许诺，为《女声》坠地筑就了平台。这个机遇，对当时当地的中国人来说，那是准天方夜谭。那时的汪伪政权绝不会批准出版这样一本不为战争唱颂歌的杂志。

《女声》的三条办刊宗旨是：一乃妇女呼叫声，二为妇女而声，三由妇女发声。俊子更在办刊宗旨的第一条里，叙说了自己的心声。她说："现代的妇女是生逢在一个极其困苦的时期，我们的生活没有保障，灵魂没有安慰，精神和物质的营养都感到不足。正因为这些，我们要呼喊，就到声嘶力竭为止，我们也要呼喊出个正义来。"（见《女声》一卷九期）

那毕竟是个不寻常的时间段，《女声》胎里带来的这个不三不四的出身，使中国人望而却步。俊子明白这个事实。证明《女声》不是日本帝国的吹鼓手，只能用实践来求生存。她尽量以日本女性固有的缜密，把一切影响中国人情绪的因素尽可能地淡化，把为了回报资助而不得不报导的战争形势只作为新闻处理，绝不沾染煽情意味。俊子这个难能可贵的苦心措施，明眼人一看便知：《女声》中的新闻栏，只是一条顺应大势的乏味的风景线，是与《女声》办刊宗旨并不协调的浊音。

《女声》在日本军方秣马厉兵，长驱踏上中国国土的战争阴影下，艰难前行。赢得了中国读者好感的文章，期期露面。《女声》的主导文章，贯穿始终，从创刊号刊登的《中国妇女求学问题》（作者芳君）起，二卷一期的《职业妇女与无职业妇女》（芳君），三卷一期的《谈作人》（方君），年年月月，执著于为妇女而声的办刊宗旨。而主编俊子通过《编后语》《读者信箱》等窗口，向读者献上了娓娓爱心。她作为女权主义的维护者、女性启蒙人物的形象得到了认可。读者来信从几封、几十封到上百封，封封诉说着要"知心姐姐"解决困苦的真情。一派家长里短的入世温情，一派姐妹互动的解纷纠扰的悄悄话。这一点也不辉煌，对处在精神饥渴、生活困顿的中国妇女来说，增强了妇女自救的信心，提高了观察世事的能力，对生活埋下了希望。是一场及时的春雨，发挥了"随风潜入夜，润物细无声"的滋养效果。

俊子的得力助手关露（芳君），除了按时按期用犀利的笔触书写文章外，还邀请了一帮仍滞留在"孤岛"上的原有的作家群为《女声》输送文章。作者名单里，大名鼎鼎的文化名人周作人、予且、张资平、陶晶孙等赫然在目。那位署名为芳君的关露，其实是个货真价实的共产党。当时上海的地下共产党渴望同日本共产党取得联系，多方探寻可靠的通道。他们经过不断观察，认定俊子是个真朋友，可以结交，便把左联志士关露送到了俊子身边。

俊子和关露，在生活的岔路口上相遇，情感上融融洽洽，其实各有心曲。多情的俊子，是斩断了一切情丝——国家的、民族的、生活的、爱情的，抱着拼却今生的勇气留在了异国他乡的上海的。她改穿中国旗袍，经常以中国老百姓常用的阳春面充饥，用还不熟悉的中国话结交中国朋友，在中国人杂居的公寓中栖身，吞咽着中国江南的糙米（这可比日本大米逊色多多），最奢侈的晚餐，不过是一碗牛肉熬萝卜。日本名作家草野心平目睹俊子用冻得红肿的手奋力地切着萝卜的场景，心痛得感慨万端。人们不得不问："俊子！你这是为什么？"

俊子没做过正面回答，只在和关露的交谈里透露过点点心声："中国女人的处境太困难了，她们缺少文化，我们得帮助她们。"青年时期接受的共产主义思想，很可能俊子是作为理想来膜拜的，和铃木悦十八年间从事工人运动的实践，烙进血液中的体会，是对弱势群体的绵绵关怀，尤其是对妇女受摧残的现实愤懑。用快刀斩乱麻的果敢行动斩断了和窪川鹤次郎的爱恋的俊子，内心空落落的。如果说，这个时间段的俊子已经把中国女性的苦难作了情羁对象的话，那不现实。俊子首先是逃离，避开增添苦恼的身边社会；其次，她可能产生了一种朦胧的愿望，盼望能用自己力所能及的温情去温暖什么人，散发爱心，以求得心灵的安顿。在她接触了中国社会之后，发现中国女性的境遇比日本女性更悲惨，她开始筹措如何来为中国姐妹做件切实可行的事。她炽烈的同情之心有了着落，心曲也和畅起来。就这样，审时度势，她创办了《女声》。

关露是领受使命来到《女声》的，这是共产党的另一条隐蔽的战线。关露是打入敌伪内部的一双伶俐的眼睛。这双伶俐的眼睛承受的非难，不是来自敌人，而是来自内部，是自己人。浅见的部分左派人士——左联盟友，说关露是耐不过敌人的高压利诱，向敌人投降了。了解关露为人的人则为她惋惜，说她不该投入《女声》这个烂泥塘，污了手脚。关露心中汹涌的是为新中国催生的激情，既然抗日战线中需要这个通道，她便是挖路的先遣队。她以共产党人的忠贞承受了这一切，娉娉婷婷，一派中国传统淑女的典雅形象，协助俊子，使《女声》在战争衍生的诸多苦难中艰难前进。

战争在中国大地上延续，日本最后的一根救命稻草——偷袭美军的珍珠港，爆发时惊天动地，带动的幻灭却如影随形，无论是什么样的渲染，经济崩溃的步步相逼已无法掩盖，孤岛上海的物价指数月月疯长。

　　《女声》的那点点官方资助，已经微不足道了，俊子四方奔走，招揽广告。《女声》已经赢得的读者，支撑着这份贴心的刊物。俊子在《读者信箱》《编后》等品牌栏目里述说着爱，述说着情，她已经与《女声》融为一体，完全无视来自祖国说她又老、又丑、又穷，说她荡尽了昔日芳华的言词。她栽下了友谊，生命因之充实；她收获的是为理想献上的坦诚心灵。

　　她与关露的友谊与日俱浓。她俩共同走在血雨腥风的战争年代之中，表现默契的语言是关露对俊子的深情笑貌。她们共同读着战争的报道时，俊子皱着眉，静静地说"文化摧毁了"！关露是紧紧地拥抱着她。她们的心曲超越国别，在泛爱的激情中奏着和弦。

　　1945 年 4 月 15 日，《女声》三卷四期的校样出厂，俊子赶去工厂看校样，路上突发脑溢血，倒在了昆山路和四川路的交叉路口。昏迷中，被中国老百姓送进了医院。

　　关露一直守着昏迷中的俊子，直到俊子弥留。关露的耳边是俊子的幽幽细语："生活的滋味不是甜的，是苦的。但是我们必须去经验，但是希望大多数人的生活是甜的。"

　　穿着中国旗袍走完了人生最后一段路的俊子，是中国女人的知音，是贴心的好姐姐。关露用最真诚的诗句呼唤着："俊子啊！魂兮归来！战争过去了！"

　　　　　　　　2005 年 1 月 5 日大雪初晴，应渡边澄子教授所约

梅娘自述

署名：孙嘉瑞

初刊顾国华编《文坛杂忆二十四卷》，自刊本，第 32-33 页
2007 年 11 月

我只是一只草萤，具有点点微光，在民族蒙难的艰涩岁月中，抱着灼亮黑暗一角的豪情，莽撞地运用了青春的笔励志：燃尽微光，送走生命，燃尽微光，送走生命。

如今，随着老之已至，经历了生命中的七灾八难，被生活淘洗得酸辣甜咸苦五味俱全的心态，仍然豪情未泯，还时不时冒着忧国忧民的傻气，甚至还有"该出手时就出手"的草莽之忧。陆诗人的"僵卧孤村不自哀，尚思为国戍轮台"的情愫，一贯潜在知识人——我的心底，传承着入世豪情，温暖着生命的尾日。

古希腊人将萤火虫唤作"拉斯皮鲁"，创意为"提灯夜游的诗魂"。在北欧的十字绣精品中，有一幅为"拉斯皮鲁"造型的小挂件，这个生于草丛中的小昆虫，装饰着轻纱样的奶白翅膀，化着天使的小虫，铺开长裙，作飞起架势。而手中提着的那盏小灯，洒出点点金光，并不耀眼，却浪漫又温馨无限，这是对生命的张扬与礼赞。

以草萤自况的我，缺少的恰是化作天使的遐想，无悔的是：我仍在燃尽微光，送走生命。

一次碰撞

初刊《开卷》
2008 年 11 期（总 104 期）

那位一次、再次在电话里向我相约，要我为他们的妇女专栏作一期访谈节目的某电视台的主持人，殷殷地说，她读了我的书，很受感动，在读了我独立抚养遗腹子的苦难岁月时，还流下了热泪。她要为我张扬心曲，她说，我的行为体现了女性之光，她愿意就为妻为母的话题，和我侃侃体会。

如何为妻为母，这是我毕生求索的重大课题，我一直渴望有更多的知音参与侃论。这话题，离不开琐琐细细的家长里短、又是纵贯着历史的诸多褶皱。我认为，短短的一期访谈，怕是难以梳理出什么亮点，我一直犹疑着。

万没想到，在香花漫开于大路之旁的新秋之晨，女主管竟轻车简从光临了寒舍。

冷然间面对着这位包装得精致、得体又不乏时尚的女主管，我的感觉怪怪的，怕是她走错了门、找错了人。

女主管仪态万方地落座之后，打开了她的对讲机，她首先为没约而来的鲁莽道歉，继而说：她是真正地被我感动了，她要为这颗慈母之心，谱写华章。

我直觉，她肯定为我们的相见构筑了自己的框架，我有些不知所措了。

见我无语，她审视了我的家常穿着，审视了我白发参半的沧桑容颜，不经意间说了声："你年轻时，肯定十分漂亮！"随即贴切地说："和你齐名的张爱玲，晚年不肯以损颜见人，这心理，我懂得；不过，你不要顾虑，我们的化妆师，可以帮你找回青春，他们正在待命，一个电话就能过来！"

什么？什么？我疑惑半失聪的听觉出了毛病，化妆师？我的心曲需要化妆引进？何况，我固执地认为：如何为妻为母，基点是如何作人，如何作一个时代的女人，这话题裹挟着历史风云又牵涉着时尚的脉脉径流，在铺天盖地的"白大夫就是让你白"的美容广告的煽引下，我能说出："白大夫就是让你白只是一种煽美的短平快，美的基础是……"这样不令人待见的话语吗？

女主管说："你对我倾述心曲，我助你找回青春，一个昔日的美女作家，一个今日颇有影响的女主持，画面里外，女性魅力，文学厚度十足，值得欣赏，不是吗？"

纠缠着难以概述的历史错位，流淌着剪不断的多种哀思，我能在化妆师的帮助下，幽咽着述说多难的往事吗？不能！不能！我的损颜，是历史的无情雕琢，我的心曲，是痛定思痛后的理性苦思，化妆遮盖不了这个旅程。

女主管见我无作为，说："我的时间很金贵，是拨冗前来，我想人人都愿意上镜！"……

　　当然，我们的这次会面，礼貌性的结束了，临别女主管悻悻地说："X老师，我真的是想帮你张扬心曲！"

　　我的心曲是渴望女性的觉醒，渴望女性群体的心灵升华，甩掉历史遗留的男权暗影，作真正自主、自信、自强的时代女人，打造优势互补的两性合作，实践和谐，这不应该仅仅是理想！

2008 年 9 月 9 日

悼念

初刊《天津记忆》第 24 期
2009 年 10 月 28 日，第 3-4 页

我接到了一个陌生的电话，是个中年或是半老男性的声音，语音恳切，他说："我是张守谦的学生，我们筹划着为张先生刊出一部纪念文集，希望您写点什么……"

前些天，北京社会科学院文学所的张泉所长便说给了我："关永吉走了，据说走的很安详，没有过分地为病折腾。"

没有过分地为病折腾，这是老年人的幸福。守谦兄弥留时的安详，我相信：更是源于心灵的安帖，因为他获得了应有的理解与尊重。是他的学生，是下一代要为他立传了，这是社会的承认，是合乎历史的鉴定。

我和张守谦（关永吉）是同龄人，曾共同生活在万马齐喑的北平，共同在乌云环控的北平文坛上舞文弄墨。他写小说和杂文，有名噪一时的小说《牛》，有《向北平文坛建议》的杂文等等。我只会写小说，我没有他那磅礴的才气和观测风云的机智。

书评人殷实说："即使是生活在沦陷区，那也是生活。"生活在沦陷区的我们，一群在中华丰厚文化土壤中成长起来的恰同学少年，要为生活留下些什么样的痕迹，才能无愧于祖先，无愧于自己的良知呢？那是个非常的年代，我们头上顶着日本占领者、傀儡华北政权的

双重天穹：什么能说，什么不能说，这个拿捏的分寸，痛苦、艰涩、无奈，我们在锁着脚铐跳舞。

我们之间的智者——张守谦提出了一个响亮的口号："我们是乡土文学，爱我们的乡土，爱我们的家乡，爱是无尽的源泉……"

这个普世公认的爱家情愫逸出了审查者的鬼门关，为我们找对了书写的方向。

如果说我们一开始就立下了与占领者相斗的雄心壮志，那是自我膨胀，是自己往脸上贴金。我们只不过是群黄口孺子，只是要本着中华儿女的良知，抒写受辱的心灵。

就在日帝疲于应付八路军的游击战术的1943年，张守谦向华北文坛提出了一项三自的建议，三自是"自信、自觉、自强"。自信是我们是人，不是狗，不是老虎、刺猬；自觉是争取人的生活；自强是不在作品里塞进不健康的东西。

这建议铿锵响亮，占领者恼怒了，张守谦为此付出了两次坐牢和踏上了远离故土的流浪之路，直到日帝投降。

有一段时间，我们被情绪化的文坛定名为"汉奸文人"，理由是"我们在日帝占领的文坛上说三道四，是为日帝粉饰太平"。

这个判定对我们的伤害要多深就有多深。对待伤害，张守谦显露了罕见的明智与从容，他不作辩解，只是说："请检查我的所有作品，白纸黑字，那是炎黄子孙的横颅，没有一丝'大东亚共荣圈'需要的媚骨。"张守谦又一次作了我们的表率。生存的艰难和政治上泼的污水都熬过来了，我们丧失的是长达廿二年无法握笔的无奈。这是种痛彻心肺的无奈。

六十年的时光，历史的尘埃已经碾化成泥从指缝间悄然落下，其中那闪光的碎片仍然光芒灼闪，那就是张守谦的呼号——"爱我们的乡土，爱我们的家乡，爱是（无尽的）源泉……"

2009 年 10 月

感悟片断

署名：孙嘉瑞

收入顾国华编《人生感悟与长寿感言》
2011 年 3 月，自刊第 40-42 页

　　和顾国华同志交往，缘起于他赠送给我的他主编的《文坛杂忆》，且不说《杂忆》内容带给我的震惊，那行云流水般的墨笔楷书，那装订古朴的线装典籍，这对我真是隔绝得太久了。《杂忆》召唤我从长久的受辱噩梦的阴影中走出来，这是项信任的馈赠，是项祖国的召唤。生长在殖民地中的我，青春时段忙于书写，之后，又忙于学习一系列的理想化的典籍，忙于脱胎换骨，一直漂泊在祖国的涵盖之外，儿时短暂的笔墨之香，几乎泯灭殆尽。就在这个空间，一期又一期的《杂忆》，抚慰了我的神魂，我沐浴在墨香浓郁的奇美的汉字之中，我为我能重展华夏心态而自慰。

　　如果被问，这是不是也是长寿的积累？我说是。我在浏览"杂忆"时，总是开心愉悦，再加上对受辱者情况的唏嘘之情，是一种静谧的安恬心态。流走的时光被这安恬的心态拖慢了，我缓步在老的途程之上，享受着珍稀的友情，温暖着生命的尾日，感谢编者、笔者的不懈付出！感谢！！

　　（一）人类，永远是在探索途中，地球人都在不同地域以不同方式进行探索，探索如何接近至善，臻于人人都能过上好日子的时光，

探索不可能一往无前，总会有弯曲，总会有坎，总会被野心家忽悠，被某种制度调侃，要把苦难垫在脚下，挺起胸来尽可能调整好心态，这就是最佳的生存实貌。

（二）大千世界中，有两个针锋相对的生活观，勤与懒，用"勤"来操作生活，也可能有不顺，但有"勤"来化解；用"懒"操作，享用了时间，可只有"废"来回报你；世上没有单一的懒，也没有单一的勤，芸芸众生，勤懒相伴，生命就是如此。

（三）我已经很老了，老到行动不便，听觉不灵，虽然还没有痴呆，反应很慢，与现实越来越远，但也不愿讴歌繁华，礼颂富有，因为我们还没有进行到全民衣锦，众生豪居的无忧时代，有很多伤痕要抚慰，许多不公要修正。我们这一代、下一代仍然是任重道远，光明在望。

（四）其实，对工作的执着，就是一项长寿的积累，收获不仅是物质的，也是精神的，甚至可说是心灵的。做一件自己喜欢又有益于社会的事，心灵上的喜悦是任何物质兑换不了的，这种喜悦就是对生命的投资，长寿自在其中。

（五）说白了，长寿只是个积累，是个时光沉淀的自然流程，核心是自己怎样与这个自然流程相碰撞、相融合而已。

老金

初刊《芳草地》
2012 年 1 期

朋友从西山来，带给我一枚红叶。红叶正红，是那种心甘情愿的自我燃烧。燃烧着的红叶，无声息地、一点点、一线线，将还是绿的黄的页面点燃。

我将这枚燃烧中的红叶，拿给正在院中休闲的我的同事金老头。

我将红叶在老金的眼前晃了晃，说："我们去看红叶吧！你看它红得多美，红得多丰富！"

老金怔怔地望着我，似乎忘记了我是谁，我们可是在一个职场里，走过来几十年的老同事。一星期前，他还曾缓缓地向我打过招呼。此时他眼里一片迷茫；是那种无法说清的迷茫；我被这迷茫刺痛了，不知道送这片红叶给他，是要为他唤起一些生的欢乐来安慰他，还是用蓬勃的红叶刺伤了他。

老金曾是个有志青年，大学阶段跑到延安去寻找真理，当了一名小兵。在战争的行军途中，不慎跌断了小腿，跟不上队伍的急节奏，羞惭之余，萌生了一个简单的推断："回家去，医好了小腿再来！"

就这样，他回了家。

支撑着一家老小，开着一家小小文具店的父母，小心翼翼地包容了这个纵情的独生儿子，一再噤口，生怕泄露出他曾去过红色西北的信息。因为国民党正在雷厉风行地"剿共"，金青年一家，不得不匍匐地生存着。

新中国成立了，金青年的腿也养好了，不谙俗情的他，又做了个简单的决定，去向部队报到。那曾是他热情向往的所在，他带着"逃兵"的羞惭，怯怯地踏上了新生之途。

困惑的是，时间虽短，战争的残酷却十分剧烈。他曾在过的部队，据说经过了整合、重编，昔日的番号已经随着时光湮没，金记得的连排无法寻觅。情绪化了的革命群众，耻于和一个"逃兵"论旧，他被安排进南京的革命大学学习，领导向他提出了想当然的一串问题："向往革命，为什么又私自逃离？""是不是三青团分子，要去延安卧底？""曾暴露过什么作战机密？曾告发过哪些共产党员？"

写过了无数篇交代、检查的金学员，最终什么也没有说清楚，什么也不能证实，因为他只是一名普通战士，只有半年待在解放区的记忆。按当时的惯例，以"待查"作为结论，金从革命大学的红色熔炉中"走"出来，分配到了单位，做了一名文字编辑。

那个激情澎湃的年代，金工作得非常认真，工作中处处流露出他对新中国的崇敬与热爱，他在洗刷他的"耐不得艰苦的小资感情"。

运动来了，戴着"待查"的冠冕，金是当然的对象。这个"待查"一再升级，直至升到了"叛徒"，这可是个无可拆卸的咒语，是一副无从申述的雷霆万钧的精神枷锁。

时光袅袅，情绪悠悠，金变成老金，结论"待查"。

我总希望老金能欢快起来，却一再被他的迷茫阻断。这次又是一样。我的心冷冻起来。他已经不认识我了。

坐在轮椅上的老金，猛然接过了那枚红叶，却脱口唱了出来："大刀向鬼子们的头上砍去！大刀向鬼子们的头上砍去！嘿！嘿！"

伴随着"嘿"的高音，老金做了个砍的手势。铿锵的"嘿"钻进了我的耳膜，我看见了老金闪现的一丝清明。

2009 年金秋

梅娘赘语——序《故乡有约》

收入侯健飞中短篇小说集《故乡有约》
北京：解放军文艺出版社，2013 年

钟情于文学的人，都希望自己创作的文字能落实在印刷体上，这是一项真诚的愿望、一项无华的奉献，更是一项心声的袒露。

侯健飞告诉我，他准备出版一本自己的中短篇小说集，这是好事，我举双手赞同。

我与侯健飞的相交，按世况评说：颇有传奇意蕴。

我们天各一方，完全没有相通，是他读了我的书，升起了与我相识相处的愿望，便展开了寻我的行事。经过旷日的找寻，终于"搜寻"到了我，其时我还在受难。

健飞的生母，和我是一个年龄段的女人，在上世纪风云瞬变的时光中，背着自己躲不开的坎坷，用濒死的勇气，拼搏过来，抚育了儿子，自己却含恨而死。这就成了侯健飞挥之不去的心病。他找我，就是想为受难的母亲奉上一颗赤子之心，一颗未来得及献给生母的赤子之心。健飞认为，所有受难的母亲，都应该拥有这样的宝贵。

与健飞长达近二十年的交往，既有文字上的切磋，也有文学中的碰撞，他极尽了为子之责：有什么好吃的，总忘不了我，当我遭遇困难时，他总是及时出现，为我解困纾难，添补了我的丧子之痛。我感谢苍天，赐给我这份亲情。

我没有读过健飞的小说，这是他的有意封存。他忙于编辑，热心于为他人作嫁，并乐此不疲。他的近作《回鹿山》出版后，还是我索要，他才送我一本。

健飞的新书，题名为《故乡有约》，故乡之约是人文之本；是不能，不可能不履行的约定。

这是侯健飞的生命之约，是他的风骨。

梅娘 2012 年 11 月 29 日，于北京

企盼·渴望

初刊《芳草地》
2013 年 1 期

　　作家、资深编辑、资深记者徐晓来看我，捧着一大束白百合花，花束之大，几乎罩满了她的略显疲惫的秀脸。

　　这束花呈现的鲜活丰满可是摆在任何殿堂上都毫无逊色的典雅与美丽。

　　为什么如此隆重？这可不是一般的礼遇！我慌忙起身去接花束。

　　那耸立在白碧样的花瓣上的雄蕊张牙舞爪，早在我伸手之前，已在那张秀丽的素脸上，撒上了点点绛红粉粒了。我赶忙抽出纸巾递上。

　　我说："据说，这花粉有什么元素，会灼伤皮肤。"

　　徐晓一边细细地擦着脸，一边淡淡地笑了。

　　"孙姨，你能数得清这张脸遭遇过的酷暑与严寒吗？这点花粉，小菜一碟。徐晓的脸可是闯过鬼门关的。不会是蜷缩在梦中，那种欲哭无泪的寡妇脸吧！"

　　这当然是徐晓在调侃自己了。因为前不久，她曾向我倾诉过单身的孤单之苦，希望能碰上一个可以共栖的人，过得可心些。她的前段婚姻，实在是太过悲惨了，两个意气风发的青年，因言致祸。一个且罹了不治之症。徐晓是拼上全部生命去挽救丈夫的。在那个错位的时代里，没有钱，没有自豪的门第与亲友，受尽了种种的寒心冷遇，只因为他们是一对敢于建言的青年。

丈夫还是去了，岁月冉冉行进，徐晓进入中年。

我自忖，这纯情的白花呈现的寂寞又如何能说得清？

"我的孙姨，您可是丢失了灵犀一点，今天是什么日子？"

"今天？"

回忆机灵灵地展开画卷，我和徐晓曾有个约定，约定在获得自由的那天，要隆重庆祝。

今天恰是徐晓走出监房的日子，也是我走出"教养"的前一天。

"为了庆祝？值得这样张扬吗？"

徐晓的素脸因那细细的绛红颗粒衬得容光焕发，我端详着她，她用惊人的欢颜沐浴着我。

"不止是庆祝，是企盼，是渴望。"

"是渴望！我读到了要求劳教政策改革的纸上、网上的多条呼吁。知道么！那个罗织罪项的鬼劳教，不会再翻版了。"

我无言：这确实是项实实在在的渴望！实实在在的企盼。值得这束纯情纯白的白百合花！

2012 年 10 月 31 日

往事如烟

——《妇女杂志》的记者生涯

收入 涂晓华：《上海沦陷时期〈女声〉杂志研究》
中国传媒大学出版社，2014 年 3 月，第 241-243 页

上世纪的 1941 年春天，我和丈夫柳龙光从住了三年的日本回到了北京。对这个 1937 年被日本霸占了的中华民族的古老城市北平，占领者玩了个遮眼法。他们说："'华北政务委员会'的出现，标志着历史的转折，北平在浴火中重生，作为大东亚共荣圈的一环，我们来协助你们重整旧颜。"就这样，北平的记年，复归为北京了。

"满洲国"生存的经验告诉我，日本军方惯会花言巧语，指鹿为马。"华北政务委员会"必定和"满洲国"的政务院一样，只不过是日本军方打造的前台宣传员。我只盼望，被重称为北京的北平，即传统中的北京，还没有被摧毁殆尽，还能寻觅到中华民族的神魂。这神魂是托拥着我们这一代在殖民地长大了的中华儿女的精神支柱。进入北京时生命虽然只有二十一年，从小就领会过沙俄、英、日等帝国在东北大地上的轮番肆虐，我获得了一种朦胧的觉醒；别管霸道来得多么汹涌，迟早总会过去。被踩踏的人间，只能靠自身凝聚的力量，才能重生。怀着这样的心态，我进入北京的职场，进入了《妇女杂志》。

《妇女杂志》是臭名昭著的宣扬日本武德军威的武德报社出版实体中的一环，是个销量还能自给的月刊，我揉杂着青年人的些许困惑、

些许莽撞，设想在尽可能的情况下，执笔为文，为读者送上一缕希望之光。

可能恰恰遇到了日本军方已经觉悟到了宣扬军威的宣传只能招致更多的仇恨，遇到了军中主政的文化官员，文化气质较浓，在他向柳龙光下达办刊宗旨时的一番话中有这样的表白："我们也不看好宣扬军威的《武德报》，两年前（1939 年）已停刊了，之所以还沿用这个名称，派有日籍社长，为的是搞白纸、搞印刷物质方便一些。"他赞同柳提出的以质问、求知为主的办刊方针。

如此这般，在比"满洲国"稍许宽松的气氛下，在北京文坛我们锁着脚铐的文化舞女开始旋转，这脚铐的不容硬砸，难以拆卸，小小文化人的我们，心知肚明。等待我们的，仍然是违心的日月，什么能说，什么不能说，什么愿说，什么坚决不说，自我掂量吧！

在日本就学的经历，在日本与日本社会的零距离接触，使我确信，别管生活在什么政治框架下的庶民，对安定幸福生活的向往与追求完全一致，这是人类的自然要求。这便是人们沟通的基点，就这样，我开启了我年轻的生命在北京的时间段。

在浏览的日本杂志中，看到了名为细川武子的女作家刊出的一系列的少女篇章，其中的"千人针"短篇使我注目良久。故事很简单：女中学生绫子在上学途中遇上了背着婴儿、站在大路旁请求过往行人为她在"保佑平安"的手巾上缝上祝福一针的楚楚动人的小妇人。丈夫奉令出征，她相信据说有这种缝上一千个陌生祝愿的手巾可以嘉佑士兵平安归来。小妇人举着手巾，向每个路人奉致请求，"请缝上一针吧！请缝上……"海风吹散了她的细语。婴儿在她的背上不安地躁动。

这是妻子的心，这是年轻的女人的心。绫子决定帮助她，她没有进课堂，而是站在校门口，恳求过往的同学们助她完成这项助人的心愿，完成无辜的少妇与婴儿的心愿，一定保佑征人平安归来。

这个清新的短篇传达的是庶民对战争的无可奈何。细川其他呈现日本庶民的人间情事的小说我也一一移植到了妇女杂志上。我就是这样把我的情思展现在《妇女杂志》上了。

我也写了很多应景的文章，报道中日妇女只谈生活质量的座谈会，访问女性中的顶级人物，访问女大学生等等，我只想传达一种信息，在非常时期，人们要过的，过着的仍然是合乎人性的善美的生活。

我没有涉及"大东亚共荣圈"，没有，一篇有关的报道也没有写。因为我想作的只是苦难中的一丝安慰，是寒夜里的些许暖意。

有批评家批评我们，说我们那个时段的工作是为侵略者装点升平。就算是吧！我并不后悔那段入世之笔，我是接着中华神魂铸就的良知动笔的，我很坦然。

在《妇女杂志》上连载的《母系家族》，是日本大作家石川达三的巨作，我翻译它，是向读者介绍日本城市女性的喜怒哀乐。也是我向社会呼吁的心声。日本女性和我们一样，仍然生活在儒教的大男子阴影之中，女人需要自己冲出这不公平的世况，这就是《妇女杂志》应负的职业道义。也是我的职业走向。

2005 年早春匆匆写就

关于《三角帽子》

署名：孙嘉瑞

收入《梅娘：怀人与纪事》（2014 年 4 月）
第 118-119 页

二十世纪六十年代，北京北苑新都砖瓦厂（劳改厂）有一位思想开明的厂长（姓忘记了，名不知道），想为"人尽其才"的劳改政策作些贡献，便在厂内组建了翻译组。当时的政治在押犯中，很有一些外语顶尖人才，如以西班牙文著称的吴欧（华北政权的文教大臣），称为德文专家的张心沛（华北政权的教育督办），农业部的一级俄文翻译王某，挂名新民会的法文专家陈某等人，都已经有了一把年纪，加上 1958 年我们几个会外文的劳教人员，以吴欧为组长，脱开和泥筑砖的体力劳动，拿起笔杆来发挥专长服法赎罪。

我到翻译组时，他们已经从德文、俄文全力译完了当时干部必读书，列昂节夫的《政治经济学》。那正是社会上风行"放卫星"的年代。厂长找来一本西方畅销的文艺小说交翻译组译出放卫星。不与苏俄的政治搭边，是西班牙文的《三角帽子》。吴欧、张心沛各带一名助手，动手赶译，很快便交了译稿。出版社没有通过，理由是译文分段译就，没有整体风格。翻译组便把统一文字的工作交给了我，（经厂部批准）我可以自由增减变动译稿。我就这样急赶慢赶交了差，也不敢打听下文。结果是厂部宣布卫星是放成了，翻译组得了出版社的稿酬，为劳改农场搞了创收。

　　我因结核病保外就医后，翻译组的副组长（人民大学的学生右派）李仲英告诉我，《三角帽》很受欢迎，译者为博园。我一直没见到《三角帽》原本，直到四十年后的今天，是田刚为我觅来，才悟出博园正是"北苑"的谐音。

2012 年 10 月 21 日

闲话"闲话"

收入子聪主编《开卷闲话序跋集》
人民日报出版社，2014年

每次《开卷》来，首读、必读的是"开卷有益斋闲话"。这是我喜欢的一个平台，这平台带给我的，是种哥们一般的情谊，是五湖四海的文艺信息，是为平淡岁月送致的有益律动，更勾连了诸多往事的回忆，是一种温温的脉脉相知。

通读着 2008 年的"闲话"，我在寻找一个答案，寻找我为什么放置卷内的美文不读，非要先读、必读"闲话"呢？

寻找的结果是，"闲话"给了我这样几点启示：

"闲话"中讲人物：言简意赅，清清明明，字里行间贯穿着平和的浩然之气，使你如见其人，如闻其声。比如四期中说的王学仲、五期中介绍的彭燕郊。

"闲话"中传递的信息：东南西北、上天入地，缕述当前、夹及往事，隐隐中闪现的真知灼见，不知不觉间已受感染。如四期中的"罗飞从上海来信……""讲讲耿庸……"等等。

"闲话"为我拓宽了视野，广交了朋友。我囿于倚老心态，不关注新书榜，不读网上的文坛逸话，脑中一片迷蒙。是"闲话"说给我：有这些文人小聚，有这样的理论座谈，缤缤纷纷，益智赏眼。

　　"闲话"引发了有趣的遐想：2008年一期中黄宗江说到他的书《洋嫂子＆洋妹子etc》，我猜这洋嫂子可能是杨宪益夫人。上世纪八十年代我在外文局的后院里见过她，风姿绰约，气质很不一般，值得一写。至于黄先生本人，印象偏冷。上个世纪五十年代末，我奉命去大连参加一个讨论环保的大会，黄先生是出席大会的领导人之一，他一身黄呢子的将校服，正襟危坐，我这个农业电影制片厂的小记者，竟未能为他拍下一个好镜头。

　　在"闲话"中看见范用的题字，我想起张中行先生曾执意带我去参加三联人在孔乙己酒店中的一个小聚会，在几位着中山装的男士之中，范用的对襟大袄着装十分潇洒，消解了我对三联人的陌生之感。

　　再说吕恩，我们应该是同龄人吧，我想借用她给"闲话"的美辞作为这篇短文的结尾，希望她不会怪我。

　　"开卷有益……使我的晚年得到了充实。"

　　感谢"闲话"的运作，感谢"闲话"辛勤的推手，感谢！

2009年7月酷暑

鸣谢

在搜寻梅娘佚著、佚文的过程中，得到了许多先生、同行、文史爱好者的帮助。他们是杉野要吉、大久保明男、蒋蕾、杨铸、杉野元子、羽田朝子、Norman Smith、孙屏、刘奉文、刘慧娟、陈霞、庄培蓉、张曦灏等。如本文集的书信卷所示，众多梅娘信件的持有者，提供了梅娘手书的复印件。

还有不少亲友为《梅娘文集》提供了梅娘不同时期的照片，入选照片、图片均由柳青编排。梅娘的好友，东北沦陷区作家、书法家李正中先生（1921-2020），生前热情为《梅娘文集》题签。终校得到了刘晓丽教授的友情助力。

在书稿即将付梓之际，谨在这里向所有无私指教、大力协助过的人士，表达诚挚的谢意！

梅娘全集编委会

2023 年 4 月 9 日